365
JOURS

Ce livre est une fiction. Toute référence à des événements historiques, des personnages ou des lieux réels serait utilisée de façon fictive. Les autres noms, personnages, lieux et événements sont issus de l'imagination de l'auteur, et toute ressemblance avec des personnages vivants ou ayant existé serait totalement fortuite.

Collection New Romance® créée par Hugues de Saint Vincent
et dirigée par Arthur de Saint Vincent
Ouvrage dirigé par Bénita Rolland
Traduit par Ewa Janina Chodakowska

Conception graphique de la couverture : Małgorzata Sezanowicz-Winiarska/
PANCZAKIEWICZ ART.DESIGN
Photos de couverture : Shutterstock, shiryutattoo
Conception graphique : ProDesGraf

34-36, rue La Pérouse
75116 - Paris
www.hugoetcie.fr

ISBN : 9782755688634
Dépôt légal : juillet 2021
Imprimé en France par Corlet

NEW ROMANCE®

Blanka Lipińska

TOME 3

365 JOURS

Traduit du polonais par Ewa Janina Chodakowska

Hugo Roman

Le cancer du col de l'utérus ne fait pas mal, il vous tue !
Faites-vous faire une cytologie
pour pouvoir continuer à vivre et à profiter du sexe.

Chapitre 1

Un vent chaud souffle dans mes cheveux pendant que je fonce en cabriolet le long de la côte. J'écoute « Break Free » d'Ariana Grande qui décrit parfaitement mon état. *If you want it, take it,* chante-t-elle. J'acquiesce à chaque mot et j'augmente le volume.

Aujourd'hui, c'est mon anniversaire, j'ai un an de plus qu'hier, je devrais être déprimée, en réalité, je ne me suis jamais sentie aussi vivante.

Lorsque je m'arrête aux feux, le refrain commence. Les basses explosent autour de moi, ma superbe humeur me pousse à chanter avec elle.

– *This is... the part... when I say I don't want ya... I'm stronger than I've been before...* je hurle avec Ariana en gesticulant dans tous les sens.

Un jeune homme stoppe à côté de moi, il me sourit tout en tapant sur son volant au rythme de la musique. Mon comportement l'amuse, je pense que ma tenue attire également son attention, il est vrai que je ne porte pas grand-chose aujourd'hui.

Mon bikini noir est parfaitement assorti à ma Plymouth Prowler mauve qui est tout simplement géniale. Cette magnifique et très atypique voiture est mon cadeau d'anniversaire. Je sais bien que mon homme ne va pas s'arrêter là, mais j'aime bien penser que c'est peut-être le dernier.

Tout a commencé il y a un mois : chaque jour j'ai reçu un cadeau. Trente ans, trente cadeaux, c'est comme ça qu'il voit les choses. Je lève les yeux au ciel, rien que d'y penser, et le feu passe au vert.

Je me gare, attrape mon sac et me dirige vers la plage. La journée est chaude, c'est le plein été et, tout en sirotant un thé glacé, je marche dans le sable chaud.

– Joyeux anniversaire, ma vieille ! crie mon homme.

Quand je me tourne vers lui, je reçois une fontaine de champagne Moët rosé dans la figure. J'essaie de l'éviter en riant.

– Qu'est-ce que tu fais ?

Il continue à vider la bouteille de champagne et quand elle est vide, il se jette sur moi et me plaque sur le sable.

– Joyeux anniversaire, je t'aime.

Sa langue pénètre sans précipitation dans ma bouche, elle bouge doucement. Je gémis en attrapant son cou et j'écarte les jambes pour qu'il s'installe confortablement

Il prend mes mains dans les siennes, recule et me regarde, amusé.

– J'ai quelque chose pour toi, dit-il en jouant des sourcils.

– Encore, je marmonne sur un ton faussement désabusé, en levant les yeux au ciel.

Il retire mes lunettes de soleil et semble tout à coup hésitant.

– J'aimerais...

Il prend une grande inspiration, met un genou à terre et me tend une petite boîte.

– Épouse-moi, dit Nacho, tout sourire. J'aimerais bien dire quelque chose d'intelligent, de romantique, mais ce que j'aimerais plus que tout, c'est te convaincre.

Quand il voit que je m'apprête à prendre la parole, il lève une main pour me faire taire.

– Avant que tu ne dises quoi que ce soit, réfléchis. Une demande en mariage, ce n'est pas encore un mariage, et un mariage, ce n'est pas une finalité. (Il me donne un léger coup dans le ventre avec la boîte.) N'oublie pas, je ne veux pas te forcer, je ne t'oblige à rien, tu diras « oui » si tu en as envie.

Il se tait en attendant une réponse, et comme je ne dis rien, il continue.

– Si tu refuses, je t'envoie Amelia qui va te saouler à mort.

Je le regarde, inquiète et heureuse à la fois.

Si au nouvel an quelqu'un m'avait dit que, quelques mois plus tard, je serais dans cette situation, j'aurais bien ri. Et s'il y a un an, lorsque Massimo m'a enlevée, quelqu'un m'avait prévenue que j'allais me retrouver à Tenerife avec un homme tatoué à mes pieds, j'aurais donné mon bras à couper et dit que c'était impossible. Donc, là, je n'aurais plus de bras... Rien que penser à ce qui s'est passé il y a huit mois me donne des frissons. Dieu merci, ou plutôt grâce au docteur Mendoz, je dors mieux. Mais, avec une telle compagnie au lit, ce serait étrange que ce soit différent...

Chapitre 2

J'ouvre les yeux et j'aperçois des kilomètres de tubes, ainsi que des dizaines d'écrans qui font un bruit assourdissant. J'ai envie d'avaler ma salive, mais j'ai un de ces tubes dans la gorge et j'ai peur de vomir. Je commence à voir flou et à paniquer. Une des machines se met à biper très bruyamment. La porte s'ouvre et Massimo déboule dans la chambre, il s'assied à côté de moi et me prend par la main, les larmes aux yeux.

– Chérie, Dieu merci !

Le visage de l'homme en noir est fatigué, il est aussi beaucoup plus mince que dans mon souvenir. Il me caresse la joue. J'oublie complètement le tube qui m'étouffe, et mes larmes commencent à couler. Il essuie chacune d'elles sans retirer ses lèvres de ma main. Soudain, des infirmières entrent dans la chambre et éteignent la machine. Un homme âgé en blouse blanche les accompagne.

– Monsieur Torricelli, sortez s'il vous plaît, on va s'occuper de votre femme.

Don ne bouge pas, l'homme répète sa phrase.

Massimo se lève, son visage devient glacial. Les dents serrées, il lui balance en anglais :

– Ma femme vient de reprendre conscience après deux semaines dans le coma, si vous pensez que je vais sortir, vous vous trompez.

Le médecin obtempère.

On me retire le tube que j'avais dans la gorge. J'aurais effectivement préféré que l'homme en noir ne voie pas ça, mais bon, c'est fait. Rapidement après, des médecins, apparemment de différentes spécialités, défilent dans ma chambre et une série d'examens médicaux interminables commence.

Massimo ne quitte pas la pièce une seconde, il garde ma main dans la sienne tout le temps. Je n'arrive pas à le faire se décaler d'un centimètre pour laisser de la place aux médecins. Au bout d'un certain temps, tout le monde disparaît. J'ai envie de lui demander ce qui s'est réellement passé, mais quand j'essaie de parler, il ne sort que des bruits incompréhensibles de ma gorge.

– Ne dis rien, murmure l'homme en noir en embrassant à nouveau ma main. Avant que tu ne commences ton interrogatoire... (Il soupire, puis cligne des yeux comme s'il voulait contenir ses larmes.) Tu m'as sauvé, Laura, comme dans mes visions, tu m'as sauvé, chérie.

Son regard se plante sur ma main, je ne comprends pas vraiment où il veut en venir.

– Mais...

Il essaie de me dire quelque chose.

Soudain, je comprends. Les mains tremblantes, je repousse les draps. L'homme en noir essaie de m'en empêcher mais, pour une raison mystérieuse, il abandonne et me laisse faire.

– Luca, je chuchote en découvrant les bandages sur mon corps. Où est notre fils ?

Je suis à peine audible, chaque mot prononcé me fait souffrir. Et pourtant, j'ai envie de hurler, de me lever du lit et de crier CETTE question pour forcer l'homme en noir à me dire la vérité.

Il se redresse, attrape doucement la couette pour couvrir mon corps mutilé. Quand je le fixe, le désespoir se rajoute à la peur.

– Il est mort. (Il se lève comme pour reprendre son souffle et se tourne vers la fenêtre.) La balle est passée trop près… il était trop petit… il n'avait aucune chance.

La voix de mon mari se brise.

Je ne sais pas comment décrire ce que je ressens. Désespoir est un mot trop faible. J'ai l'impression qu'on vient de m'arracher le cœur. Le torrent de larmes qui me submerge m'empêche de respirer. Je ferme les yeux. Pour tenter de ravaler la bile qui me monte à la gorge. Mon enfant, ce bonheur que nous devions partager, mon amoureux et moi, a disparu. Le monde s'arrête.

Massimo est aussi immobile qu'une statue. Il s'essuie les yeux, puis se tourne vers moi.

– Heureusement, tu es en vie. (Il essaie de sourire, mais n'y arrive pas.) Dors, les médecins disent que tu as besoin de beaucoup de repos. (Il me caresse la tête et essuie mes joues mouillées.) On va avoir beaucoup d'enfants, je te le promets Laura.

En entendant ces mots, mes pleurs redoublent d'intensité.

Il est résigné et impuissant, je sens qu'il a du mal à respirer. Il serre les poings et, sans un regard, quitte la chambre. Quelques minutes plus tard, il revient accompagné d'un médecin.

– Madame Laura, je vais vous donner un sédatif.

Comme je ne peux pas parler, je secoue la tête pour dire non.

– Si, il faut que vous récupériez. (Il regarde l'homme en noir de manière insistante.) Et ça suffit pour aujourd'hui.

Il injecte un produit dans une de mes perfusions et, très vite, je me sens étrangement lourde.

Massimo s'assied et me prend la main.

– Je serai là.

Je me sens partir.

– Je te le promets, je serai là quand tu te réveilleras.

Et c'est vrai, il est là quand j'ouvre les yeux et chaque fois que je m'endors et que je me réveille. Il ne m'a jamais quittée. Il me fait la lecture, m'apporte des films, me coiffe, me lave. À mon grand désarroi, je découvre qu'il effectue cette dernière tâche quand je suis inconsciente, il ne laisse pas les infirmières m'approcher. Je me demande comment il a supporté que les médecins qui m'ont opérée soient des hommes.

D'après ce que j'ai compris de ses explications laconiques, j'ai reçu une balle dans un rein. Ils n'ont pas pu le sauver. Heureusement que nous en avons deux et vivre avec un seul n'est pas grave, à condition qu'il soit en forme. Mon cœur a fait des siennes pendant l'opération, ce qui n'est pas très étonnant, ce qui l'est plus, c'est que les médecins aient réussi à le réparer. Ils ont débouché quelque chose, inséré autre chose, coupé encore quelque chose et, apparemment, il marche. Le médecin qui m'a opérée passe une bonne heure à m'expliquer ce qu'il a fait. Il me montre des dessins et des diagrammes sur sa tablette. Malheureusement, mon anglais n'est pas assez bon pour que je comprenne tout. De toute façon, vu mon état d'esprit du moment, ça m'est totalement égal. Ce qui compte, c'est que je vais bientôt quitter l'hôpital. Je me sens de mieux en mieux chaque jour, apparemment mon corps se rétablit rapidement... mais mon âme est morte. Le mot « enfant » est banni de notre vocabulaire et le prénom « Luca » n'existe plus. Une simple allusion à un enfant, même à la télévision ou sur Internet, me fait fondre en larmes.

Massimo et moi parlons beaucoup, il s'ouvre à moi plus que jamais. En revanche, il refuse d'aborder le sujet du nouvel an et ça m'énerve de plus en plus. Deux jours avant ma sortie de l'hôpital, je craque.

L'homme en noir pose un plateau-repas devant moi.

– Je ne mangerai pas une bouchée, je grogne en croisant les bras. Tu n'échapperas pas à cette discussion. Tu n'as plus l'excuse de mon état de santé, je me sens très bien, j'ajoute en levant les yeux au ciel. Massimo, bordel, j'ai le droit de savoir ce qui s'est passé dans la résidence de Fernando Matos !

Don lâche la cuillère sur l'assiette, prend une grande inspiration et se lève, irrité.

– Pourquoi es-tu aussi têtue, Laura ?

Il se prend la tête entre les mains, puis reprend :

– Bon d'accord. Quelle est la dernière chose dont tu te souviennes ?

Je fouille dans mes souvenirs, et quand l'image de Nacho apparaît, mon cœur s'arrête. J'avale bruyamment ma salive et vide l'air de mes poumons.

– Je me rappelle que cet enculé de Flavio me frappait.

La mâchoire de Massimo se resserre.

– Après, tu es arrivé.

Je ferme les yeux, pensant que ça va m'aider à retrouver la mémoire.

– Ensuite, il y a eu de l'agitation et tout le monde est sorti, nous laissant seuls.

Je fais une pause, je ne suis pas certaine de ce qui s'est passé ensuite.

– Je marchais vers toi... je me rappelle que j'avais mal à la tête... après, plus rien.

Je hausse les épaules et je le regarde.

Je vois qu'il bouillonne à l'intérieur. L'évocation de cette scène fait remonter toute sa culpabilité. Il ne la supporte pas, il marche dans la pièce en serrant les poings et sa respiration s'accélère.

– Flavio, ce... a tiré sur Fernando et sur Marcelo.

En entendant ces noms, je reste pétrifiée.

– Il les a ratés.

Je souffle de soulagement.

Massimo me regarde, étonné, quand il s'aperçoit que j'ai l'air soulagée. Je fais comme si j'avais un peu mal aux poumons, pour faire diversion, et place ma main sur mon cœur tout en lui faisant signe de continuer.

– Ce connard de chauve l'a tué, du moins c'est ce qu'il pensait car l'autre est tombé sur le bureau en le couvrant de son sang. À ce moment-là, tu t'es sentie mal.

Il s'arrête de marcher, ses doigts deviennent blancs tellement il serre ses poings.

– J'essayais de te soutenir quand il a à nouveau tiré.

Mes yeux deviennent aussi grands que des soucoupes, j'ai du mal à respirer et aucun son ne sort de ma bouche. Je dois avoir l'air mal parce que l'homme en noir s'approche pour me caresser la tête et vérifier mes constantes sur l'écran. Je suis en état de choc. Comment est-ce que Nacho a pu me tirer dessus ? Je n'arrive pas à comprendre.

– C'est pour ça que je ne voulais pas en parler avec toi, grogne Massimo quand une des machines commence à biper.

Une infirmière entre dans ma chambre, suivie de près par un médecin. Ils s'agitent autour de moi et m'injectent quelque chose dans la perfusion. Cette fois, je ne m'endors pas, je me calme juste. J'ai l'impression d'être un légume, je vois tout, je comprends tout, mais je me sens sereine. Un lotus sur un lac... Mon regard vide se pose sur Massimo qui explique au médecin ce qui s'est passé, ce dernier fait de grands gestes désapprobateurs devant son nez. Oh, cher médecin, si tu savais qui est mon mari, tu ne t'approcherais pas autant, je me dis en souriant bêtement. Les hommes discutent jusqu'à ce que l'homme en noir, s'estimant vaincu, hoche la tête, puis la baisse. L'équipe médicale ressort et nous nous retrouvons à nouveau seuls.

– Et après ?

Il réfléchit un moment en m'observant attentivement. Quand je lui adresse un sourire stupide, il secoue la tête.

– Flavio a repris conscience et t'a tiré dessus.

Flavio, je me répète, et mon visage s'éclaire. Heureusement, Don doit se dire que c'est l'effet des médicaments. Il continue.

– Marcelo lui a tiré dessus, en fait, il l'a massacré en vidant son chargeur sur lui. (L'homme en noir s'ébroue.) Je m'occupais de toi, Domenico est parti chercher de l'aide, parce que la pièce étant insonorisée, personne n'avait rien entendu. Matos a rapporté une boîte à pharmacie et les secours sont arrivés. Tu as perdu beaucoup de sang. C'est tout.

– Et maintenant ? Qu'est-ce qui va se passer maintenant ?

Pour la première fois depuis des jours, je vois apparaître un sourire sur son visage.

– On rentre à la maison.

– Je parle des Espagnols, du business.

Massimo me regarde, étonné. Je cherche à justifier ma question.

– Je suis en sécurité ou quelqu'un va à nouveau m'enlever ?

– Disons qu'on s'est mis d'accord avec Marcelo. Leur maison, comme la nôtre, est équipée d'un système de vidéo, il y a des caméras et des micros partout. J'ai pu voir les enregistrements, donc j'ai entendu ce que Flavio a dit. Je sais que la famille Matos a été mêlée à tout ça, mais Fernando ne connaissait pas les réelles intentions de Flavio. Marcelo, en t'enlevant, a commis une grave erreur. (Les yeux de l'homme en noir se remplissent de colère.) Mais je sais qu'il t'a sauvé la vie et s'est occupé de toi, Je ne peux pas supporter l'idée que...

Il s'interrompt. Je le regarde, un peu sonnée. Il se lève de la chaise, puis la jette contre le mur.

– Il n'y aura jamais la paix ! À cause de cet homme, mon fils est mort et ma femme a failli perdre la vie. Sur l'enregistrement, j'ai vu ce fils de pute te torturer. Je te jure, si je le pouvais, je le tuerais encore des millions de fois !

Massimo s'écroule à genoux au milieu de la chambre.

– Je ne peux pas supporter de ne pas t'avoir protégée, d'avoir laissé cet enculé chauve t'enlever et te conduire à l'endroit où ce dégénéré t'a massacrée.

– Il ne savait pas, je chuchote entre mes larmes. Nacho ne savait rien des raisons pour lesquelles on lui avait demandé de m'enlever.

Le regard rempli de haine de Massimo se pose sur moi. Il se lève pour me rejoindre.

– Tu le défends ? Tu le défends après tout ce que tu as vécu à cause de lui ?

Il se tient au-dessus de moi, la respiration lourde et les yeux complètement noirs.

Je l'observe et suis surprise de constater que je ne ressens rien. Ni colère ni angoisse, je ne me sens même pas faible.

C'est étrange, les médicaments qu'on m'a administrés m'enlèvent toute émotion. La seule chose qui indique ce que je ressens, ce sont les larmes qui coulent le long de mes joues.

– Je ne veux pas que tu aies des ennemis parce que ça me retombe dessus.

Je regrette immédiatement d'avoir prononcé ces mots. Ils sonnent comme une accusation.

Sans le vouloir, j'ai suggéré qu'il est responsable de mon état.

L'homme en noir soupire, puis semble de perdre dans ses pensées. Il se mord la lèvre comme pour implorer mon pardon.

– Je vais m'occuper de ta sortie.

Il sort de la chambre et j'ai envie de le rappeler pour m'excuser, mais les mots restent coincés dans ma gorge. Je fixe longuement la porte et finis par m'endormir.

C'est ma vessie qui me réveille. J'apprécie depuis peu de pouvoir aller seule aux toilettes. Je me réjouis même de chacune de mes expéditions. On m'a enfin enlevé mon cathéter. Le médecin m'a demandé de recommencer à marcher, donc depuis quelques jours, je fais de courtes balades, toujours accompagnée de mon fidèle support de perfusion à roulettes.

Je prends du temps aux toilettes, tous ces tuyaux ne me facilitent pas la tâche. Quand je me suis réveillée, j'ai été surprise de constater que Massimo n'était pas là. Dès le premier jour de mon hospitalisation, il a demandé à faire installer un deuxième lit dans la chambre pour dormir près de moi. L'argent fait des miracles, s'il avait voulu décorer la chambre avec des antiquités ou une fontaine, il aurait pu. Son lit n'est pas défait, ce qui indique que cette nuit il a eu des choses plus importantes à régler que de veiller sur mon sommeil.

J'en ai marre de rester dans ma chambre, j'ai dormi presque toute la journée, je décide donc de partir à l'aventure.

Dès que je passe la porte, je découvre avec amusement la présence de deux gardes du corps à ma porte, qui se lèvent immédiatement. Je leur indique d'un geste de main de se rasseoir et commence à marcher le long du couloir en traînant mon goutte-à-goutte. Malheureusement, ils me suivent tous les deux. La scène est tellement ridicule que j'ai envie de rire. Moi, dans un peignoir clair, des EMU roses aux pieds, mes cheveux blonds décoiffés, accrochée à ma perfusion, et derrière, deux gorilles aux cheveux soigneusement gominés, en costume noir. Notre cortège se déplace à une lenteur effrayante.

Au bout d'un moment, je dois m'asseoir, mon organisme se fatigue vite. Mes gardes du corps se placent à quelques mètres de moi, surveillant les alentours, guettant de potentiels « dangers ». Même si la nuit est tombée, il y a toujours pas mal de monde qui circule dans les couloirs de l'hôpital. Une infirmière s'approche de moi et me demande si tout va bien. Je la rassure en lui disant que je fais une petite pause, elle s'éloigne.

Je me relève enfin, je vais me diriger vers ma chambre quand j'aperçois une silhouette connue au bout du couloir.

– Ce n'est pas possible, Amelia ?

La fille se tourne vers moi, un sourire pâle apparaît sur son visage.

– Qu'est-ce que tu fais là ?

– J'attends, répond-elle en indiquant la pièce derrière la vitre.

Je regarde et découvre une salle avec des bébés allongés dans des couveuses. Ils sont minuscules, pas plus grands qu'un paquet de sucre. Ils ressemblent à des poupées auxquelles on a accroché des tubes et des câbles. Regarder ces enfants me fait penser à Luca, lui aussi était si petit. Mes yeux se remplissent de larmes et une boule se forme dans ma gorge. Je ferme les yeux, puis les rouvre et me tourne vers Amelia. Elle est en peignoir, ce qui signifie qu'elle est elle-même une patiente.

– Pablo est né trop tôt, dit-elle en s'essuyant le nez avec sa manche, et je vois qu'elle a pleuré. Quand j'ai appris ce qui était arrivé à papa et…

Sa voix se casse, mais je sais ce qu'elle veut dire.

Je passe mon bras autour de ses épaules, ne sachant pas vraiment si c'est moi que je réconforte ou elle. Les gardes du corps reculent pour nous laisser un peu d'intimité. Amelia pose sa tête sur mon épaule, elle pleure. Je ne sais pas de quoi elle est au courant, son frère a dû lui épargner les détails inutiles.

– Je suis désolée pour ton mari.

J'ai du mal à prononcer ces mots. En effet, je ne suis pas désolée, je suis heureuse que Nacho l'ait tué.

– En réalité, il n'était pas mon mari, chuchote-t-elle, mais j'avais envie qu'il le soit.

Elle se redresse et pose des yeux inquiets sur mon ventre.

– Et toi, tu te sens comment ?

– Laura !

Le ton de la voix que j'entends derrière moi ne présage rien de bon. Je me retourne pour découvrir Massimo, visiblement énervé, qui se dirige vers moi à grandes enjambées.

– Il faut que j'y aille, je te retrouverai.

Je lui tourne le dos et me dirige vers mon mari qui me fait asseoir sur un fauteuil roulant.

– Qu'est-ce que tu fais ?

Il engueule les deux gorilles en italien, puis me pousse vers ma chambre. Pendant tout le chemin, il me fait la morale, me disant que je suis complètement irresponsable. J'aurais été étonnée qu'il ne le fasse pas.

Une fois dans la chambre, Massimo m'allonge sur le lit et je m'enroule dans la couette.

– C'était qui cette fille ? demande-t-il en posant sa veste sur le dossier de la chaise.

– La mère d'un des bébés prématurés, elle ne sait pas si son enfant va survivre.

Ma voix se casse.

Je sais qu'il ne va pas commencer une discussion autour d'un enfant.

– Je ne comprends pas pourquoi tu es allée dans ce service.

Un silence inconfortable s'installe, brisé par les lourds soupirs de mon mari.

– Tu devrais te reposer, on rentre à la maison demain.

La nuit est difficile. Je me réveille sans cesse au milieu de rêves remplis d'enfants dans des couveuses et de femmes enceintes. J'espère qu'à la maison je vais réussir à me débarrasser de toutes ces pensées morbides.

Le matin, je suis impatiente que Massimo me laisse seule et aille harceler le comité médical qui s'est réuni pour valider ma sortie. Les médecins ne sont pas spécialement contents que mon mari me ramène à la maison. Ils estiment que je ne suis pas encore guérie, ils ont accepté à condition que le protocole qu'ils ont mis en place soit strictement respecté. Don a fait venir des médecins de Sicile à Tenerife, spécialement pour l'occasion. Ils sont tous réunis pour discuter de mon cas.

Je saisis l'occasion pour aller retrouver Amelia. J'enfile un survêtement et des chaussures et passe la tête pour regarder dans le couloir, personne. Je suis d'abord effrayée en imaginant que quelqu'un a tué mes gardes du corps et va s'en prendre à moi. Puis je me souviens que je ne suis plus en danger. Je m'engage donc dans le couloir pour rejoindre l'accueil.

– Je cherche ma sœur.

L'infirmière, d'un certain âge, me dit quelques mots en espagnol, lève les yeux au ciel et disparaît. Une jeune fille souriante prend sa place.

– En quoi puis-je vous aider ? me demande-t-elle dans un anglais parfait.

– Je cherche ma sœur, Amelia Matos, elle vient d'accoucher prématurément.

La femme regarde son écran, puis m'indique le numéro de chambre et la direction.

Devant la porte de sa chambre, je me fige avant de frapper. Mais qu'est-ce que je fous, bordel ? Je vais voir la sœur d'un assassin qui m'a enlevée, pour lui demander comment elle va après la mort du mec qui a voulu m'assassiner ! C'est tellement surréaliste que je n'arrive pas à croire moi-même à ce que je m'apprête à faire.

– Laura ?

Je me retourne, Amelia est à côté de moi, une bouteille d'eau à la main.

– Je suis venue voir comment tu allais.

Elle ouvre la porte et me fait entrer. La chambre est plus grande que la mienne, il y a un salon et une chambre supplémentaire. Le lieu est imprégné d'une odeur des lys, il y en a des centaines.

– Mon frère m'en apporte un bouquet frais tous les jours.

Ces mots me paralysent, je regarde autour de moi, paniquée.

– Ne t'inquiète pas, il est parti, il ne reviendra pas aujourd'hui. Il m'a tout expliqué.

– Quoi exactement ?

Elle penche la tête et commence à se ronger les ongles. Elle ressemble à une morte vivante, je ne vois plus de traces de la belle fille que j'ai rencontrée.

– Je sais que vous n'étiez pas vraiment en couple et que mon père avait ordonné qu'on t'enlève. Marcelo devait te garantir un certain confort et s'occuper de toi. Laura, je ne suis pas bête. Je sais ce que faisait Fernando Matos et dans quel genre de famille je suis née. Mais que Flavio participe à tout ça... (Elle regarde mon ventre.) Comment va le tien ?

Quand elle voit que je secoue légèrement la tête et que les larmes me montent aux yeux, elle ferme les siens.

– Je suis désolée, tu as perdu ton enfant à cause de ma famille.

– Amelia, ce n'est pas de ta faute. Ce n'est pas à toi de t'excuser, dis-je de la voix la plus assurée possible. En revanche, nous pouvons remercier les hommes avec qui nous partageons nos vies. Le tien pour le fait que Pablo se batte pour survivre et le mien pour ma présence sur cette île.

C'est la première fois que j'exprime mon ressentiment à voix haute. En réalité, je ne suis pas tout à fait honnête avec Amelia, le seul responsable de tout ça, c'est Fabio, mais je ne veux pas la démoraliser encore plus.

– Comment va ton fils ?

Même si je souhaite vraiment le meilleur à Amelia et à son fils, j'ai du mal à prononcer cette simple phrase.

– Mieux, j'ai l'impression, sourit-elle. Comme tu peux voir, mon frère s'est occupé de tout, je ne sais pas de quoi il a menacé les médecins, mais ils me traitent comme une reine et Pablo a les meilleurs soins possible.

On discute encore quelques minutes. Je réalise que si l'homme en noir ne me retrouve pas dans ma chambre, il va devenir fou.

Je me lève avec difficulté.

– Amelia, il faut que j'y aille, je rentre en Sicile aujourd'hui.

– Laura, attends, il y a encore une chose... (je la regarde, étonnée) Marcelo... j'aimerais bien te parler de mon frère.

J'ouvre de grands yeux et elle commence, assez gênée.

– Je ne veux pas que tu le détestes, d'autant plus que je pense qu'il...

– Je n'ai rien contre lui, je l'interromps, effrayée par ce que j'imagine qu'elle va dire. Vraiment, dis-lui bonjour de ma part. Il faut vraiment que j'y aille maintenant.

Je sors de la chambre après avoir tout de même pris le temps de l'embrasser.

Dans le couloir, je m'adosse au mur pour me calmer. J'ai un peu la nausée et mon sternum me brûle. Ce qui est étrange, c'est que je n'entends pas mon cœur, cet horrible grondement dans ma tête qui accompagnait chacune de mes crises de panique a disparu. J'hésite à retourner voir Amelia pour la laisser finir sa phrase, mais je reprends mes esprits et regagne ma chambre.

Chapitre 3

– Bordel, hurle Olga en déboulant dans ma chambre et en me voyant toujours sous la couette. Je vais devoir t'attendre combien de temps ?

Elle se penche pour me prendre dans ses bras, mais s'arrête dans son mouvement, se rappelant certainement que je suis charcutée de tous les côtés. Elle s'agenouille sur le lit et fond en larmes.

– J'ai eu si peur, Laura, hurle-t-elle, quand ils t'ont enlevée, je voulais... je ne savais pas...

Elle bégaie, hystérique.

Je prends sa main et la caresse délicatement, elle continue de pleurer comme un enfant, la tête enfouie dans mon cou.

Elle s'essuie le nez, puis me regarde.

– C'est moi qui devrais te consoler, pas l'inverse. Tu es si maigre, tu te sens bien ?

Que lui répondre ?

– Si j'oublie les douleurs post-opératoires, et le fait que j'ai perdu mon enfant, alors oui, super, je soupire.

Je pense qu'elle a bien entendu le sarcasme dans ma voix car elle baisse la tête. Elle se tait, l'air de réfléchir, puis elle respire un bon coup et déclare :

– Massimo n'a rien dit à tes parents.

Elle grimace.

– Ta mère ne lâche pas le morceau, mais il leur raconte des mensonges à chaque fois. Ça a commencé quand elle a voulu te dire au revoir avant de partir. Il m'a demandé d'aller leur parler... tu imagines, il m'a demandé de lui mentir. Je lui ai dit que Massimo t'avait organisé une surprise et t'avait enlevée, hausse-t-elle les sourcils, amusée. C'est grotesque, non ? Je lui ai fait croire que ton cadeau de Noël était un voyage en République dominicaine. Tu sais, c'est loin, et il n'y a pas beaucoup de réseau là-bas. J'ai répété ce mensonge à ta mère pendant trois semaines, à chacun de ses coups de fil. Quand elle émettait trop de doutes, je lui écrivais sur Facebook, de ton adresse bien sûr. (Elle hausse les épaules.) Mais Klara n'est pas si bête, malheureusement.

Elle s'écroule à côté de moi en se cachant le visage dans les mains.

– Tu imagines ce que j'ai vécu ? Chaque mensonge en engendrait un autre et plus je parlais, moins les choses avaient un sens.

– Et tu en es où ?

– Vous réglez des affaires à Tenerife, et ton téléphone est tombé dans l'océan.

Je la regarde en me disant que je vais à nouveau devoir mentir à ma mère.

– Donne-moi ton téléphone. Massimo ne m'a pas rendu le mien.

– C'est moi qui l'ai. (Elle sort le smartphone du tiroir à côté du lit.) Quand ils t'ont enlevée, je l'ai retrouvé dans le couloir de l'hôtel.

Elle se relève, puis s'agenouille à côté de moi.

– Tu sais quoi, Laura, je vais te laisser seule.

J'acquiesce et prends le téléphone en fixant le nom de « maman » sur l'écran. Est-ce que je lui dis la vérité ? Et si je dois continuer à lui mentir, qu'est-ce que je suis censée lui raconter ? Après réflexion, je me rends compte que dire la vérité serait trop cruel. Surtout maintenant que tout semble rentrer dans l'ordre et qu'elle adore mon mari. Je prends une grande inspiration, appuie sur le bouton « appel » et place le téléphone à mon oreille.

– Laura ! (Son cri aigu me transperce le crâne.) Pourquoi est-ce que tu ne m'as pas appelée ? Tu n'imagines pas ce que j'ai traversé ! Ton père est mort d'inquiétude...

– Je vais bien. (Je sens les larmes venir.) Je suis rentrée aujourd'hui, je n'avais pas de téléphone... il a coulé.

– Je ne comprends rien à ce que tu racontes. Qu'est-ce qui se passe, et le bébé ?

Il faut que j'affronte cette conversation tôt ou tard.

– J'ai eu un accident aux Canaries...

Elle ne dit rien.

– Ma voiture en a percuté une autre... (Ma voix se coince dans ma gorge, des ruisseaux salés coulent le long de mes joues. Et... j'essaie de continuer, mais je n'y arrive pas, j'explose en larmes.) J'ai perdu le bébé, maman.

Un silence terrifiant s'installe de l'autre côté de la ligne, mais j'entends qu'elle pleure aussi.

– Ma chérie, chuchote-t-elle.

Je sais qu'elle ne peut rien dire de plus.

– Maman, je...

Aucune de nous deux n'est capable de dire quoi que ce soit, alors nous restons silencieuses et pleurons. Et même si des milliers de kilomètres nous séparent, je sais qu'elle est avec moi. Quelques minutes plus tard, elle se reprend.

– Je vais venir, je vais m'occuper de toi, ma fille.

– Maman, ça ne sert à rien. Il faut que je... il faut qu'on affronte la situation ensemble. Massimo a plus besoin de moi que jamais, et moi de lui. Je viendrai quand j'irai mieux.

Je mets du temps à la convaincre que je suis adulte et que j'ai un mari avec lequel je dois vivre cette période difficile. Après quelques dizaines de minutes, elle se range à mon avis.

Parler avec ma mère a eu un effet libérateur, mais ça m'a épuisée, je m'endors aussitôt après.

Un bruit qui vient de l'étage en dessous me réveille. J'aperçois la lueur des flammes de la cheminée, je me lève et m'approche de l'escalier. L'homme en noir, vêtu d'un pantalon de costume et d'une chemise noire ouverte, est occupé à rajouter du bois dans la cheminée.

Je commence à descendre tout doucement, en m'agrippant à la rampe. Quand j'atteins la dernière marche, il lève les yeux vers moi.

– Pourquoi tu t'es levée ? marmonne-t-il en s'écroulant sur le canapé, le regard rivé sur les flammes. Tu n'as pas le droit de bouger, retourne au lit.

Je m'assieds à côté de lui.

– Sans toi, ça ne sert à rien.

– Je ne peux pas dormir avec toi.

Il attrape une bouteille presque vide pour se resservir.

– Je pourrais te faire du mal sans faire exprès, tu as vécu assez de choses pénibles dernièrement.

Je soupire et soulève son bras pour me glisser dessous, il le retire.

– Qu'est-ce qui s'est passé à Tenerife ?

Je sens une accusation dans sa voix, je ne l'ai encore jamais entendu comme ça.

– Tu as trop bu ?

Il me fixe et je remarque de la colère dans ses yeux.

– Tu ne m'as pas répondu !

Mille pensées me traversent l'esprit, dont une qui domine : est-ce qu'il sait ? Je me demande s'il a été informé de ce qui s'est passé dans la maison de la plage et s'il est au courant du faible que j'ai pour Nacho.

– Toi non plus, tu ne m'as pas répondu.

Je me lève un peu trop vite et ressens une douleur vive.

– De toute façon, je n'ai pas envie de te parler quand tu es bourré.

Il se lève brutalement et hurle derrière moi.

– Si ! Tu es ma femme, tu réponds à mes questions, bordel !

Il balance son verre qui éclate en mille morceaux sur le sol. Je suis pieds nus, recroquevillée devant cet homme qui me domine de sa haute stature. Sa mâchoire est crispée, ses poings serrés, je suis pétrifiée par ce que je vois. Il attend un moment, puis n'obtenant pas de réponse, il quitte la pièce.

J'ai peur de me blesser, donc je me rassieds sur le canapé et relève les pieds. Un souvenir que je préférerais oublier me revient, quand Nacho ramassait les morceaux de l'assiette que j'avais cassée pour que je ne me fasse pas mal. Il m'avait prise dans ses bras pour m'éloigner, avant de tout nettoyer.

– Mon Dieu, je chuchote, sidérée que ce genre de souvenir me revienne.

Je m'enroule dans une couverture et m'endors sur le canapé en fixant le feu.

Les jours suivants ou plutôt les semaines qui suivent se ressemblent. Je suis au lit, je pleure, je réfléchis, je repense à des souvenirs, je pleure à nouveau. Massimo travaille, je ne sais pas vraiment ce qu'il fait, car je le vois très rarement. Il apparaît quand les médecins viennent me faire des examens ou pendant ma rééducation. Il ne dort pas avec moi. Je ne sais même pas où il passe ses nuits, la résidence a tellement de chambres que même si j'essayais, je ne le trouverais pas.

– Laura, ça ne peut pas continuer comme ça, affirme Olga en s'asseyant à côté de moi dans le jardin. Tu es en bonne santé maintenant et tu te comportes comme si tu étais toujours terriblement souffrante.

Elle lève une main pour couvrir son visage.

– J'en ai marre ! Massimo est tout le temps énervé et Domenico le suit partout. Quant à toi, tu passes ton temps couchée, à pleurer. Et moi ?

Je me tourne vers elle. Ses yeux sont plantés dans les miens, elle attend une réaction.

– Laisse-moi tranquille, Olga.

– Sûrement pas, habille-toi, on sort.

– Je vais te le dire de la manière la plus délicate possible : va te faire foutre.

Et je continue à regarder la mer.

Olga bout de colère, la chaleur que dégage son corps me brûle presque.

– Espèce d'égoïste !

Elle se lève pour me cacher la vue et se met à me hurler dessus.

– Tu m'as fait venir dans ce pays, tu m'as laissée tomber amoureuse, tu m'as même laissée me fiancer et, maintenant, je me retrouve toute seule !

Son ton est inquiétant, elle me fait presque peur, je commence à me sentir profondément coupable.

Je ne sais pas comment elle se débrouille, mais elle réussit à me traîner jusqu'à ma chambre et à me faire enfiler un survêtement. Un peu plus tard, je me retrouve en voiture.

Elle s'arrête devant une petite maison à Taormine, elle descend de la voiture, je la regarde comme si elle était idiote.

– Bouge ton cul !

Il n'y a plus de colère dans sa voix, plutôt de l'inquiétude.

– Tu vas m'expliquer ce qu'on fait ici ? je demande quand un agent de sécurité ferme la porte derrière moi.

– On soigne les têtes malades, Marco Garbi est apparemment le meilleur thérapeute de la région.

En entendant ce qu'elle dit, j'attrape la poignée de la voiture pour retourner me cacher à l'intérieur. Olga m'en empêche.

– Écoute, Laure, on peut faire ça toutes les deux ou attendre que ton mari te trouve un médecin à sa botte qui lui racontera chacune de tes séances.

Elle hausse des sourcils et attend.

Résignée, je m'adosse à la voiture. Je n'ai aucune idée ce que je veux ni de comment améliorer mon état et s'il y a un sens à essayer d'aller mieux, je n'ai plus rien dans la vie.

Je soupire.

– Pourquoi est-ce que j'ai quitté mon lit ?

Je m'attendais à rencontrer un Sicilien centenaire avec des cheveux blancs plaqués à la brillantine et des lunettes, qui m'aurait demandé de m'allonger sur un divan. Marco a à peine dix ans de plus que moi et notre séance se déroule autour d'une table de cuisine. Il ne ressemble en rien à l'image que je m'étais faite des thérapeutes. Il porte un jean déchiré, un tee-shirt rock et des baskets. Ses cheveux longs bouclés sont coiffés en chignon. La première chose qu'il m'a demandée, c'est si je voulais boire quelque chose. Ça m'a semblé peu professionnel, mais c'est lui le spécialiste, pas moi.

Il commence notre entrevue en me disant qu'il sait parfaitement qui est mon mari. Il ajoute que ça lui est complètement égal et il me rassure en ajoutant que Massimo n'a aucun pouvoir dans sa maison et ne sera jamais au courant du contenu de nos séances.

Ensuite, il me demande de lui raconter en détail la dernière année de ma vie. Il m'arrête quand je parle de l'accident et que je commence à m'étouffer dans mes sanglots. Après, il me demande ce que je veux, quels étaient mes projets avant le nouvel an, ce qui me rend heureuse ?

En réalité, c'est une simple conversation avec un inconnu. Je ne me sens ni mieux ni moins bien en le quittant.

Olga se lève du fauteuil de la salle d'attente où elle m'attendait.

– Alors ? C'était comment ?

– Je ne sais pas trop... Je ne sais pas comment il peut m'aider simplement en parlant.

Nous remontons en voiture.

– En plus, il dit que je ne suis pas malade mais que j'ai besoin d'une thérapie pour comprendre. (Je lève les yeux au ciel.) Il estime que je peux rester couchée si j'en ressens le besoin, j'ajoute en tirant la langue à Olga.

Mais je ne sais pas si c'est ce que je veux. La principale chose que je retire de ce rendez-vous, c'est que je m'ennuie, et c'est mon plus gros problème. Il faudrait que je trouve une activité, que je fasse autre chose qu'attendre que ma vie d'avant revienne. Mais est-ce que j'en ai vraiment envie ?

– Bon, très bien, déclare Olga en tapant dans ses mains. À partir d'aujourd'hui, on va organiser des choses. Je vais t'aider à te remettre sur pied, tu vas voir.

Elle se jette à mon cou, puis tape sur l'épaule du chauffeur.

– À la maison, s'il vous plaît.

Je la regarde, perplexe, en me demandant ce qu'elle a encore en tête.

Des dizaines de voitures sont garées dans l'allée de la maison. Est-ce qu'on a des invités ? En tout cas, je ne suis pas au courant et je suis en survêtement beige de chez Victoria Secret soit, mais peu adapté pour recevoir. Et certainement pas le genre de visiteurs qui viennent voir mon mari. Une part de moi s'en fiche royalement, mais une autre n'a pas envie qu'on me voie dans cet état.

Nous traversons le labyrinthe de couloirs en priant pour ne croiser personne. Quand nous arrivons sans encombre dans ma chambre, je m'écroule sur le lit. Je m'apprête à me glisser sous la couette, mais Olga ne l'entend pas de cette oreille et jette la couette par terre.

– Tu rêves si tu crois qu'après t'avoir attendue une heure chez ce psy rocker, je vais te laisser pourrir dans tes draps. Bouge tes fesses et viens t'habiller.

Elle m'attrape par la jambe, puis me tire vers elle. Je m'agrippe à la tête du lit et me débats de toutes mes forces, je hurle que je viens d'être opérée et que je ne me sens pas bien. Elle me lâche enfin et je me dis que j'ai gagné la partie, mais elle revient à la charge en m'attrapant par les deux jambes cette fois et en me chatouillant. C'est un coup bas, elle le sait très bien. Je lâche la tête de lit, me retrouve sur le tapis et Olga en profite pour me traîner jusqu'au dressing.

– Tu es cruelle, dégueulasse et ignoble...

– Oui, oui, moi aussi je t'aime. Bon, allez, au boulot !

Je suis allongée sur le tapis, les bras croisés sur la poitrine. Mon pyjama est ma tenue favorite depuis quelques semaines, mais je sais qu'Olga ne me lâchera pas.

– S'il te plaît, chuchote-t-elle en s'écroulant à genoux à côté de moi. Tu me manques.

Ça suffit pour que des larmes me montent mes yeux, je la prends dans mes bras et la serre fort contre moi.

– Bon d'accord, je veux bien essayer.

Quand elle se met à sauter de joie, je la préviens.

– Ne t'attends pas à ce que je sois trop enthousiaste.

Olga danse de bonheur en hurlant des bêtises. Elle commence par les étagères avec les chaussures.

– Tes bottes Givenchy, comme il ne fait pas encore trop chaud. Choisis le reste.

Je me lève pour m'approcher des centaines de cintres. Je n'ai pas d'énergie je sais que je peux mettre mes chaussures adorées avec n'importe quoi.

– On va faire simple.

Je prends une robe trapèze courte à manches longues de la même couleur que mes bottes. Je sors de la lingerie d'un tiroir et vais dans la salle de bains.

Pour la première fois depuis plusieurs semaines, je me regarde dans le miroir. Je suis horrible, pâle, très maigre, avec d'affreuses racines noires sur la tête. Je tourne le dos à mon reflet le plus rapidement possible.

Sous la douche, je me lave les cheveux, me rase les jambes, et tout le reste. Je m'enroule dans une serviette, puis je pars me maquiller. Tout ça me prend plus de temps que d'habitude, mais en deux heures, je suis prête. C'est beaucoup dire parce que ma misère et mon désespoir n'ont pas disparu, je les ai juste camouflés.

Quand je reviens dans la chambre, Olga regarde la télé, allongée sur le lit.

– Oh que tu es belle ! J'avais presque oublié que tu étais une bombe, mais s'il te plaît, mets un chapeau, tu ressembles à ces sorcières qui mettent des bottes à talons sous un jogging, mais ont les cheveux poivre et sel.

Je lève les yeux au ciel, mais repars dans le dressing pour chercher de quoi me couvrir la tête. Dix minutes plus tard, je prends mon sac Prada et mes lunettes de soleil rondes Valentino. Je voulais qu'on m'amène ma voiture, mais apparemment Massimo a interdit que je quitte la résidence seule. Nous devons prendre le SUV noir et deux gardes du corps.

– On va où ?

– Tu verras, répond Olga en riant.

Nous nous arrêtons devant l'hôtel où nous avions séjourné après ma lune de miel, celui d'où je me suis enfuie pour faire une surprise à mon mari. En arrivant à la résidence, j'avais découvert son frère en train de sauter Anna sur le bureau. Je ne pensais pas qu'un jour je m'en souviendrais avec une pointe de nostalgie et un sourire. Quelque part au fond de moi, je préférais revivre cela plutôt que de ressentir ce que je ressens maintenant, le vide, un vide terrible.

Tout ce qui suit ressemble à une scène d'un film où on déterre un homme des cavernes congelé pour le remettre en état. Tout d'abord, un rendez-vous avec une esthéticienne médicale pour les cicatrices. Mon corps meurtri ne me remonte pas le moral. Le médecin a dit qu'il est encore un peu tôt pour utiliser des méthodes radicales, mais que je pouvais commencer avec des traitements légers et des cosmétiques. Plus tard, nous pourrons tout effacer au laser.

Ensuite, les choses deviennent plus agréables : soins du corps, gommages, masques, enveloppements, massages suivis d'une manucure/pédicure et la partie la plus terrifiante, le coiffeur. Mon styliste reste figé devant ma chevelure quelques longues secondes en marmonnant quelque chose en italien. Il secoue la tête et fait des bruits bizarres.

– Qu'est-ce qui s'est passé ? Nous avons pris soin de ces cheveux blonds si longtemps, et regarde à quoi tu ressembles maintenant ! Tu étais où ? Sur une île déserte ? C'est le seul endroit où les gens pouvaient ne pas s'enfuir en voyant ces racines.

Il prend une mèche et la laisse retomber avec dégoût.

– J'étais loin, ça c'est sûr. On s'est vus à Noël pour la dernière fois ?

Il acquiesce.

– Regarde comment ils ont poussé ces trois derniers mois.

Ma blague ne le fait pas rire, il lève les yeux au ciel et s'écroule sur sa chaise tournante.

– Alors, on éclaircit et on coupe ?

Je fais non de la tête.

– Je vais bientôt mourir.

Il appuie sur sa poitrine en simulant un arrêt cardiaque. Je pense à ma discussion avec le thérapeute, les changements sont une bonne chose.

– Je les veux longs et foncés. Tu peux me mettre des rajouts ?

Il réfléchit un moment, marmonne quelque chose, puis se redresse subitement en hurlant.

– Oui ! Longs, foncés, avec une frange. (Il saute sur son siège et claque des mains.) Elena, on lave !

Je regarde Olga, la bouche grande ouverte, vautrée sur un fauteuil.

– Tu veux m'achever, Laura.

Elle prend une gorgée d'eau de son verre.

– J'attends le jour où tu vas t'asseoir sur ce fauteuil et demander qu'on te rase la tête.

Je ne sais pas combien de temps plus tard je me lève avec mal à la tête et au cou. Olga doit avouer que j'avais raison, je suis ravissante. Je suis comme hypnotisée en regardant mon reflet dans le miroir, mes longs cheveux et mes yeux maquillés qui ressortent sous ma frange coupée droite. Je n'arrive pas à croire que je suis aussi jolie, d'autant plus que ça fait plusieurs semaines que je ne ressemble à rien. Je me rhabille, puis prends mon chapeau à la main, je n'en ai plus besoin.

– J'ai une proposition à te faire, et comme c'est le week-end, tu ne peux pas refuser.

Olga lève un doigt.

– Si tu dis non, tu retrouveras une tête de cheval coupée dans ton lit.

– Je pense savoir ce que tu vas dire...

– On va faire la fête ! Regarde, nous sommes magnifiques, notre peau est douce, nous sommes toutes pomponnées. Ce serait dommage de ne pas en profiter. Tu es resplendissante, maigre...

– ... et je n'ai pas bu depuis quelques mois, j'ajoute.

– Exactement. Et voilà Laura, on y est, la thérapie, les changements et la fête, tout est en ordre.

Nous marchons vers le SUV. Au début, les gardes du corps ne me reconnaissent pas, ils me fixent comme des abrutis, je passe devant eux en haussant les épaules et je monte dans la voiture. Je me sens bien, attirante, sexy et très féminine. La dernière fois que je me suis sentie comme ça, c'était... avec Nacho.

Cette pensée me provoque une sensation étrange dans le ventre, comme si quelqu'un m'avait balancé un coup. J'avale ma salive, mais la boule dans ma gorge ne disparaît pas. L'image du garçon tatoué au grand sourire m'apparaît, et je reste figée.

– Laura, qu'est-ce qu'il y a ? Tu ne te sens pas bien ?

Olga me secoue, mais je suis figée, le regard planté dans le siège devant moi.

– Ça va, j'ai juste un peu la tête qui tourne.

– Alors que je suis prête et toute belle ? Va te faire voir.

Je souris à Olga, je ne veux pas qu'elle le sache. Je ne suis pas prête à raconter à qui que ce soit ce que je ressens. J'ai un mari, je l'aime. Je me le répète en boucle quand l'image de l'homme tatoué revient me hanter. Je change rapidement de sujet.

– Le mariage est prévu pour quand ?

– Oh, je ne sais pas, mai ou juin. Tu sais, ce n'est pas si simple...

Un flot de mots se déverse de la bouche d'Olga. Je participe à la conversation avec soulagement, je suis ravie pour elle.

Quand nous arrivons à la maison, il y a encore quelques voitures suspectes dans l'allée. Mais, cette fois, je n'ai pas l'intention de me cacher. Je me sens de mieux en mieux. Nous entrons dans la maison, ce qui me frappe tout de suite, c'est l'absence du personnel. D'habitude, on croise toujours quelqu'un, mais là, tout est vide.

– Je vais dans ma chambre, dit mon amie. On se voit dans une demi-heure pour dîner. Sauf si je ne trouve rien à mettre, dans ce cas, tu me verras avant.

– Viens quand tu veux, je réponds en souriant.

Je marche le long du couloir en balançant mon sac d'une main et mon chapeau de l'autre. Quand je passe devant la bibliothèque, la porte s'ouvre et Massimo apparaît. Il est de dos, en train de parler aux personnes à l'intérieur, puis il se retourne.

Mon cœur bat la chamade quand il ferme la porte derrière lui et me regarde, surpris. Ses yeux se baladent sur moi, de la tête aux pieds. Je suis si stressée que je n'arrive pas à parler. Ça fait si longtemps qu'il ne m'a pas regardée comme une femme, sa femme. Même s'il fait assez sombre dans le couloir, je vois bien ses pupilles dilatées et j'entends sa respiration s'accélérer. On reste planté là un bon moment, jusqu'à ce que mon cerveau se reconnecte.

– Tu as un rendez-vous, désolée.

Je ne sais pas quoi dire d'autre. Pourquoi est-ce que je m'excuse ? C'est lui qui est sorti de la bibliothèque. Je fais un pas en avant, mais il me bloque le passage. Son visage est éclairé par les lanternes de l'extérieur, il est sérieux, concentré, et il me désire. Il m'attrape pour m'embrasser et je gémis de surprise quand il me plaque contre le mur. Il me mord, m'étouffe. Sa main se promène sur mon corps, il relève ma robe et saisit mes fesses. Une sorte de ronronnement sort de sa bouche. Je sens son désir grandir entre ses jambes, ça me fait sortir de ma torpeur. Des deux mains j'agrippe ses cheveux et les tire vers moi. L'homme en noir adore cette brutalité subtile, je sens ses dents se resserrer sur mes lèvres. Je gémis de douleur, ouvre les yeux et souris de manière coquine tout en lui rendant son baiser.

Ma culotte glisse sur mes cuisses, mes genoux, puis tombe au niveau de mes chevilles. Massimo me soulève et m'emmène vers une autre pièce, il entre et referme la porte avec le pied. Il me plaque à nouveau contre le mur, sa respiration est saccadée, ses gestes nerveux. Il est manifestement pressé. D'une seule main, il ouvre sa braguette et libère son sexe. Il me pénètre, ça m'avait tant manqué. Je crie fort, les mouvements de Don sont puissants. Il savoure ce moment et chaque sensation.

Il mord mes lèvres, les lèche en me pénétrant de plus en plus profondément. Un désir puissant s'accumule dans mon ventre comme une tornade. Je ne l'ai pas senti si proche de moi depuis tellement longtemps. Je sens que je vais bientôt arriver au sommet de mon plaisir, un orgasme surpuissant traverse mon corps, qui me coupe le souffle. J'essaie de crier, mais Massimo étouffe le bruit en m'embrassant et il explose juste après moi. Malgré ses jambes et ses mains qui tremblent, il me tient toujours contre lui. Quelques secondes plus tard, il me repose au sol puis s'adosse contre le mur. Il chuchote en essayant de reprendre son souffle

– Tu es... Laura, tu es...

– Toi aussi, tu m'as manqué.

Ses lèvres touchent les miennes à nouveau. Sa langue pénètre ma bouche avant que j'aie le temps de prononcer d'autres mots. Cette fois-ci, ses caresses sont plus délicates. Il m'embrasse doucement et sensuellement. Un bruit de voix nous parvient, il place son doigt sur mes lèvres, m'indiquant de ne pas faire de bruit. Il continue à m'embrasser vigoureusement. Ses longs doigts se placent sur mon clitoris. Après une si longue pause, je ressens chacun de ses gestes comme une brûlure qui me paralyse le corps. Je gémis sans le vouloir. Il m'en empêche en intensifiant son baiser. Nous entendons le bruit d'une porte, puis plus rien, je souffle de soulagement et cède totalement à ce que me fait l'homme en noir. Il enfonce deux doigts en moi, pas encore satisfait. Son pouce masse mon endroit le plus sensible, et je pars à nouveau.

Son téléphone vibre.

– Putain !

Il le sort, regarde l'écran et soupire.

– Il faut que je réponde.

Le téléphone coincé entre son épaule et son oreille, il n'interrompt pas ce qu'il est en train de faire avec ses doigts.

– Il faut que j'y aille, mais je n'en ai pas fini avec toi.

Cette menace est également une promesse, mon bas-ventre brûle de désir. Il me lèche une dernière fois les lèvres et referme sa braguette.

Nous sortons de la pièce, Massimo ramasse ma culotte qui était restée dans un coin du couloir. Sans me quitter des yeux, il la glisse dans sa poche. Il prend quelques grandes inspirations, puis ouvre la porte de la bibliothèque, le brouhaha envahit le couloir.

La porte se referme, adossée au mur, je ne réalise pas complètement ce qui vient de se passer. Pourtant, faire l'amour avec son mari est plutôt normal, mais après autant de semaines, de mois, c'est différent. J'ai l'impression d'être à nouveau au mois d'août, quand il m'a enlevée, quand je me suis donnée à lui et que je suis tombée amoureuse. Une autre pensée me vient, je ne suis plus enceinte, mais je peux l'être à n'importe quel moment. Cette idée me pétrifie, tout mon corps est comme paralysé. Des centaines de scénarios me traversent l'esprit, j'ai du mal à respirer, les larmes me montent aux yeux. Je ne veux pas que ça arrive, pas une deuxième fois, pas après ce qui s'est passé. Mais ce n'est pas en restant plantée là que je vais trouver une solution, et je retourne dans ma chambre.

J'allume mon ordinateur et tape nerveusement sur mon clavier en cherchant des conseils auprès de mon vieil ami Google. Je suis étonnée qu'autant de pages s'affichent. Divers médicaments existent, je lis tout ce qui les concerne et vérifie comment les acheter. Soulagée que ce soit aussi simple, je m'écroule sur le lit.

– Je vois que tu es prête, affirme Olga en montant les escaliers. Je n'ai pas pris de sac, mais je vois que toi non plus, donc ça va.

Elle passe près de moi et je la suis du regard.

Elle porte une robe blanche très courte qui s'attache juste au-dessus de la poitrine. Elle est très jolie, Je dirais même qu'elle est féminine. Le haut en dentelle de la robe apporte une certaine innocence à sa silhouette. Quand mon regard descend, je soupire en découvrant que rien n'a changé, des cuissardes noires remontent le long de ses jambes. Le tout transmet un certain message : je suis vertueuse, mais fouette-moi et tu verras. Je ferme l'ordinateur. Je la suis.

Olga fouille dans ma collection de sacs. De mon côté, je cherche une tenue qui me convienne. Soudain, je ressens une étrange impression, je cesse mes recherches et me tourne vers Olga. Elle me fixe en riant, un sourcil remonté et les bras croisés sur sa poitrine.

– Toi, tu as baisé, mais quand as-tu trouvé le temps ?

Je lève les yeux au ciel, puis me replonge dans les cintres.

– Comment tu peux le savoir ?

– Peut-être parce que tu n'as pas de culotte ?

En entendant ça, je regarde dans le miroir accroché au mur et effectivement, quand je remonte les bras, ma robe ne me couvre pas les fesses tellement elle est courte.

Olga s'assied sur le fauteuil en croisant les jambes et continue.

– La culotte n'est pas le seul indice, tes lèvres gonflées par vos baisers et tes cheveux décoiffés te trahissent aussi. Peut-être sont-elles gonflées à cause d'une pipe ? Allez, raconte.

– Rien, on s'est croisés dans le couloir, c'est tout.

Je lui jette un cintre dessus.

– Arrête de faire cette tête et viens m'aider.

Elle se lève en répétant : « On s'est croisés dans le couloir, c'est tout ! »

Une demi-heure plus tard, je suis prête. Olga bataille sur ses talons hauts dans l'allée en gravier. Malheureusement, le même sort m'attend. Je porte des talons aiguilles Louboutin ornés de diamants. Je vais avoir encore plus de mal à marcher. Je n'avais pas envie d'être trop habillée, du coup j'ai enfilé un jean boy-friend déchiré, une chemise blanche très simple à manches courtes et j'ai pris une pochette Miu Miu. Je ressemble un peu à une adolescente ou à une garce qui prétend être sage. Mes cheveux n'ont rien d'innocent.

Chapitre 4

Sur la route pour Giardini Naxos, je réalise que j'ai oublié d'informer mon mari que je sortais. Je prends mon téléphone, et puis je me rends compte que lui non plus ne me dit pas tout ce qu'il fait, je range donc mon portable dans mon sac microscopique. En plus, je sais que si jamais il réussit à quitter sa réunion, il va me chercher et on lui dira que je suis sortie. Je lève les yeux au ciel, Olga le remarque.

– Qu'est-ce qu'il y a ?

– J'ai un service à te demander. (Je baisse la voix comme si j'avais oublié que les autres ne parlaient pas le polonais.) Je veux que tu ailles chez le médecin demain pour demander une ordonnance.

Elle fronce les sourcils.

– J'ai besoin d'une pilule du lendemain.

Olga semble de plus en plus interloquée

– Qu'est-ce que tu racontes ? Laura, tu as un mari.

– Mais je ne veux pas avoir d'autre enfant avec lui, pas maintenant en tout cas.

Je la regarde, désespérée.

– Tu sais, je préférerais ne pas devoir faire ça, mais après toutes ces opérations, ce ne serait pas bon pour moi de tomber enceinte maintenant.

Olga m'observe attentivement.

– Je comprends et, évidemment, je vais le faire pour toi. Mais réfléchis à la suite. Tu ne peux pas avaler un comprimé chaque fois que vous couchez ensemble. Peut-être que je pourrais demander une ordonnance pour la pilule aussi ?

– C'est la deuxième chose que je voulais te demander, je ne veux pas que Massimo le sache et je n'ai pas intention d'avoir une autre discussion au sujet des enfants avec lui.

Elle acquiesce, puis s'adosse à son siège. La voiture s'arrête devant un restaurant.

Je regarde Olga, irritée.

– Sérieusement ?

– Putain, Laura, on est supposées aller où ? Tous les meilleurs restaurants appartiennent aux Torricelli. En plus, Massimo doit savoir que tu es sortie !

Elle me regarde pendant que je fixe le siège devant moi.

– Il ne le sait pas ? (Elle explose de rire.) Alors, on va s'en coller une belle. Allez, viens !

Elle sort de la voiture, traverse la rue, puis se dirige vers l'entrée. Imaginer à quel point mon mari sera furieux me fait rire et ressentir une étrange satisfaction.

– Attends-moi !

À peine entrées, nous commandons une bouteille de champagne. Nous n'avons rien à fêter à part le plaisir de boire une bonne bouteille. Dès que le manager nous voit, il demande presque qu'on nous porte jusqu'à notre table. Il est aux petits soins et installe un serveur juste à côté de nous. Olga demande à ce qu'il s'éloigne en faisant remarquer que nous n'avons pas besoin d'un service spécial. Nous voulons juste dîner et repartir.

Quand la bouteille arrive sur la table, je ressens une agitation malsaine. C'est la première fois depuis des mois que je vais sentir le goût de l'alcool dans ma bouche.

– À nous ! dit Olga en prenant une coupe dans sa main. Au shopping, aux voyages, à la vie, à ce qu'on a et à ce qui nous attend !

Elle me fait un clin d'œil et boit une gorgée. Quand je sens ce goût adoré dans ma bouche, je vide la coupe d'un trait. Mon amie secoue la tête, sa main n'a même pas pu approcher le seau à glace que, déjà, le manager s'occupe de me servir. Super, j'ai une nounou, je me dis en lui lançant un regard insinuant genre « barre-toi ».

Je suis en train de déguster des moules au vin blanc quand mon petit sac commence à vibrer. Ça ne peut être que deux personnes : ma mère ou Massimo. Je réponds sans même regarder.

– Tu te sens mieux ?

Pétrifiée, je lâche ma fourchette et me lève de table. Je regarde Olga paniquée, elle ne comprend pas ce qui se passe.

– Comment tu as eu mon numéro ?

– Tu me demandes ça après que je t'ai enlevée à une fête où quelques dizaines de gardes du corps te surveillaient ?

Le rire de Nacho m'explose dans la tête, l'alcool que j'ai bu décuple mes sensations.

– Donc, tu vas comment ?

Je sors du resto et m'assieds sur un banc, un des gardes du corps sort précipitamment de la voiture garée quelques mètres plus loin. En le voyant, je lève une main pour lui indiquer que je n'ai rien.

– Pourquoi tu appelles ?

– C'est difficile d'avoir une réponse avec toi.

J'ignore à nouveau sa question, ce qui le fait soupirer.

– Nous devions être amis, et les amis s'appellent de temps en temps pour prendre des nouvelles, donc ?

– Je me suis teint les cheveux.

– Le foncé te va bien. Mais par quel miracle sont-ils aussi longs, parce que...

Il s'interrompt pour marmonner quelques mots en espagnol.

– Comment tu...

Il a raccroché.

Je regarde mon téléphone en essayant de comprendre ce qui vient de se passer. J'ai peur de lever les yeux et de découvrir Nacho devant moi. Je me redresse doucement et regarde tout autour. Je vois des gens qui se baladent, des voitures, les gardes du corps et Olga, à l'entrée du restaurant, l'air très énervée. Je me lève et en trébuchant sur mes talons bien trop hauts, je retourne à l'intérieur terminer mes moules.

– C'était qui ?

Olga a les bras croisés sur la poitrine.

– L'homme en noir.

– Pourquoi tu mens ?

– Parce que la vérité est difficile à affronter, et en plus, je ne sais pas quoi te dire.

Je prends ma fourchette et engouffre les moules pour ne pas avoir à répondre à sa prochaine question.

– Qu'est-ce qui s'est passé aux îles Canaries ? demande Olga en nous servant à boire et en indiquant au serveur d'apporter une autre bouteille.

Mon Dieu, que je déteste cette question ! Chaque fois, je me sens coupable et j'ai l'impression d'avoir fait quelque chose de mal. Et puis, j'ai du mal à avouer aux personnes qui s'inquiétaient tant pour moi que je me suis bien amusée. Évidemment sans parler de la tentative de meurtre et de tout ce qui s'est passé après...

Mon regard se plante dans celui d'Olga, je vois bien qu'elle est toujours irritée.

– Pas encore, je marmonne en prenant une autre gorgée. Pas aujourd'hui. Je commence juste à me sentir mieux et tu me poses la pire question possible.

– À qui tu veux le raconter si ce n'est pas à moi ? (Elle se penche au-dessus de la table pour se rapprocher de moi.) Tu ne feras pas de confidences à ta mère et, vu comment tu te comportes, je présume que Massimo ne saura jamais ce qui s'est passé. Je pense que la meilleure solution serait de te confesser, mais je ne veux pas insister, si tu ne veux pas, ne dis rien.

Elle s'enfonce dans son siège, pendant un moment je ne dis rien, j'ai juste envie de pleurer.

– Il était si différent, je soupire, le type qui m'a enlevé. Marcelo Nacho Matos.

Un sourire incontrôlé apparaît sur mon visage.

Olga pâlit.

– Je vais l'oublier, je le sais, mais pour l'instant, je n'y arrive pas.

– Oh putain, dit enfin Olga. Toi et lui...

– Pas du tout. Je n'étais pas malheureuse à ses côtés. J'étais libre, enfin presque... Il s'occupait de moi, m'apprenait des choses, me protégeait...

Je sais que ce que je dis et le ton que j'emploie sont très déplacés, mais je ne peux pas m'en empêcher.

Olga m'interrompt en faisant des grands yeux.

– Tu es tombée amoureuse ?

Je ne réponds pas. Je suis incapable de le nier. Est-ce que je suis tombée amoureuse ? Je n'en ai aucune idée. Peut-être que c'est juste un béguin ou suis-je tombée sous le charme ? J'ai un mari, je l'aime, il est incroyable. C'est un homme de rêve. Mais est-ce que j'en suis si sûre ?

– Arrête ! je balance en regardant Olga. C'est juste un mec. Tant de choses atroces se sont passées à cause de lui... Premièrement, j'ai perdu mon enfant, deuxièmement, je suis restée à l'hôpital plusieurs semaines, et à la maison encore plus longtemps, avant d'être capable d'affronter le monde, et pour finir mon mari s'est éloigné de moi et me traite davantage comme une ennemie que comme sa femme.

J'espère qu'Olga me croit, moi aussi j'aimerais beaucoup croire à tout ce que je viens de dire.

– Oh ! Laura, il n'arrive pas à se pardonner ce qui s'est passé. Il te fuit parce qu'il se sent coupable que vous ayez perdu l'enfant et que tu aies dû vivre tout ça. Tu sais qu'il voulait te renvoyer en Pologne pour que plus personne ne puisse te faire du mal à cause de lui ? Il était prêt à renoncer à ce qu'il aime le plus pour que tu sois en sécurité.

Olga secoue la tête en buvant une gorgée.

– Je me suis infiltrée dans la bibliothèque une nuit et je l'ai entendu discuter avec Domenico. J'apprends l'italien, mais je n'y comprends encore pas grand-chose. Je n'ai pas eu besoin de le parler cette nuit-là pour comprendre de quoi il s'agissait.

Elle lève ses yeux qui brillent de larmes.

– Laura, il pleurait. Mais comment... on aurait dit un animal blessé.

– C'était quand ?

– La nuit, juste après que tu sois rentrée en Sicile. Bon ok, assez parlé de tout ça, buvons un verre.

Je me remémore ce soir où il a brisé le verre, c'est à ce moment-là que notre solitude à deux a commencé. Cette nuit-là a tout changé, mon mari s'est éloigné de moi.

Nous finissons la seconde bouteille et sortons, chancelantes, du resto. Le manager nous ouvre personnellement la porte de la voiture que les gardes du corps ont garée devant l'entrée. Les clients nous regardent, attirés par l'attention des membres du personnel. Nous pourrions être des stars si notre démarche ne trahissait pas notre état.

Nous montons avec quelques difficultés dans la voiture et Olga indique au chauffeur l'adresse où nous nous rendons.

Il est minuit passé, des dizaines de personnes attendent à l'entrée de la boîte de nuit. Évidemment, elle appartient aussi aux Torricelli et nous n'avons pas à faire la queue. Nous traversons le lieu à grandes enjambées derrière les gardes du corps qui nous dégagent le chemin. Nous nous asseyons enfin dans notre carré VIP. Je suis bourrée, j'essaie de regarder autour de moi, mais les quatre hommes qui nous surveillent me bloquent la vue sur la salle. Quand Olga a dit à Domenico qu'on allait faire la fête, il a tout organisé pour qu'on ne puisse parler à personne.

Le champagne arrive sur la table, Olga attrape une coupe et se met à danser sur la plateforme à côté du canapé. J'en prends une moi aussi, je suis tellement bourrée que si j'essaie de danser, je vais certainement tomber sur la foule. J'observe les gens qui s'amusent dans le club, j'ai l'impression que quelqu'un me regarde. Je ne vois pas très clair avec tout l'alcool que j'ai ingéré, et...

Au bout du bar, les bras croisés, Marcelo Nacho Matos. J'ai un haut-le-cœur, je ferme les yeux, puis les ouvre à nouveau.

L'endroit où il se tenait est vide, je cherche un homme au crâne chauve dans la foule, il a disparu. Inquiète, je me rassieds sur le canapé et vide ma coupe. C'est la première fois que j'ai des hallucinations après avoir bu. Peut-être est-ce parce que ça fait longtemps que je n'ai pas avalé autant d'alcool ?

Je crie à Olga qui bouge au rythme de la musique que je vais aux toilettes, elle me fait un signe de tête. Je préviens les gardes du corps, qui me dégagent le chemin. Dans l'obscurité, à côté du mur et d'une grande statue, je le vois à nouveau. Il a toujours les bras croisés sur la poitrine et me sourit de toutes ses dents. Mon estomac se noue, ma respiration se bloque. Si mon cœur était encore malade, j'aurais déjà perdu connaissance.

Soudain, j'entends une voix derrière moi.

– Depuis quand tu sors sans mon autorisation ?

La voix de Massimo me pénètre, j'ai l'impression que le volume de la musique a baissé d'un coup. La silhouette imposante de mon mari me cache le reste de la salle.

Je lève les yeux, sa mâchoire est serrée. Je voulais dire quelque chose, mais je suis seulement capable de me jeter à son cou pour regarder par-dessus son épaule. L'homme tatoué a disparu, je suis d'autant plus effrayée. Le mélange médicaments et alcool n'est définitivement pas une bonne idée.

Je suis pendue au cou de Don, est-ce qu'il va me hurler dessus, me traîner jusqu'à la voiture ? Comme il ne se passe rien, je me dégage et découvre avec surprise qu'il sourit.

– Je suis content que tu sois sortie du lit, viens.

Il me prend par la main et m'entraîne vers le carré VIP, je me retourne à nouveau, mais ne vois personne

Domenico et Olga semblent très occupés, il est assis sur un fauteuil, elle à califourchon sur lui. Leurs langues bougent encore plus rapidement que le rythme de la musique. Heureusement que personne ne les voit, les clients pourraient penser qu'on tourne un film porno.

L'homme en noir s'assied, ses fesses ont à peine touché le fauteuil qu'une serveuse apparaît avec un plateau et une bouteille de liquide ambré. Elle place le tout sur la table devant lui en minaudant un peu trop à mon goût. Je suis bourrée et observe Don qui prend une première gorgée de son verre. Il est beau, habillé tout en noir. Il me regarde tout en finissant son verre, il se ressert et en avale la moitié. Je n'ai jamais vu Massimo boire à un tel rythme. Je le pousse pour qu'il me fasse de la place à côté de lui. Je prends ma coupe, la musique résonne autour de nous, Domenico et Olga sont très occupés, il s'en faut de peu qu'ils baisent là, devant nous.

Massimo se penche au-dessus du plateau, je gémis en voyant des lignes de poudre blanche parfaitement tracées. Don sort un billet de sa poche, le roule en un petit tube, prend une ligne et soupire. Je ne suis pas ravie de sa conduite, mais mon mari n'en a rien à faire. Il me regarde, les yeux plissés, tout en buvant. Mon humeur devient maussade et je me demande s'il le fait exprès ou si c'est juste un drogué.

Quelques dizaines de minutes plus tard, ils vident le plateau en buvant tous les trois. N'y tenant plus, je prends un billet posé sur la table et me penche pour inspirer la poudre blanche. L'homme en noir attrape mon bras, il est en colère, mais moi aussi.

– Vous prenez tous cette merde, donc moi aussi je peux.

Tout de suite après, je sens un goût ignoble et amer au fond de ma gorge.

– Tu ne respectes pas ton nouveau cœur, Laura, grogne Massimo entre les dents.

Ce qu'il dit ne m'intéresse pas, je suis trop occupée à essayer de l'énerver. Je lui fais une grimace théâtrale, puis je me lève, j'ai du mal à garder mon équilibre. Comme je ne trouve pas quoi faire pour le provoquer, je lui fais un doigt et pars vers la sortie. Un grand type me barre le passage, il regarde mon mari puis me laisse passer, ce qui me surprend. Je marche droit devant moi, je me sens d'humeur combative. Soudain, quelqu'un m'attrape par le coude, puis me tire dans une pièce cachée par l'obscurité du couloir. Je me libère, puis me retourne pour me cogner contre l'homme en noir qui me bloque la sortie.

– Laisse-moi passer !

Massimo fait non de la tête, puis s'approche de moi. Son regard m'est totalement étranger, j'ai l'impression qu'il est absent. Il m'attrape par la gorge et me plaque contre la porte fermée. J'examine la pièce dans laquelle on se trouve. Elle est très sombre et recouverte d'un tissu matelassé. Au milieu, il y a une petite plateforme et une barre de pole dance. En face, un fauteuil avec une table ronde sur laquelle on a installé des verres et des bouteilles d'alcool. L'homme en noir appuie sur un bouton, des lampes s'allument et de la musique retentit dans les enceintes.

– Qu'est-ce qui s'est passé à Tenerife ?

La mâchoire serrée de Don lui donne un air sévère.

Je ne dis rien, je suis bourrée et je n'ai pas la force de me disputer. Lui attend en intensifiant sa prise sur mon cou. Comme le silence dure, il me lâche, retire sa veste puis s'assied sur le fauteuil. Je tente d'ouvrir la porte, mais elle est fermée. Résignée, je pose mon front contre le mur. J'entends Massimo mettre un glaçon dans son verre.

– Danse pour moi, et après tu me suceras.

Je me retourne, il déboutonne sa chemise.

– Et après, une fois que j'aurai abusé de tes lèvres, je te sauterai.

Je le regarde et, soudain, je réalise que j'ai presque retrouvé ma lucidité. Je respire profondément, car je ressens quelque chose de nouveau. Je ne sais pas pourquoi mais je me sens bien, je suis détendue et heureuse. C'est une sensation légèrement différente d'un amour puissant. Est-ce que c'est l'effet de la cocaïne ? Je comprends mieux pourquoi l'homme en noir aime tant en consommer.

J'enlève ma veste, puis m'approche doucement la barre. Je n'ai quasiment pas fait d'exercice depuis l'opération, il m'est impossible de m'en servir pour danser. Je place mon dos contre la barre et commence à glisser lentement vers le bas, sans quitter mon homme du regard. Je balance mes hanches, frotte mes fesses contre le métal et enroule une jambe autour de la barre. Je tourne sur moi-même en me léchant les lèvres et en lançant un regard provocateur à l'homme en noir. Je retire lentement ma chemise et la jette vers lui. Quand Don voit mon soutien-gorge en dentelle, il ouvre sa braguette pour libérer son impressionnante érection et commence à se branler.

Je gémis en voyant ce qu'il fait, je commence à être excitée. J'ouvre un bouton de mon jean, puis un autre, jusqu'à l'ouvrir complètement pour qu'il voie mon string. Massimo se mord la lèvre, ses mouvements s'accélèrent, il m'observe les yeux mi-clos.

Je me place dos à lui et fais glisser mon pantalon jusqu'aux chevilles, offrant une vue impressionnante à mon mari. J'attrape la barre et retire élégamment mon pantalon. Je suis désormais en lingerie et talons aiguilles. Je descends de la scène, m'approche de lui et insère ma langue dans sa bouche.

Il a le goût de l'alcool, mais ça ne me dérange pas du tout. Je baisse ma culotte et me plante sur lui. Il crie de plaisir et ferme les yeux comme s'il avait du mal supporter ce qu'il ressent. Il attrape mes hanches de ses grandes mains, puis commence à me soulever et me laisser tomber sur lui. Je n'arrête pas de gémir. L'homme en noir respire vite, son corps est trempé. J'arrête mes mouvements, déboutonne entièrement sa chemise, il s'impatiente. Enfin, je m'agenouille devant lui.

– J'aime bien mon propre goût, je murmure avant de le gober en entier.

C'est trop pour lui, il lâche le verre qu'il avait pris quelques secondes plus tôt sur le tapis moelleux. Il attrape ma tête et fourre son sexe dans ma bouche. Son corps mouillé commence à trembler et je sens les premières gouttes sur ma langue, il hurle et s'agite comme s'il bataillait contre lui-même. Il jouit en me regardant dans les yeux.

Je m'écroule sur le tapis.

Il se lève pour remettre son pantalon.

– Tu as l'air d'une vraie pute avec ces cheveux, ma pute.

– Tu as oublié quelque chose ! je lui dis en glissant ma main dans ma culotte en dentelle. Je devais danser.

Je commence à bouger mes doigts.

– Te sucer.

Je décale légèrement le tissu pour qu'il voie ce que je fais.

– Et tu devais me sauter.

J'enlève mon string et le jette à côté de moi, puis je me mets à quatre pattes en faisant ressortir mes fesses.

– Tout est à toi ici.

Il ne peut pas ignorer cette provocation, il attrape mes hanches et avant même que j'aie pris une inspiration, il me pénètre. Il n'est pas délicat, mais brutal et rapide. Mon premier orgasme arrive vite, mais Massimo sous l'influence de l'alcool et la drogue continue à me défoncer. Je jouis encore, et encore. Il ne ralentit pas. Après une heure et quelques changements de position, il jouit à nouveau.

J'ai du mal à me relever après ce marathon. Je m'en veux d'être sortie, j'ai envie de m'allonger sur le tapis près de la cheminée.

– Habille-toi, on rentre, dit l'homme en noir en mettant sa veste.

Je grimace en entendant son ton indifférent. Je n'ai pas la force de me disputer. Je ramasse mes affaires et, quelques minutes plus tard, nous nous retrouvons dans la boîte bruyante. Domenico et Olga sont déjà rentrés à la résidence. J'ai une gueule de bois monstrueuse et l'impression que je ne vais pas tarder à m'écrouler. Être sortie de la pièce sombre est mon dernier souvenir de la soirée.

– Tu es parfaite, chuchote Nacho en me caressant la joue.

Ses longs doigts délicats qui sentent l'océan caressent ma peau nue. Il me regarde de ses yeux verts joyeux. Il approche ses lèvres des miennes. Il prend d'abord mon nez, puis mes lèvres dans sa bouche. Sans précipitation, il me lèche les lèvres avant de rentrer à l'intérieur. Il bouge ses hanches au rythme de son baiser. Je glisse ma main jusqu'à ses fesses dures comme fer. J'apprécie la chaleur de son corps. Il est calme, pas pressé. Chacun de ses gestes est rempli de sensualité et de tendresse. Il chuchote en me regardant dans les yeux :

– Je veux te prendre, baby girl.

Ses lèvres se posent sur mon front, il bouge les hanches pour se placer face à moi. Je respire fort, il me regarde comme s'il attendait mon autorisation.

– Fais-moi l'amour, je demande en l'attirant en moi.

Je suis étonnée d'entendre un accent britannique.

– Tu es si mouillée, j'avais oublié à quel point tu es excitée quand tu bois.

J'ouvre les yeux avec difficulté, j'ai l'impression d'avoir mille aiguilles sous les paupières. J'ai un mal de tête puissant et je suis complètement désorientée. Je ne réalise ce qui se passe que quand je regarde vers le bas et vois Massimo s'agiter entre mes jambes, la langue collée à mon clitoris.

– Tu es si prête.

Je gémis quand il me lèche, je viens de comprendre pourquoi je suis si excitée.

Ce n'était qu'un rêve...

Je reste allongée, un peu déçue, pendant que mon mari essaie de me satisfaire. Je n'arrive pas à me concentrer sur ce qu'il fait car, dès que je ferme les yeux, le surfeur aux yeux verts apparaît. C'est une torture. En général, j'attends avec impatience les caresses de l'homme en noir. Là, j'ai juste envie de jouir rapidement pour qu'il me laisse tranquille. Les minutes passent, et malgré tous mes efforts, je n'arrive pas à m'approcher du sommet.

– Qu'est-ce qui se passe ?

J'essaie de trouver une bonne explication, mais Massimo n'est pas un homme patient. Il attend quelques secondes, puis se lève et part vers le dressing.

– J'ai une de ces gueules de bois, je marmonne.

Ma tête va exploser et pulse au rythme de la musique Mayday. Je pourrais courir derrière lui et m'excuser, mais pour quoi ? Le connaissant, ça ne servirait à rien.

Quand il descend les escaliers, les mots restent bloqués dans ma gorge. Puis je me rappelle ce qu'il a dit la nuit dernière.

– Massimo, je crie. (Il s'arrête, puis se retourne.) Hier, tu as dit que je ne respectais pas mon nouveau cœur. Tu voulais dire quoi par là ?

Il me fixe, glacial, puis me balance sans aucune émotion :

– Tu as eu une greffe, Laura.

Il l'a dit comme s'il commandait un sandwich au jambon, sans aucune émotion, et il disparaît.

Je m'enfouis dans les draps pour digérer ce que je viens d'entendre. Je bataille contre une nausée très intense et finis par m'endormir.

– Tu es en vie ? demande Olga en s'asseyant sur le bord du lit et en me tendant une tasse de thé au lait.

– Je suis totalement morte et je ne vais pas tarder à vomir, j'avoue en sortant mon visage de sous la couette. À boire, je gémis. Je crois que l'homme en noir est très vexé, j'ajoute en buvant une longue gorgée.

– Ils sont partis avec Domenico il y a une heure à peu près. Ne me demande pas où, je n'en ai aucune idée.

Ça me rend triste. Hier, tout commençait à aller mieux, et j'ai tout gâché.

Olga se glisse sous la couette et ferme les volets avec la télécommande.

– Pourquoi il est vexé ?

– Parce que je n'ai pas joui.

Elle secoue la tête, je vois bien qu'elle a du mal à me à croire.

– J'avais mal au crâne et envie de vomir, et lui voulait me faire l'amour. Il me touchait encore et encore, il a fini par se vexer et partir.

– Ahah, affirme Olga en allumant la télé.

Le point positif d'une gueule de bois, quand on habite dans une maison avec du personnel, c'est qu'on n'a à se lever que pour aller aux toilettes. Nous restons toute la journée au lit. En commandant des choses à manger et en regardant des films. Si mon mari ne me faisait pas la gueule et voulait bien répondre à mes appels, je dirais que la journée a été une réussite.

Chapitre 5

Le lendemain, je me réveille un peu avant midi, soulagée de n'avoir absolument rien à faire. Je peux revenir à mon rituel pyjama. Je reste sous la couette à regarder la télé quand je réalise que je n'ai plus de raisons d'être déprimée. J'ai quasiment accepté le fait d'avoir perdu mon enfant. Je ressens toujours une douleur en pensant à mon fils, mais elle s'éloigne de plus en plus, comme un écho de plus en plus lointain. Mon état de santé s'améliore de jour en jour. Je n'ai presque plus de séquelles de l'opération. Le printemps a commencé en Sicile. Il fait chaud et le soleil brille. Je suis toujours la femme riche et désœuvrée de mon mari.

Totalement réveillée, je me lève pour prendre une douche et me préparer. Ensuite, je reste un long moment dans le dressing à fouiller parmi les centaines de cintres. Ça fait longtemps que je n'ai pas fait de shopping, mais je ne suis pas pressée car soixante-dix pour cent de mes vêtements portent encore leurs étiquettes. Après quelques dizaines de minutes de recherche, je choisis des leggings en cuir et un pull ample

Dolce & Gabbana. Je prends mes bottes à talons adorées Givenchy. Je suis habillée tout en noir, une tenue sensuelle, mais classe. Exactement comme devrait être une créatrice de mode.

Pendant que je buvais mon thé, je me suis souvenue du cadeau de Noël de Massimo. Ma société. Il faut que je m'en occupe. Je sors mon sac Phantom de chez Céline et enfile un poncho court avec un collier La Mania de la même couleur. Fin prête, je pars à la recherche de ma complice.

– Pourquoi tu es encore au lit ? je demande à Olga en entrant dans sa chambre.

Son regard vaut tout l'or du monde. Elle me fixe avec des yeux ronds comme des billes, la bouche ouverte. Appuyée nonchalamment contre le cadre de la porte, j'attends qu'elle bouge.

– Putain, commence-t-elle élégamment. Tu ressembles à une chienne de race. On va où ?

– C'est justement le problème, il faut que j'aille voir Emi.

Je retire mes lunettes de soleil.

– Je suis venue te demander si tu voulais venir avec moi.

Dans d'autres circonstances, j'aurais mis Olga devant le fait accompli, mais comme Emi est l'ex de Domenico, je ne veux pas la mettre mal à l'aise. Elle grimace, soupire et dit sans émotion :

– Bien sûr que je viens. Je ne sais pas comment tu as pu penser que je te laisserais y aller seule.

J'ai le temps d'avoir chaud, de me déshabiller, de me rhabiller avant que mon amie soit prête. Elle ne se prépare pas pour une simple sortie mais pour une guerre de looks. Je suis surprise par son choix vestimentaire. Elle a l'air... normale. Un jean boy-friend Versace, un tee-shirt blanc et des talons aiguilles Louboutin rose poudré. Elle jette une fourrure ostentatoire sur ses épaules, puis accroche des colliers en or autour de son cou.

– On y va ? demande-t-elle en passant devant moi.

J'explose de rire.

Avec ses lunettes de soleil Prada, elle ressemble un peu à Jennifer Lopez dans « Love don't Cost a Thing ». Je prends mon sac et je la suis.

J'ai bien évidemment prévenu Emi de notre visite. Je lui ai rapidement expliqué de quoi il s'agissait. Massimo lui avait déjà dit cet hiver que j'aurais besoin de son aide pour développer mon entreprise.

Nous entrons dans son magnifique atelier. Olga hurle un « salut », mais n'obtient pas de réponse. Une arrivée aussi joyeuse n'est pas adaptée à la situation. Une porte s'ouvre et Dieu apparaît. Nous sommes hypnotisées par l'homme en pantalon noir ample qui marche vers le grand miroir. Il est pieds nus, une tasse dans la main. Nos regards sont scotchés sur sa silhouette musculaire. De longs cheveux foncés tombent sur ses épaules bronzées. Il se recoiffe d'une main et se tourne vers nous. Il boit et sourit. Nous sommes plantées comme deux poteaux, sur nos chaussures hors de prix.

– Salut ! (J'entends la voix gaie d'Emi, qui me sort de mon état de sidération.) Je vois que vous avez rencontré Marco.

L'Adonis à moitié nu nous fait un signe de la main.

– Mon nouveau jouet, affirme Emi en lui donnant une fessée. Asseyez-vous, mangez quelque chose, on boit du vin ? On en a pour un moment.

Je suis étonnée par son humeur joyeuse et encore plus par son attitude vis-à-vis d'Olga. Elle se comporte comme si de rien était. On dirait qu'elle a complètement oublié que

Domenico a choisi mon amie, mais en voyant son dieu aux cheveux longs, je comprends mieux pourquoi.

Après quelques heures de discussion, un déjeuner et trois bouteilles de vin mousseux, Emi s'affale dans le fauteuil en peluche en se massant les tempes.

– Tu as choisi des créateurs qui viennent des beaux-arts, il reste le problème du casting. Il n'est pas forcément agréable ni nécessaire de travailler avec tout le monde. Je pense que le mieux serait de leur demander de créer quelque chose qui symbolise ta marque.

Elle griffonne sur son cahier.

– Les autres sont des créateurs de chaussures, mais eux, je devine que tu sais déjà comment les tester.

Emi sourit, elle connaît mon amour pour les chaussures.

– Cette semaine, nous allons visiter des ateliers de couture. Je vais t'apprendre comment reconnaître de jolis points. Il faudra aussi que nous allions sur le continent pour rencontrer des fabricants de tissus.

Elle prend sa coupe de champagne.

– Tu te rends compte de la somme de travail qui nous attend ?

– Et toi, tu te rends compte que si ça marche, on sera riches ?

– C'est parce que je veux m'acheter une île un jour que je suis prête à me sacrifier.

Elle lève la main pour taper dans la mienne.

Les semaines suivantes sont les plus intenses de ma vie. Mon thérapeute avait raison, mon plus gros problème était que je m'ennuyais. Bien que les symptômes d'une réelle dépression aient disparu, je vais quand même le voir deux fois par semaine, pour discuter et me rassurer.

Je me consacre entièrement au travail. Je ne pensais pas que j'en retirerais autant de satisfaction. La mode est une chose, mais la création d'une entreprise qui doit rapporter un chiffre d'affaires en est une autre. L'avantage de ma situation, c'est que grâce au business de mon mari, je suis déjà terriblement riche. Du coup, je peux tout développer très vite et embaucher plus d'employés sans réfléchir aux coûts.

Massimo est ravi que je sois aussi occupée. Il déteste quand je râle en voyant les lignes de cocaïne qu'il sniffe de façon régulière. Il n'essaie même plus de le cacher, il boit, se drogue et me satisfait de temps à autre. Cette facette de sa personnalité m'était étrangère, pourtant à en croire ce qu'on m'a raconté sur son passé, il ne fait que reprendre ses vieilles habitudes.

Ce soir, je rentre épuisée de ma journée. Il me semble que l'homme en noir est parti. Je l'ai entendu discuter avec Mario qui insistait pour qu'il aille à un rendez-vous. Depuis un certain temps, j'ai accepté le fait que nous vivions séparément. J'en ai parlé à mon thérapeute qui m'a dit que ça passerait, que c'était comme ça que Massimo faisait son deuil, il faut donc que je respecte son attitude. En plus, il pense que l'homme en noir bataille toujours avec ses choix. Est-ce que ma présence près de lui n'est pas trop dangereuse ? Autrement dit, il se bat avec son propre égoïsme. Les conseils du docteur Garbi sont simples : si tu veux le récupérer, laisse-le vivre. C'est le seul moyen pour qu'il redevienne comme il était avant.

Grâce au travail, j'y réfléchis moins, je n'ai plus le temps. J'ai encore un rendez-vous de travail ce soir à Palerme, malheureusement.

Je déboule dans la maison comme un ouragan. Je cours dans les couloirs en bousculant les personnes que je croise. Mon avion décolle dans une heure et demie. Je me suis fait coiffer à l'atelier par mon styliste adoré qui est toujours près de moi. Et ma robe, rien de plus simple maintenant que je possède une marque de vêtement. Une des créatrices, Elena, est particulièrement douée. Je favorise ses projets, mais elle le mérite totalement. Ils sont simples, classe, délicats et très féminins. Rien d'extravagant. Elle préfère ajouter des éléments à ses créations plutôt que de créer quelque chose de trop riche au départ. J'aime tout ce qui sort de ses mains, les tee-shirts simples comme les robes de soirée. C'est justement une de ses robes que j'ai choisie pour ce soir.

Elle est classique, un haut noir bustier et une jupe longue évasée à partir de la taille, coupée dans un tissu à rayures noires et blanches, ce qui la rend spectaculaire mais légère, j'ai l'impression de voler quand je marche. Je cours, le cintre à la main, en réalisant que je n'ai qu'une demi-heure pour prendre une douche et me maquiller.

Le coiffeur m'a attaché les cheveux car il les voulait bouclés et comme je devais encore me doucher, c'était la seule façon de garder la coiffure intacte. Je retire ma tunique puis mes chaussures, déboule dans le dressing, enlève ma culotte et mon soutien-gorge. Je dois battre le record mondial de temps passé sous la douche !

Je ne prends pas le temps de m'essuyer et étale la crème sur mon corps mouillé. Tout pénétrera pendant que je me maquille. Mes cheveux forment des vagues magnifiques, maintenant que je les ai détachés. En me maquillant trop vite, mon crayon ripe dans mon œil.

– C'est une putain de blague, je marmonne en cherchant une brosse à cils, tout en regardant ma montre.

Je suis Laura Torricelli, je me presse, mais c'est moi qu'on devrait attendre. Ça n'a pas de sens !

Je me glisse dans ma robe, puis je me place devant le miroir. C'est précisément à ça que je voulais ressembler. Je suis légèrement bronzée, j'ai recommencé le sport, donc mon corps a l'air en forme. On ne voit plus mes cicatrices grâce au laser, les séances n'ont pas été très agréables, mais très efficaces. Je suis à nouveau moi-même, peut-être une meilleure version d'ailleurs.

J'ajoute à ma tenue une pochette noire ornée de cristaux. Comme je passe la nuit à Palerme, il faut aussi que je prépare mon sac. J'entends la porte d'en bas se refermer, il faut que j'y aille.

Je parle au chauffeur tout en continuant à me préparer.

– Je suis en haut, prends le sac qui est dans la chambre, s'il te plaît.

Je cours dans la salle de bains pour m'asperger de parfum. J'espère que je ne vais pas être en retard car je ne peux pas...

Soudain, Massimo se dresse devant moi, en smoking. Il ne dit pas un mot, mais je connais bien ce regard. Je sais que je n'ai ni le temps ni l'envie de faire ce qu'il veut.

– Je pensais que c'était le chauffeur, dis-je en essayant de passer à côté de lui. Mon avion est dans une heure.

Il ne bouge pas d'un centimètre.

– C'est un jet privé.

– J'ai un rendez-vous très important avec monsieur...

Massimo m'attrape par le cou d'un geste sec, puis me plaque contre le mur. Il glisse sa langue dans ma bouche, me lèche, me suce en gobant mes lèvres. Je sens que ma volonté et mes aspirations de businesswoman s'envolent.

– Si je le veux, il t'attendra jusqu'à l'année prochaine.

Enchantée de retrouver ce désir qui, il y a encore quelques mois, était notre quotidien, je me laisse faire. Les doigts habiles de Don ouvrent le zip pour libérer mon corps de ma robe, elle tombe par terre. Il me soulève légèrement pour m'en sortir totalement. Je suis en string et talons aiguilles. Il me porte jusqu'à la terrasse. Nous sommes mi-avril et la température est idéale. Nous sommes bercés par le ressac de la mer et le vent salé qui enveloppe nos corps. J'ai l'impression de remonter le temps. Mon rendez-vous n'a plus d'importance, ma société, les négociations, j'oublie tout. Massimo est là, il m'embrasse à nouveau. Je glisse mes mains dans ses cheveux de velours et profite du goût de cet homme exceptionnel. Les doigts tremblants, je commence à déboutonner sa chemise. Mais ce n'est pas ce qu'il a prévu, il me prend dans ses bras et m'allonge sur un transat. Puis, sans me quitter des yeux, il lèche deux de ses doigts et me pénètre. Je gémis, surprise par cette sensation douloureuse et agréable à la fois. Ses mouvements accélèrent, et son regard est toujours aussi froid. Ses gestes sont intenses, mais je ne vois aucune tendresse dans ses yeux. Il sait qu'il me procure du plaisir, car je me tortille sous ses caresses en gémissant. Quand il estime que je suis prête, il me retourne sur le ventre, puis se plante en moi. Son énorme sexe dur est ma drogue préférée. Je crie longtemps et fort pendant qu'il me mord les épaules tout en bougeant les hanches de plus en plus vite. Agenouillé derrière moi, il me donne une première fessée. Son écho résonne dans le jardin. Mais je me fous qu'on nous entende, je le retrouve enfin. Sa main me frappe toujours au même endroit. Comme je hurle encore plus fort, il étouffe le bruit en mettant ses doigts dans ma bouche, puis il les ressort pour caresser mon clitoris.

Je sens un autre orgasme arriver.

– Plus fort, saute-moi plus fort.

L'intensité de ses hanches augmente encore, il pose ses mains sur mes seins pour les serrer. Je suis excitée et j'ai mal.

Je tremble tout entière, le final approche. Il explose et je le rejoins. Il ne ralentit pas, puis s'écroule sur moi. Sa respiration chaude sur mon cou fait durer mon orgasme.

Nous restons allongés comme ça quelques minutes. Il se retire enfin en laissant un vide terrible. J'attends de voir ce qu'il va faire, il remonte sa braguette et me regarde.

– Tu es si fragile, si belle... je ne te mérite pas.

En entendant ces mots, ma gorge se noue, je cache mon visage dans le matelas, j'ai l'impression que je vais pleurer. Je me ressaisis, mais quand je me retourne, il n'est plus là. Je reste seule, assise sur le transat, énervée et triste.

Pendant un moment, j'ai envie de pleurer, puis une sensation de calme prend le dessus. Je regarde la mer, le vent sent merveilleusement bon. Je ferme les yeux et une image m'apparaît que je pensais avoir oublié : Nacho en train de faire griller de la viande, vêtu de son seul jean. J'ouvre les yeux pour chasser cette vision, mais je me sens tellement sereine quand je pense à lui, je n'arrive pas à comprendre pourquoi. Je soupire et baisse la tête. L'arrivée de mon garde du corps me sort de ma torpeur.

– Laura, la voiture vous attend, l'avion aussi.

Je hoche la tête, puis je file dans le dressing retrouver ma robe.

Mon mari m'a offert un moment de distraction, mais le sexe est devenu quelque chose de secondaire, ma nouvelle marque est ma priorité.

– Tu devrais lire ce mail, Laura, dit Olga en s'éventant avec une feuille de papier.

La chaleur s'est abattue sur la Sicile en ce mois de mai. Malheureusement ou heureusement, je n'ai pas le temps de profiter du soleil, je quitte à peine mon bureau. Je m'approche pour regarder l'écran de l'ordinateur d'Olga.

– Qu'est-ce qu'il y a de si important ? Oh putain ! je crie en la poussant pour m'asseoir à sa place.

C'est une invitation à la Fashion Week de Lagos, au Portugal. Mais comment est-ce possible ? Le mail explique brièvement en quoi consiste l'événement. Les créateurs européens de nouvelles marques de mode et des fabricants de tissus y exposent. C'est parfait pour moi.

Je saute de joie et me tourne vers Olga.

– Olga ! Nous allons au Portugal.

– Toi oui, grogne-t-elle en se frappant la tête. Mais mon mariage est dans deux mois, tu t'en souviens ?

– Et alors ? C'est l'organisation ou ton fiancé qui te prend la tête ?

Elle veut répondre, mais je lève un doigt.

– Ou la robe ?

Je lui montre une magnifique création en tissu blanc.

– Tu as d'autres excuses ?

– Si je ne m'envoie pas en l'air régulièrement, je vais finir par le tromper, les Portugais sont trop beaux, dit-elle en plaisantant.

Puis, comme si elle avait une révélation, elle ajoute :

– Donc, jusqu'au départ, je vais baiser avec lui plusieurs fois par jour, comme ça, je réussirai peut-être à bien me comporter là-bas.

– Oh, arrête. C'est juste un week-end. Prends exemple sur moi, mon mari me fait l'amour de temps en temps quand l'envie le prend, je hausse les épaules. Mais tu sais... quand il est en forme, c'est...

Je fais un mouvement de tête pour expliciter la fin de ma phrase.

– Laissez-moi deviner, vous parlez de sexe, dit Emi en entrant dans la pièce.

– Oui et non. Nous avons reçu une invitation pour le Fashion Show de Lagos.

Je danse joyeusement.

Elle grimace, puis s'écroule dans un fauteuil.

– Je sais, mais je ne peux pas y aller.

– Oh, je suis si déçue, marmonne Olga en polonais.

Je lui lance un regard noir.

– Tu ne viens pas avec nous ?

– Malheureusement pas, j'ai déjà quelque chose de prévu avec ma famille ce week-end-là.

Je lève les yeux au ciel.

– Amusez-vous bien.

– On va faire la fête ! répète Olga en boucle.

Je lui fais signe qu'elle est folle et m'assieds devant l'ordi pour consulter le reste de mes mails.

Les deux jours suivants passent très vite, je suis occupée par le travail et les préparatifs du départ. Elena a réalisé l'exploit de me créer une robe pour la soirée de gala du samedi ainsi que d'autres tenues plus décontractées pour les autres jours. J'ai envie de tenues aux couleurs neutres, mais la jeune créatrice ne partage pas mon point de vue et me présente une magnifique robe dos nu rouge vif avec une traîne et un grand décolleté à volant.

– Des seins, il faut avoir des seins pour la porter.

– N'importe quoi, rigole-t-elle en posant quelques épingles pour ajuster la robe. Je vais te montrer quelque chose, ajoute-t-elle en sortant des coques d'un tiroir. On va te coller ça de manière à ce qu'ils ne tombent pas, de cette façon ta poitrine paraîtra plus importante. Écarte les bras.

Effectivement, une fois qu'elle les a insérés, mes seins sont magnifiques. J'observe avec stupéfaction comme la robe tombe parfaitement sur mon corps. Elle est idéalement coupée pour mes formes. Je ne trouvais pas la couleur à mon goût au début, mais là, je suis convaincue. Elle est parfaitement assortie à mes cheveux, mes yeux et mon bronzage, elle me donne presque une allure royale.

– Tu vas être le centre de l'attention, dit Elena fièrement. Mais ne t'inquiète pas, le reste des tenues est exactement comme tu le souhaitais.

– Tu es bien insolente ! (Je tourne sur moi-même, je n'arrive pas à croire à quel point je suis belle.) Tu devrais m'écouter, dis-je en rigolant.

– Oui, oui, je vais essayer. (Elle sort une dernière épingle de sa bouche.) Maintenant, enlève la robe, il faut que je travaille sur les détails.

Une heure plus tard, je suis prête pour le voyage avec mes trente sacs en papier. Je tente de les porter seule jusqu'à la voiture, mais je finis par abandonner et j'appelle le chauffeur qui m'attend en bas. Il regarde tous les sacs à moitié déchirés d'un air dépité, mais je hausse les épaules. Eh oui, j'ai été vaincue par des kilos de vêtements.

Le vol est ce soir, l'événement commence vendredi matin et je ne veux rien rater. J'ai prévu de m'accorder une bonne nuit de sommeil avant de partir à la conquête de contrats européens. Bien sûr, avec Olga, nous avons aussi l'intention de boire et de faire la fête. La météo à Lagos est parfaitement adaptée pour s'amuser. Je compte aussi me reposer un peu, je mérite de souffler. J'ai réservé une suite à l'hôtel pour une semaine entière. Je n'ai même pas pensé à prévenir Massimo qui, de toute façon, n'est pas là. C'est dommage, je me dis en mettant un autre bikini dans ma valise. Depuis que j'ai commencé cette aventure, j'ai réalisé que j'étais capable de créer quelque chose. Bien sûr, je ne vais pas coudre, mais j'ai commencé à dessiner de la lingerie et maintenant des maillots de bain.

Je ferme mon dernier sac.

Olga apparaît à la porte du dressing en croquant une pomme.

– On déménage ? Ou tu as décidé de venir en aide à un petit pays en rupture de stock ? (Elle hausse les sourcils, amusée par la situation.) Pourquoi tu prends tout ça ?

– Tu as pris combien de paires de chaussures ?

Elle cherche une réponse en regardant le plafond.

– Dix-sept. Pour douze jours. Et toi ?

– Avec ou sans les tongs ? Avec les tongs, j'en ai pris trente et une.

Olga explose de rire.

– Tu vois, espèce d'hypocrite !

Je lui fais un doigt d'honneur.

– Tout d'abord, nous allons à une fête...

– Au moins une, rigole Olga.

– Au moins une, je confirme.

Il est possible qu'on reste une deuxième semaine, peut-être plus, et je veux avoir le choix, c'est si terrible ?

– Ce qui est tragique, c'est que je pense avoir plus de bagages que toi, il n'y a pas de limite de poids dans notre avion ?

– Je pense que si, mais à mon avis on est large. Viens m'aider à fermer cette valise, je n'y arrive pas.

Forte de mon expérience des voyages en avion, j'ai bu quelques verres de vin avant de monter à bord. J'ai à peine le temps de m'asseoir sur mon siège que je m'endors tellement je suis bourrée.

À moitié consciente et avec une sacrée gueule de bois, je monte dans la voiture et m'écroule sur le siège. Olga n'est pas plus en forme que moi. On se jette toutes les deux sur les bouteilles d'eau minérale.

– J'ai mal au cul, marmonne Olga entre deux gorgées.

– À cause du fauteuil dans l'avion ?

– À cause de la baise. Je crois que Domenico voulait que j'aie ma dose pour la semaine.

Cette information me dégrise d'un coup.

– Ils étaient à la résidence ?

– Bah oui, toute la semaine. Après, ils sont partis je ne sais pas où. Massimo n'est pas venu te voir ?

– Non, et j'en ai marre, il se comporte comme s'il me détestait. Il disparaît des journées entières, je ne sais pas ce qu'il fait, parfois il répond au téléphone, parfois non.

Je la regarde et je chuchote.

– Tu sais quoi, ça ne va pas s'arranger.

Des larmes me montent aux yeux.

– On peut en parler en buvant un verre sur la plage ?

J'acquiesce en essuyant une larme.

Chapitre 6

Je m'étire et j'attrape la télécommande des rideaux. Je ne veux pas m'aveugler avec la lumière du soleil, donc j'appuie nerveusement pour les ouvrir un tout petit peu. Une lueur pénètre par l'ouverture. Ça me permet de m'habituer à la lumière du jour. Je regarde la suite, elle est moderne et décorée avec style. Malheureusement tout est assez blanc et froid, seules les fleurs rouges donnent un peu de chaleur à cet intérieur.

J'entends quelqu'un frapper à la porte.

Le hurlement d'Olga finit de me réveiller.

– Je vais ouvrir. C'est le petit déjeuner, bouge tes fesses, il est déjà là.

En marmonnant des insultes et des menaces à l'encontre de mon amie, je pars dans la salle de bains. Quand j'en ressors, elle pose une tasse devant moi.

– Chocolat chaud.

– Mon Dieu, que c'est bon ! Le coiffeur est à quelle heure ?

– Maintenant !

Au même moment, quelqu'un frappe à nouveau à la porte.

Je lève les yeux au ciel, je déteste me presser et j'ai l'impression de ne faire que ça ces derniers temps. Je lui montre deux doigts lui indiquant qu'elle me donne deux minutes et file sous la douche.

Deux heures et dix litres de thé glacé plus tard, nous sommes prêtes. Mes longs cheveux sont attachés en un chignon décoiffé dont s'échappent quelques boucles. On dirait que je viens de me lever après une bonne baise. J'enfile un pantalon en lin blanc taille haute et un haut court qui dévoile mon ventre musclé. Je me glisse dans des talons aiguilles Tom Ford et je prends une pochette que l'un de mes créateurs m'a fabriquée. Elle est carrée et très stylée. Je mets des lunettes de soleil et passe devant la chambre d'Olga en la provoquant.

– La voiture nous attend.

– Alors, partons conquérir le marché !

Et elle m'attrape la main.

Je m'attendais à ce que nous soyons les mieux habillées à la foire, mais visiblement toutes les femmes ont fait les mêmes efforts que nous ce matin. On dirait qu'elles sortent d'un numéro de *Vogue*. Elles ont des coiffures originales, des tenues étranges et un style de maquillage particulier. La fille qui m'a invitée à cet événement nous fait visiter et nous présente toutes sortes de gens avec qui je discute et j'échange des cartes de visite. Mon nom de famille fait effet, surtout sur les Italiens. Ça me pèse, car je vois bien que leurs sourires idiots veulent dire : c'est la poule de ce gangster. Je les ignore. Je ne peux pas nier que mon mari m'a aidée à démarrer l'affaire, mais le développement de ma marque est dû uniquement à ma détermination. Cette pensée me redonne confiance.

J'assiste à quelques défilés et note quelques noms de créateurs. L'après-midi est presque terminé, un peu fatiguées par tout ce snobisme du monde de la mode, nous décidons de prendre l'air. La journée est merveilleusement chaude et la belle promenade qui s'étend le long de l'océan nous tend les bras.

– Allons faire un tour.

Olga hausse les épaules, mais me suit.

Massimo, fidèle à lui-même, a envoyé ses gardes du corps. Les types roulent devant nous à dix kilomètres-heure pour nous surveiller. Nous marchons en nous racontant des bêtises et en matant les Portugais. Nous nous rappelons avec nostalgie l'époque où nous étions libres.

Nous arrivons à un endroit où la foule est plus compacte. Curieuses, nous nous adossons à un muret pour regarder. Il y a une sorte de fête au bord de l'océan, ou une compétition de natation, on ne voit pas bien. J'enlève mes chaussures et m'assieds sur le muret en pierre qui nous sépare de la plage. Je vois des têtes sortir de l'eau et des gens assis sur leur planche, attendant les vagues. Mon cœur s'emballe, tout ça me fait penser à mon séjour à Tenerife. Je souris en posant le menton sur mes genoux. Une voix sort d'un mégaphone, l'homme parle anglais, et j'ai le souffle coupé.

– Accueillons le champion du moment, voici Marcelo Matos.

Je tente d'avaler ma salive, mais j'ai la bouche sèche. Je regarde, paniquée, la foule à quelques dizaines de mètres de moi. Soudain je le vois, l'homme tatoué court avec sa planche jusqu'à l'eau. Son pantalon brille sous le soleil comme une lampe de poche la nuit. J'ai la tête qui tourne et des fourmis dans les doigts. Olga me raconte quelque chose, mais je n'entends rien. Je ne vois que lui. Marcello se jette sur sa planche et commence à pagayer vers les vagues. J'ai envie de fuir, je le veux vraiment, mais mon corps ne répond pas. Je ne peux pas le quitter des yeux.

Quand il prend la première vague, j'ai l'impression que quelqu'un vient de me frapper. Il est si bon, sa confiance et ses mouvements dynamiques font réagir la planche exactement comme il se doit. On dirait que tout l'océan lui appartient. Mon Dieu, faites que ce ne soit qu'un rêve, je veux juste ouvrir les yeux et revenir à la réalité. Malheureusement, la scène est bel et bien réelle. Le tour ne dure que quelques minutes et la foule applaudit.

– On y va, dis-je en m'écroulant au sol, toujours troublée par ce que je viens de voir.

Olga explose de rire.

– Qu'est-ce que tu fais, débile ?

Je suis assise sur le trottoir, cachée derrière le muret. Elle vient à côté de moi.

– Est-ce que le type avec le pantalon brillant est sorti de l'eau ?

Olga regarde vers l'océan.

– Il en sort justement, un bon coup celui-là !

– Mon Dieu.

– Qu'est-ce qui ne va pas chez toi ? demande-t-elle, un peu inquiète cette fois-ci.

– C... c'est Nacho.

– Le type qui t'a enlevée ? dit-elle en le pointant du doigt.

– Tu devrais agiter un drapeau, il nous verra mieux !

Je cache mon visage dans mes mains.

– Il fait quoi ? je chuchote comme si j'avais peur qu'il m'entende.

– Il dit bonjour à une gonzesse. Il lui fait un câlin et l'embrasse. Mon Dieu, je suis vraiment désolée.

J'entends le sarcasme dans la voix d'Olga.

– Une fille ?

J'ai l'impression que quelqu'un m'a donné un coup dans le ventre. Mais qu'est-ce qui m'arrive ? Je me lève légèrement pour regarder. Nacho tient une blonde svelte dans ses bras. Elle sautille joyeusement, puis se retourne, et je soupire.

– C'est Amelia. Sa sœur.

Je m'écroule à nouveau sur le trottoir. Olga s'assied à côté de moi. On dirait qu'elle réfléchit à quelque chose.

– Tu connais sa sœur ? Peut-être d'autres membres de sa famille aussi ?

– Il faut qu'on parte de là.

Je regarde les gardes du corps qui n'ont pas l'air de savoir quoi faire. Je me demande par quel miracle j'ai pu le retrouver ici.

Mon amie adorée me regarde d'un air accusateur. Elle plisse les yeux et gratte le sol entre deux cailloux avec un bâton.

– Tu as couché avec lui, j'en suis sûre.

– Non !

– Mais tu en avais envie.

– Peut-être... à un moment... Il est là, Olga ?

Je cache mon visage dans mes mains.

– Oui, je le vois.

Elle réfléchit un long moment, finalement elle déclare :

– Allons-y maintenant, il ne fera pas attention à nous, après tout, comment veux-tu qu'il sache que tu es là ?

J'espère qu'elle a raison. Je mets mes chaussures et me relève tout en guettant la plage. Il n'est plus là. Mon amie me prend par le bras et me traîne derrière elle jusqu'à la voiture.

Ce n'est que quand je m'assieds sur la banquette arrière que je me sens en sécurité. Je respire profondément. Je dois avoir l'air très faible, parce que mes gardes du corps demandent si je me sens bien. Je mets ça sur le compte du stress et de la météo, puis je leur fais signe de démarrer. Je regarde à travers la vitre la foule sur la plage, je veux le voir encore une fois.

Nous entendons un coup de klaxon, la voiture s'arrête net. J'ai failli me casser les dents sur le siège avant. Le garde du corps crie quelque chose au chauffeur de taxi qui vient de nous couper la route. Il sort de sa voiture en agitant ses bras. C'est là que je vois Nacho. Le monde s'arrête. Je le regarde s'approcher de sa nouvelle voiture, il se penche et sort son téléphone. La dispute attire son attention, il lève les yeux, nos regards se croisent. Je rougis comme une pivoine. Il me regarde comme s'il n'arrivait pas à croire ce qu'il voit. Sa poitrine se soulève de plus en plus rapidement. Et moi ? Je suis incapable de détourner le regard. Il vient vers nous, mais la voiture démarre au même moment. Il se fige à mi-chemin.

La bouche ouverte, je le regarde s'éloigner, quand il disparaît, je me retourne pour regarder par la vitre arrière. Il est toujours au même endroit, les bras le long du corps. Au bout d'un moment, une autre voiture me cache la vue.

– Il m'a vue, je chuchote, mais Olga ne m'entend pas. Mon Dieu, il sait que je suis là.

Dieu est injuste parfois. Il m'a fait venir ici et m'inflige ça juste quand ma vie a commencé à reprendre son cours. La présence de Nacho rend tout le reste insignifiant, plus rien n'a d'importance. Les démons du passé ressurgissent.

– Bon d'accord, dit Olga quand le serveur pose une bouteille de champagne sur notre table. Buvons, et après je veux entendre toute l'histoire et pas ces conneries que tu essaies de me faire avaler.

– Je vais avoir besoin de me saouler.

Je tends la main pour prendre une coupe.

Deux heures et des litres d'alcool plus tard, je lui ai tout raconté en détail. L'assiette que j'ai cassée, la maison de la plage, les leçons de surf, le baiser et comment il m'a sauvé la vie en tirant sur Flavio. Puis je lui avoue mes sentiments. Elle m'écoute, stupéfaite.

– Je vais dire les choses clairement, marmonne-t-elle, je suis bourrée, mais toi, tu es foutue, Laura. Ta situation est encore pire qu'avant, je crois. Quand ce n'est pas l'amant sicilien, c'est un Espagnol tatoué.

– Un Canarien.

Je lève mon verre en me balançant légèrement sur ma chaise.

– Un gros merdier, affirme-t-elle en faisant un geste du bras, le serveur comprend qu'on l'appelle.

Il s'approche, elle le regarde, étonnée.

– Qu'est-ce que tu veux ? dit-elle en polonais.

Je me mets à rigoler bêtement.

– Dames.

J'arrive à peine à respirer tellement je ris.

– On joue aux dames, car si ce n'est pas aux dames, on ne joue pas.

Olga, amusée, regarde le serveur, quand il s'avère qu'il ne partage pas son humeur, elle dit en anglais cette fois-ci :

– Encore une bouteille et de l'Alka-Seltzer.

Elle le renvoie d'un geste de la tête.

– Laura, demain on a la soirée de gala et je peux déjà te dire qu'on va ressembler à deux merdes. Tu sais, comme celle qui nage dans la piscine après qu'un enfant s'est lâché.

Je rigole comme une tarée, elle lève l'index.

– Ça, c'est une chose. La deuxième, c'est qu'après l'alcool je deviens très facile. Je n'arrive pas à penser à quelque chose de plus intelligent que la baise.

Elle s'écroule sur la table.

Je jette un coup d'œil autour de nous et remarque que tout le monde nous regarde. Je ne suis pas spécialement surprise car on fait effectivement beaucoup de bruit. J'essaie de me redresser, mais je n'y arrive pas.

Je me penche vers Olga.

– Il faut qu'on rentre dans la chambre, mais je n'en suis pas capable, tu peux me porter ?

– Oui ! Si tu me portes aussi.

À ce moment-là, le jeune serveur arrive avec la bouteille que nous avons commandée. Il n'a pas le temps de la poser, Olga l'attrape et se lève. Elle marche vers la sortie. Enfin, marcher est un bien grand mot, j'ai l'impression qu'elle fait du sur-place. Après de longues minutes d'embarras, nous arrivons à l'ascenseur. J'ai un instant de lucidité, malgré la forte dose d'alcool que j'ai ingurgitée, et je réalise à quel point je vais souffrir demain.

Nous entrons dans la suite, ou plutôt nous essayons d'y entrer en trébuchant sur le tapis de l'entrée. Il ne manquerait plus que je m'éclate la tête, je me dis en me rattrapant sur la table où est posé le vase aux fleurs rouges. Olga est hystérique, elle se roule par terre jusqu'à sa chambre, puis me fait signe du bras. Je vois d'un œil qu'elle tient encore la bouteille de champagne dans une main. Quand j'ouvre l'autre, je la vois en triple. Je préfère la version à un seul œil.

– Nous allons mourir. Et nous décomposer dans cette luxueuse suite.

Je marche en traînant des pieds, comme d'habitude, j'ai enlevé mes chaussures au restaurant.

– Ils vont nous retrouver à cause de l'odeur, je grommelle.

Je m'écroule sur le lit et me glisse sous la couette. Je ronronne, heureuse de me retrouver enfin dans un lit.

– Nacho, chéri, éteins la lumière, dis-je en voyant une silhouette assise sur le fauteuil.

– Salut, baby girl.

Il se lève pour s'approcher du lit.

– J'ai des hallucinations incroyables avec l'alcool, ou peut-être que je dors déjà et que je rêve, ça voudrait dire qu'on ne va pas tarder à faire l'amour.

Je me tords joyeusement sur mon lit, il est penché au-dessus de moi et rigole de toutes ses dents blanches. Il s'allonge à côté de moi et me demande :

– Tu veux faire l'amour avec moi ?

– Mmm... je murmure sans ouvrir les yeux. Je rêve de faire l'amour avec toi depuis presque un an et demi.

J'essaie d'enlever mon pantalon, mais je n'y arrive pas.

Les doigts habiles du chauve retirent la couette et attrapent le bouton avec lequel je me bats. Ensuite, il baisse délicatement mon pantalon le long de mes jambes et le plie soigneusement. Je lève les bras pour qu'il fasse la même chose avec mon haut. Il trouve le zip dans mon dos. Je remue et frotte mes fesses contre le matelas. Je l'invite à jouer pendant qu'il pose mes vêtements sur la commode.

– Fais-le comme d'habitude, je suggère. J'ai besoin de ta délicatesse aujourd'hui, elle m'a manqué.

Ses lèvres touchent d'abord mon épaule, puis ma clavicule. La chaleur des caresses de Nacho me donne des frissons. Il me recouvre avec la couette.

– Pas encore, pas aujourd'hui. Mais bientôt.

Je pousse un soupir de déception et enfonce ma tête dans les oreillers moelleux. J'aime ces rêves.

Ma gueule de bois du matin me déchire le crâne. Juste après avoir ouvert les yeux, j'ai vomi quatre fois. Vu les bruits que j'entends de l'autre côté de la suite, Olga doit être dans le même état que moi. Je prends une douche, puis j'avale une gélule de paracétamol que j'ai trouvée par miracle dans ma valise.

Je me place devant le miroir et je gémis devant mon reflet. « Tu as mauvaise mine » serait carrément un compliment aujourd'hui. On dirait que je suis passée dans un mixeur. Parfois, j'oublie que je n'ai plus dix-huit ans et que l'alcool n'est pas de l'eau dont il est recommandé de boire au moins trois litres par jour.

Les jambes en coton, je retourne au lit pour m'allonger en attendant que le médicament fasse effet. J'essaie de me rappeler ce qui s'est passé hier soir, mais mon dernier souvenir s'arrête au restaurant où nous nous sommes très mal tenues. Je cherche à retrouver un événement réconfortant. Par exemple, notre arrivée triomphale jusqu'à la chambre, mais j'ai tout oublié.

Frustrée, je prends mon téléphone pour décaler le coiffeur à plus tard. Après avoir déverrouillé l'écran, je découvre un message d'un numéro inconnu : « J'espère que tu as fait de beaux rêves. »

Je grimace devant ce SMS. Soudain, comme un puzzle qui prend forme, je vois le Canarien assis sur le fauteuil. Terrifiée, je regarde sur la gauche, le siège est tout près du lit. Mon mal de tête s'accentue. Sur la commode, mes habits sont parfaitement pliés. Je sens que l'eau que je viens de boire me remonte à la gorge. Je me lève pour courir aux toilettes. Après avoir à nouveau douloureusement vidé mon estomac, je retourne dans la chambre. Je suis affolée quand je trouve sur mon pantalon blanc un petit porte-clés avec une planche de surf.

– Ce n'était pas un rêve.

Je tombe à genoux entre le lit et la commode.

– Il était là.

Je n'arrive pas à y croire. Je me sens encore moins bien que tout à l'heure. J'essaie de me souvenir de ce que j'ai dit et fait. J'ai l'impression que mon cerveau essaie de me protéger, je n'arrive pas à ouvrir la bonne case. Je suis allongée au sol et je regarde le plafond.

– Tu es morte ? (Olga se penche au-dessus de moi.) Ne me fais pas ça, Massimo me tuera si tu meurs d'avoir trop bu.

– Oui, j'ai envie de mourir.

– Je sais, moi aussi. Mais plutôt que d'agoniser, je te propose de manger du gras.

Olga s'allonge à côté de moi, si près que nos têtes se touchent.

– Il faut qu'on mange beaucoup de choses grasses, ça nous aidera.

– Je vais vomir.

– Mais non, c'est déjà fait. J'ai commandé le petit déjeuner et beaucoup de thé glacé.

Nous restons allongées comme ça sans bouger. Je me bats avec mes propres pensées. Est-ce que je devrais lui dire ce qui s'est passé la nuit dernière ? Quelqu'un frappe à la porte, ça me tire de mes pensées. Aucune de nous deux ne bouge.

– Putain, balance Olga.

– Exactement, je ne peux pas bouger. En plus, c'est toi qui veux manger, donc vas-y, je t'en prie.

Nous ne faisons pas les malignes devant nos assiettes d'autant qu'Olga a commandé des saucisses, du bacon, des œufs au plat et des crêpes. Une bombe de féculents et de gras. Je remercie le destin de ne pas avoir de rendez-vous avant ce soir au gala ; dans la journée, j'aurais été incapable d'assurer. Nous restons allongées sur la terrasse, à bronzer toutes nues et à boire des quantités astronomiques de thé glacé. La suite dispose d'une grande terrasse avec vue sur l'océan et les surfeurs. De l'étage où on est, ils ressemblent à des petits points qui bougent sur l'eau. La simple possibilité que Nacho soit un de ces petits points me stimule.

Je me demande comment il m'a trouvée, comment il est entré et pourquoi il n'a rien fait. Difficile de nier que, hier soir, j'étais une proie facile. Il suffisait qu'il m'enlève ma culotte.

Je me souviens de notre dispute à la maison sur la plage, quand il a dit qu'il voulait juste me sauter. À l'époque, j'espérais qu'il mentait. Aujourd'hui, j'en suis certaine. Ce qui m'énerve le plus, c'est qu'il était tout près et que je n'ai rien fait, même si je me suis quand même laissé déshabiller.

– À quoi tu penses ? demande Olga en se cachant les yeux du soleil. Tu bouges tes fesses sur le matelas, comme si tu avais envie de le sauter.

– Parce que je suis en train de le faire, je balance nonchalamment.

À dix-neuf heures, l'armée des stylistes quitte la chambre. Nous sommes ravalées et sauvées par le paracétamol, fin prêtes. Je porte ma magnifique robe rouge et Olga est habillée d'une robe bustier crème, toutes les deux imaginées par ma créatrice. Le gala de ce soir clôture l'événement et je dois y impressionner des personnes influentes du secteur.

Mon portable vibre dans mon petit sac pour m'informer que la voiture nous attend. Je raccroche, puis regarde à nouveau l'écran car mon téléphone fait encore du bruit, ma batterie est faible et je n'ai pas de chargeur. Ça m'agace, du coup, je le range dans ma pochette.

Nous descendons et nous installons dans l'élégante limousine qui nous conduit à notre soirée.

– J'ai envie d'une bière, marmonne Olga quand je tends notre invitation à l'accueil. Une bière bien fraîche, continue-t-elle en regardant autour d'elle.

– Une pinte sera parfaitement assortie à ta robe, je lui glisse en lui faisant un clin d'œil.

Elle me répond par un doigt d'honneur, puis file au bar.

La jeune femme portugaise qui est censée m'escorter se jette sur moi comme une lionne sur une antilope. Elle m'attrape par le bras, puis me traîne dans la foule. Je suis assez surprise par son comportement, elle ne s'occupe que de moi alors qu'elle a invité plusieurs personnes. J'essaie de ne pas y penser, mais j'ai tout de même l'impression que mon mari y a mis sa patte de gangster.

Deux heures plus tard, je crois que j'ai rencontré tous les gens qu'il fallait. Des fabricants de tissus, des propriétaires d'ateliers de couture, des créateurs et quelques stars, dont Karl Lagerfeld qui a hoché la tête en voyant ma robe. J'ai eu envie de sauter en l'air, mais j'ai réussi à me contenir et j'ai souri en inclinant la tête à mon tour.

Pendant que j'essaie de me constituer un carnet d'adresses, mon amie boit des litres de bière en flirtant avec le beau Portugais derrière le bar. Après avoir passé trois heures à ses côtés, elle est à nouveau bien atteinte.

– Laura, je te présente Nuno. (Il sourit poliment en faisant ressortir de merveilleuses fossettes.) Si tu ne me sors pas de là, Nuno qui termine son service dans une heure va me sauter sur la plage, ajoute-t-elle en polonais.

Je sais que c'est précisément comme ça que ça va se terminer.

Je souris au Portugais obnubilé par Olga et tire le corps tout mou de mon amie vers la sortie. Quand nos gardes du corps remarquent ce qui se passe, ils m'aident à faire entrer discrètement Olga dans la voiture. Ce qui n'est pas simple, puisqu'elle a changé d'avis tout à coup et insiste pour retourner à la fête.

– Je crois que j'ai encore envie de boire un coup, marmonne-t-elle en trébuchant dans sa robe.

– Rentre dans la voiture, ivrogne !

Olga n'a aucune intention de s'exécuter. Mais le garde du corps l'attrape, il la tient fermement pendant qu'elle gigote. Il me regarde et je secoue la tête, résignée.

– Reste derrière avec elle et tiens-la ; sinon elle va s'échapper en route. Je dois retourner discuter avec quelques personnes.

– Don a interdit que tu sois sans surveillance.

– Arrête, je n'ai rien à craindre ici.

J'ouvre grand les bras en montrant ce qui nous entoure, la plage, les palmiers et la mer calme.

– Ramenez-la et revenez me chercher.

Je me retourne, puis je rentre dans le bâtiment en passant devant quelques personnes qui ont assisté, incrédules, à la scène avec Olga.

Je brille parmi les invités, on ne cesse de m'approcher. Je bois du champagne, je n'en ai pas spécialement envie, mais malgré ma gueule de bois, je ne peux pas refuser un Moët rosé.

– Laura ?

Je reconnais cette voix, c'est Amelia qui accourt vers moi depuis l'autre bout de la salle.

J'ai un coup au cœur. Le champagne me monte à la tête et je perds légèrement l'équilibre. La jeune femme m'attrape par les épaules et me serre dans ses bras.

– Je t'observe depuis une bonne heure, mais ce n'est qu'en voyant tes gardes du corps que j'ai été vraiment sûre que c'était toi, dit-elle dans un grand sourire. Tu es magnifique.

– C'est vrai...

Le son de cette voix me paralyse, je ne respire plus.

– ... tu es absolument magnifique, affirme Nacho en apparaissant comme un fantôme derrière sa sœur.

Lui aussi est magnifique dans son costume gris clair, sa chemise blanche et sa cravate assortie au gris de sa veste. Son crâne rasé brille légèrement, sa peau bronzée fait ressortir ses yeux verts qui étincellent. Il prend un air sérieux et tient sa sœur dans ses bras. Elle n'a pas cessé de parler depuis tout à l'heure, mais je n'ai aucune idée de quoi car mon monde s'est figé quand il est apparu. Il joue le dur, je l'ai déjà vu comme ça, le jour où on m'a tiré dessus. Amelia poursuit son monologue, nous sommes juste fascinés l'un par l'autre.

– Elle est jolie, ta cravate.

Amelia s'arrête de parler, elle grimace. Je pense qu'elle a compris que sa présence était loin d'être nécessaire.

– Je vais vous laisser un moment.

Quand nous nous retrouvons seuls, nous nous regardons tout en gardant une distance de sécurité pour ne pas attirer l'attention. J'ai l'impression que nous avons tous les deux du mal à respirer. Nacho avale sa salive bruyamment et se lance :

– Tu as bien dormi ?

Ses yeux ont retrouvé leur éclat joyeux, mais son expression reste sérieuse. J'ai le tournis, rien que de penser à ce qui s'est passé la nuit dernière.

– Je me sens un peu faible.

Je relève ma robe et pars presque en courant vers la terrasse, je m'approche de la balustrade et m'y accroche. Quelques secondes plus tard, Nacho me rejoint. Il prend mon sac et place ses doigts sur mon poignet pour vérifier mon pouls.

– Mon cœur n'est plus malade, c'est un des points positifs de mon voyage à Tenerife. J'en ai eu un nouveau.

– Je sais.

– Comment tu sais ?

– Tu en as parlé avec ton mari ?

Il appuie ses fesses contre la balustrade.

Je n'ai pas envie de lui parler de mes problèmes de couple, ça ne le regarde pas. Il est vrai que comme je ne vois quasiment jamais Massimo, nous n'avons pas vraiment eu l'occasion d'en discuter.

– J'en parle avec toi, je veux connaître ta version des faits.

Il soupire, puis baisse la tête.

– Je sais, parce que... c'est moi qui ai tout arrangé. Vu ta réaction et la tête que tu fais, tu n'en avais aucune idée. Les médecins ne te donnaient pas beaucoup de chances de survie, c'est pour ça...

Il s'interrompt, comme s'il voulait me cacher quelque chose.

– C'est pour ça que tu as un nouveau cœur.

– Est-ce que je devrais savoir comment je l'ai eu ? je demande, hésitante, en lui relevant le menton pour qu'il me regarde dans les yeux.

Ses yeux verts me scrutent et il se lèche discrètement les lèvres. Mon Dieu, est-ce qu'il le fait exprès ? J'oublie que je viens de lui poser une question. L'odeur du chewing-gum à la menthe et de son eau de toilette fraîche m'ôte mes dernières résistances. Nacho a une main dans la poche, dans l'autre, il porte toujours mon sac. Il me regarde, le monde autour de nous n'existe plus, il n'y a plus que lui et moi.

– Tu m'as manqué.

Les larmes me montent aux yeux.

– Tu es venu en Sicile ?

– Oui, plusieurs fois.

– Pourquoi ?

– Pourquoi tu m'as manqué, pourquoi je suis venu ou pourquoi je voulais te voir ?

– Pourquoi tu fais ça ?

J'ai envie de m'enfuir avant qu'il ne puisse répondre.

– Je veux plus.

Un grand sourire apparaît sur le beau visage de Nacho, il essaie de le cacher en s'approchant de moi.

– Je veux plus de toi, je veux t'apprendre à surfer et te montrer comment attraper des pieuvres. Je veux faire de la moto avec toi, je veux te montrer les parties enneigées du Teide. Je veux...

Je lève un bras pour l'interrompre.

– Il faut que j'y aille.

– Je vais te ramener.

– Mes gardes du corps le feront.

– Tes gardes du corps courent après Olga à l'hôtel, ils ne viendront pas.

Je fais demi-tour, m'apprêtant à lui demander comment il le sait, j'ai oublié qu'il sait tout, il connaît même la taille de mon soutien-gorge.

– Merci, je vais prendre un taxi.

Je regarde sa main droite, il tient ma petite pochette en l'air et ça l'amuse. Il est bien plus grand que moi malgré mes talons aiguilles. J'essaie d'attraper mon sac, mais il lève le bras encore plus haut en rigolant.

– Ma voiture est devant l'hôtel, allons-y, dit-il en se dirigeant vers la sortie.

Malheureusement, comme je n'ai plus de batterie, je ne peux contacter personne, je le suis en gardant une distance de sécurité. Dès qu'on se retrouve dehors, il attrape mon poignet pour m'attirer dans l'obscurité. Un frisson me traverse au moment où sa peau touche la mienne, il a dû ressentir la même chose car il s'arrête et me regarde.

– Ne fais pas ça, je chuchote.

Il lâche mon poignet pour poser une main sur mes reins et l'autre derrière mon cou. Je penche la tête sans le vouloir pour lui donner accès à mes lèvres. Nos bouches sont à quelques centimètres l'une de l'autre, je sens son souffle chaud sur moi. Nous restons immobiles à nous observer. Je sais que c'est une mauvaise idée, je devrais m'enfuir, oublier mon téléphone et foncer vers l'hôtel en courant. Mais je ne peux pas. La chaleur de son corps qui m'envahit me paralyse.

– J'ai menti, chuchote-t-il. Quand j'ai dit que je voulais juste te baiser.

– Je sais.

– J'ai menti aussi en disant que je voulais juste être ton ami.

Je soupire profondément, j'ai peur de ce qu'il va dire, mais il n'ajoute rien et me lâche.

Il appuie sur sa clé, les lumières de sa voiture clignotent, il ouvre la portière passager et attend. Je remonte ma robe pour m'asseoir à l'intérieur. J'attends qu'il me rejoigne. Je me retrouve à nouveau dans une voiture étrange et magnifique. Elle ne correspond pas du tout à notre époque, d'après ce que j'en ai vu, elle est bleue avec deux bandes blanches au milieu de la carrosserie. Je contemple l'intérieur, c'est une voiture normale, pas un vaisseau spatial. Il y a trois indicateurs, quatre interrupteurs et sur le volant en bois, aucun bouton. Génial. Le seul inconvénient de cet engin, c'est qu'il n'y a pas de toit.

– Ce n'est pas la voiture que tu avais à Tenerife.

Il pose mon sac sur mes genoux.

– Ta perspicacité m'impressionne ! À Tenerife, c'était une Corvette Stingray, celle-ci est une Shelby Cobra. Je parie que tu n'arrives pas différencier les différentes Ferrari de ta tapette de mari.

Il rigole, puis allume le moteur.

– Une voiture doit avoir une âme, pas juste coûter de l'argent.

Lorsqu'il démarre, « Lords Of the The Boards » de Guano Apes résonne dans les enceintes. Je sursaute et ça fait le rire.

– Je vais mettre l'ambiance, dit-il en souriant et en changeant de chanson.

Il appuie sur un des boutons de la voiture et on entend le magnifique son du piano de « My Immortal » d'Evanescence. La musique remplit l'espace, la voix délicate mais profonde de la chanteuse dit les difficultés et les peurs qu'elle a du mal à surmonter...

J'ai l'impression que je pourrais chanter les mêmes paroles, je me demande si Nacho a fait exprès de la choisir ou si c'est un hasard.

« Ton visage hante mes rêves autrefois agréables. Ta voix a chassé tout le bon sens que j'avais. » La voix se fait de plus en plus intense, j'ai envie de pleurer, je suis prise de panique, nous roulons toujours dans les rues quasi vides de la ville en nous éloignant de plus en plus de la mer. « J'ai tellement essayé de me dire que tu es parti. Mais pourtant, tu es toujours avec moi. J'ai été seule depuis le début... »

Je n'en peux plus.

– Arrête-toi ! Arrête cette putain de voiture !

Il se gare le long du trottoir et me regarde, terrifié.

– Comment tu as pu !

J'ouvre la porte, puis je sors de la voiture en courant.

– Comment tu as pu me faire ça ? J'étais heureuse, tout allait bien, tout était parfait avant que tu n'apparaisses.

Nacho m'attrape par les épaules et me pousse contre le mur du bâtiment devant lequel nous nous sommes arrêtés. Je ne me débats même pas quand il approche de mes lèvres. Comme s'il attendait ma permission, il ne bouge plus. Je n'en peux plus, je lui attrape la tête et plaque mes lèvres sur les siennes. Les mains du Canarien glissent doucement le long de mes hanches, de ma taille, jusqu'à trouver mon visage pour m'embrasser intensément.

La chanson joue toujours en boucle. Nous sommes liés par quelque chose d'inévitable. Le corps de Nacho est chaud, délicat et si beau. Nos lèvres ne se quittent plus, sa langue pénètre dans ma bouche de plus en plus profondément, j'ai presque du mal à respirer. Mais je suis bien, tellement bien, que j'en oublie tous mes problèmes.

Et puis le silence se fait autour de nous, ce qui nous sort de notre torpeur. La musique s'est arrêtée. J'ai l'impression que nous sommes seuls au monde. Je ferme la bouche et Nacho recule, il pose son front sur ma tempe et ferme les yeux.

– J'ai acheté une maison en Sicile pour être plus près de toi, je te surveille tout le temps, je vois tout ce qui se passe, baby girl.

Il relève la tête et m'embrasse sur le front.

– Quand je t'ai appelée la première fois, j'étais dans le même restaurant que toi. Dans la boîte de nuit, je ne te quittais pas des yeux non plus, surtout que tu étais terriblement bourrée.

Les lèvres de Nacho caressent ma joue.

– Je sais que tu commandes ton déjeuner au bureau et que tu manges très peu. Je sais que tu vois un psy et que ça ne se passe pas bien depuis des semaines avec Torricelli.

– Arrête, je chuchote quand ses lèvres s'approchent à nouveau des miennes. Pourquoi tu fais ça ?

Je le repousse et le regarde. Dans la lumière des lampadaires, je distingue ses yeux, joyeux mais très concentrés. Un beau sourire illumine son visage.

– Je crois que je suis tombé amoureux de toi, dit-il en me tournant le dos et en s'approchant de la voiture. Allez, viens.

Il est devant la portière du passager, il attend. Je suis toujours adossée au mur et j'attends aussi. J'attends de reprendre le pouvoir sur mes jambes que j'ai perdu après ce que Nacho a dit. Je le savais déjà, en fait, c'était une évidence. Je m'y attendais, surtout après ce qu'il avait essayé de me dire sur la route vers la résidence de son père, lorsqu'on contemplait Los Gigantes. Nous continuons à nous regarder, les secondes passent, des minutes peut-être. La sonnerie de mon téléphone me fait redescendre sur terre, Nacho me tend ma pochette. Quand je vois le nom de Massimo s'afficher à l'écran, mon cœur s'arrête. Je m'apprête à répondre, mais mon téléphone s'éteint, il n'a officiellement plus de batterie.

– Putain, je suis foutue.

– Je ne vais pas dire que je ne suis pas inquiet que Don Torricelli s'énerve.

Nacho a l'air amusé en me regardant fixer l'écran noir.

– Tu ne vas pas tarder à pouvoir le charger.

Il me tend la main, puis m'aide à monter dans la voiture.

Chapitre 7

Nous arrivons devant un portail qu'il ouvre avec une télécommande Avec tout ce qui vient de se passer, j'ai complètement oublié qu'il devait me ramener à l'hôtel.

– Je n'habite pas ici.

– C'est une grave erreur.

Les coins de ses lèvres se relèvent.

– J'ai un chargeur pour ton téléphone, ajoute-t-il en éteignant le moteur. J'ai aussi du vin, du champagne, de la vodka, un feu de bois et des chamallows. Pas forcément dans cet ordre.

Il attend que je descende de la voiture, mais je ne bouge pas.

– La maison la plus proche est à sept kilomètres, je t'ai à nouveau enlevée, ma chère, viens.

Il disparaît par la porte d'entrée de la résidence.

Je n'ai pas le sentiment d'avoir été enlevée, je sais que si j'insiste, il me raccompagnera à l'hôtel. Mais est-ce que je ne préfère pas rester ? En imaginant ce qui peut se passer cette nuit, je sens une nuée de papillons dans mon ventre, une peur mélangée à du soulagement. Et ce désir qui brûle en moi depuis des mois.

Il faut que je trouve de la force.

À l'intérieur, il fait complètement noir. Un couloir étroit se termine sur un magnifique salon. Quelques appliques éclairent la grande pièce. J'avance et arrive dans une cuisine totalement équipée. Je continue et découvre un bureau, décoré avec style, tout en bois, avec des touches marine. Il y a une énorme fenêtre sur le mur du fond devant lequel sont placés un bureau rectangulaire et un gigantesque fauteuil en cuir.

– Il faut que je travaille parfois, chuchote Nacho. (Je sens son souffle chaud sur mon cou.) Après la mort de mon père, j'ai dû reprendre le business, je suis donc devenu patron.

Un verre de vin rouge apparaît devant mon visage.

– J'aime bien, ou plutôt, j'aimais bien mon travail.

Il est toujours derrière moi, je profite de la chaleur de son corps et de la douceur de sa voix.

– On s'habitue à tout, surtout quand on voit ça comme un sport.

– Enlever des gens et les tuer, c'est un sport pour toi ?

– J'adore voir les gens trembler quand ils entendent mon nom.

Sa voix basse et les mots qu'il vient de prononcer me font frissonner.

– Maintenant, au lieu de rester allongé sur un toit avec un fusil à lunettes ou de tirer dans la tête des gens en les regardant droit dans les yeux, je suis assis derrière un bureau et je règne sur l'empire de mon père.

Il soupire et me prend par la taille.

– Toi, tu n'as jamais eu peur de moi...

J'observe son bras tatoué qui s'enroule autour de ma taille. Je suis étonnée, Nacho a dû se déshabiller parce qu'en arrivant il portait encore son costume. J'ai peur de me retourner, j'ai peur qu'il soit nu derrière moi, je ne pourrai pas me retenir devant son corps magnifique.

– Malheureusement, tu ne m'as jamais terrifiée (je prends une gorgée de vin), même si je sais que tu as essayé de me faire peur à de nombreuses reprises.

Je me retourne pour me libérer.

Il porte seulement un pantalon et il est pieds nus. Je plonge mes yeux dans les siens et je vois sa respiration accélérer.

– Je vais mettre le monde entier à tes pieds, baby girl.

Il me caresse l'épaule.

– Je veux que tu voies le lever du soleil en Birmanie depuis une montgolfière.

Ses lèvres se posent sur mon cou.

– Que tu sois bourrée à Tokyo en regardant les lumières colorées de la ville.

Je ferme les yeux, les lèvres de Nacho mordillent mon oreille.

– Nous ferons l'amour sur une planche en Australie. Je te montrerai la terre entière.

Je m'éloigne, car je sens ma volonté faiblir. Sans dire un mot, je traverse le salon et me retrouve sur la terrasse qui donne directement sur la plage. J'enlève mes chaussures et marche sur le sable encore chaud. La traîne de ma robe laisse une trace derrière moi. Je trompe mon mari avec son plus grand ennemi, son pire cauchemar. Lui planter un couteau dans le dos tout en le regardant souffrir reviendrait à la même chose. Je m'assieds et bois une gorgée en écoutant la mer.

– Tu peux me fuir, dit-il en s'asseyant à côté de moi, mais on sait tous les deux que tu n'échapperas pas à ce qui se passe dans ta tête.

Je ne sais pas quoi répondre. D'un côté, il a raison et, d'un autre, je ne veux pas de changement. Pas maintenant, pas quand ma vie commence enfin à ressembler à quelque chose. Je pense à Massimo et je panique.

– Mon Dieu, mon téléphone, il a un traqueur GPS, ses hommes ne vont pas tarder à débarquer. Même quand mon portable est éteint, il sait où je suis.

– Pas ici, répond-il tranquillement. La maison est équipée d'un système qui bloque tous les systèmes extérieurs.

Il me regarde tendrement.

– Tu viens de disparaître, baby girl, tu peux rester invisible aussi longtemps que tu le souhaites.

Les émotions que je ressens sont contradictoires. Une partie de moi veut rentrer à l'hôtel et l'autre rêve que Nacho me fasse l'amour sur le sable. Il est si proche, mon cœur galope, mes mains frissonnent à l'idée de la chaleur de son corps.

– Il faut que j'y aille.

– Tu es certaine ?

Il s'allonge sur le dos et s'étire.

– Mon Dieu... mais tu le fais exprès !

Je pose mon verre, puis m'appuie sur mes mains pour me relever.

Nacho m'attrape et me pose sur lui, en souriant joyeusement. Il me serre fort par peur que je m'échappe, mais quand il sent que je ne compte pas me débattre, il croise les mains derrière sa tête.

– Je veux t'emmener quelque part. (Son visage s'illumine comme celui d'un enfant devant une tablette de chocolat.)

J'ai un ami qui possède un circuit de course pas loin d'ici, et quelques motos.

Mes yeux s'écarquillent quand je l'entends prononcer ces mots.

– Il me semble que tu sais conduire, tu as le permis moto au moins ?

Je hoche la tête.

– Alors, parfait !

Il se retourne et je me retrouve sous lui.

– Je t'invite à faire une course demain. Tu peux venir avec Olga, j'inviterai Amelia. Nous passerons un peu de temps ensemble, on ira déjeuner, puis nager.

– Tu es sérieux ?

– Bien sûr. Je crois que tu as loué l'appartement pour la semaine, donc on a du temps.

Je n'arrive pas à croire ce que j'entends. La proposition est tentante, mais je sais que je ne pourrai pas échapper une deuxième fois à mes gardes du corps qui doivent, par ailleurs, vivre un vrai cauchemar depuis que Massimo a découvert qu'ils ne savent plus où je suis.

– Nacho, j'ai besoin d'un peu de temps, je chuchote.

Il sourit d'autant plus.

– Je peux te dire tout de suite ce que tu vas dire, mais vas-y, referme tes cuisses autour de moi.

Je suis étonnée, mais je m'exécute, il se lève puis s'assied, je suis toujours accrochée à lui. Je suis assise sur son énorme érection.

– À un moment, tu te rendras compte que ton mari n'est pas l'homme que tu as rencontré, mais juste une pâle copie du type que tu voulais qu'il soit. Et tu te détacheras de lui, tu le quitteras car, à mon avis, il ne te satisfait pas.

– Ah oui ?

Je croise mes bras sur ma poitrine pour créer une distance entre nous. Nacho relève légèrement les hanches et frotte mon clitoris avec son sexe, ce qui me fait immédiatement gémir.

– Eh oui, confirme-t-il en souriant.

D'une main, il me prend à nouveau par la taille pendant que l'autre m'attrape le cou. Il me serre contre lui et monte ses hanches encore plus haut. Il veut que je sente ce qui se passe entre ses jambes.

– Tu me désires, baby girl, pas parce que j'ai des tatouages colorés et que je suis riche…

Il pousse de nouveau avec ses hanches.

– Tu me désires parce que tu es amoureuse de moi, comme je suis amoureux de toi.

Les hanches de Nacho bougent impitoyablement. Mes mains se posent sur son visage rasé de près.

– Je ne veux pas te sauter comme ton mari le fait, je ne veux pas posséder ton corps.

Ses lèvres commencent à caresser les miennes.

– Je veux que tu te rapproches de moi, je veux que tu veuilles me sentir en toi.

Il m'embrasse subtilement. Je me laisse faire.

– Je vais t'adorer, chaque partie de ton âme sera sacrée pour moi. Je vais te libérer de tout, tout ce qui t'empêche d'être en paix.

La langue du Canarien se glisse dans ma bouche et commence à danser avec la mienne.

Si quelqu'un nous voyait de profil, il penserait qu'on fait l'amour. Mes hanches se frottent aux siennes, les siennes aux miennes. Nos mains sur le visage l'un de l'autre afin de pouvoir se pénétrer encore plus profondément avec nos langues.

Je sens un orgasme intense s'accumuler dans mon ventre, Nacho l'a senti aussi, j'essaie de le fuir, mais il me retient.

– Ne te bats pas avec moi, chérie.

Il passe une main sous mes cheveux, l'autre sous mes fesses pour me coller davantage à lui.

– Je veux te procurer du plaisir, te donner tout ce que tu désires.

Je me frotte de plus en plus intensément à la braguette de son pantalon. Je suis en train de jouir en gémissant bruyamment. La langue délicate de Nacho accélère le rythme de son baiser. Ses yeux joyeux sont posés sur moi, il est heureux. Je ne sais pas si c'est la situation qui me rend folle ou parce que je n'ai pas fait l'amour avec mon mari depuis quelques jours. Peut-être que c'est parce que Nacho est là et que je réalise un de mes fantasmes ? Mais, après tout, ce qui vient de me faire jouir si intensément n'a pas vraiment d'importance à ce moment précis.

Je finis par retrouver un peu de lucidité.

– Qu'est-ce qu'on fait ?

Ses hanches arrêtent de bouger, ses lèvres quittent les miennes.

– On est en train de ruiner ta robe.

Son sens de l'humour est contagieux.

– J'ai un gros problème, je crois bien que mon pantalon est bon pour la machine.

Je me lève et regarde la tache foncée sur son pantalon clair. Lui aussi a joui. C'est incroyable, on a joui ensemble sans faire l'amour.

Nacho rigole en se laissant tomber sur le sable.

– La dernière fois que je n'ai pas réussi à me contrôler, c'était en primaire !

– Il faut que je rentre à l'hôtel.

– Je te raccompagne.

Il se lève et retire le sable de ses vêtements.

– Sûrement pas, je vais prendre un taxi.

– Ne me parle pas comme ça. (Son ton est sérieux, mais je vois qu'il tente de dissimuler un sourire.) En plus, tu as une grosse tache sur ta robe.

Il a raison, je ne sais pas si c'est son orgasme ou parce que je mouille tellement. Je soupire, résignée, et rentre dans la maison.

Je frotte la tache avec un torchon humide que j'ai trouvé sur le bar de la cuisine.

– Donne-moi un sèche-cheveux.

– Un sèche-cheveux, c'est bien la seule chose dont je peux me passer totalement ! (Nacho caresse son crâne rasé, puis rigole, espiègle.) Je vais te trouver quelque chose dans les affaires d'Amelia, tu pourras te changer.

Il s'éloigne. Je le suis, il retire son pantalon sale, sous lequel il ne porte pas de caleçon. La vision de ses fesses tatouées me fait gémir.

– J'ai entendu ! balance-t-il avant de disparaître à l'étage.

Habillée d'un jogging ample, d'un débardeur blanc et chaussée d'Air Max roses, je suis prête à partir, j'attends Nacho devant la maison. Il n'a rien voulu entendre de mes inquiétudes sur le fait qu'il me raccompagne, pourtant, j'ai peur que quelqu'un nous voie. Nous avons décidé qu'il me déposerait à quelques mètres de l'hôtel et que je ferais le reste du chemin à pied.

– Tu es prête, baby girl ? me demande-t-il en me donnant une fessée.

Son insolence me fait craquer, il est à la fois enfantin et très masculin. Je suis toujours adossée contre la porte d'entrée.

Quand mon regard se pose sur lui, je note qu'il est habillé tout en noir avec un jogging et un pull zippé, ce qui le rend très sexy. Il s'approche plus près, je remarque qu'il porte une arme.

– Nous sommes en danger ?

– Non.

Il me regarde, surpris.

– Ah, tu parles de ça ? Je porte toujours une arme, c'est devenu une habitude et j'aime ça.

Il s'appuie contre la voiture en fixant mon tee-shirt.

– Parfois, je suis tellement brillant que je suis jaloux de ma propre intelligence, lance-t-il en riant. Tes seins qui pointent sous ton tee-shirt vont rendre ce voyage très agréable.

Je regarde et, effectivement, le débardeur moulant qu'il a choisi les fait bien ressortir. La dernière fois que j'étais dans cet état devant lui, il s'est jeté sur moi pour m'embrasser. Mais j'étais trempée des pieds à la tête, cette fois, ce qui est mouillé est bien caché entre mes jambes.

–Donne-moi une veste, je grogne en essayant de ne pas rire et en cachant mes seins avec mon bras.

Nous roulons lentement tout en nous regardant de temps en temps. Nous n'échangeons pas un mot. Je réfléchis à ce qui va se passer, à la journée de demain, à ce que je vais devoir faire. Je me demande si je vais réussir à me concentrer sur quoi que ce soit. Je rêve d'accepter sa proposition et de passer la journée avec lui, mais je sais que Massimo le découvrirait très rapidement et nous tuerait tous les deux. Et si je dis à Olga que nous passons la journée avec Nacho, elle va faire une crise cardiaque et j'aurai un autre cadavre sur la conscience. Tout ça me donne mal au crâne. Je jette un œil sur Nacho qui conduit torse nu, son holster à la ceinture. Sa tête est posée sur son bras gauche appuyé sur la portière. Sa main droite tient le volant. Il fredonne la chanson qui passe à la radio.

Nous arrivons dans une partie de la ville que je reconnais quand il s'arrête et dit :

– Tu veux que je t'enlève ?

– J'y ai pensé, je gémis en enlevant sa veste. Tu pourrais essayer de me convaincre.

– Je peux prendre la décision à ta place, surtout.

– Mais je serais incapable d'oublier mon passé, trop de portes resteraient entrouvertes derrière moi.

Je soupire en cachant mon visage dans mes mains.

– Il faut que je réfléchisse, que je mette tout en ordre.

– Je t'ai attendue pendant des mois et, avant ça, toute ma vie. S'il le faut, j'attendrai encore des années.

– Je ne peux pas te voir demain ni après-demain. Pour l'instant, je veux que tu disparaisses.

– D'accord, baby girl, soupire-t-il en posant un baiser sur mon front. Je ne serai pas loin.

Je descends de la voiture et avance sur le trottoir. Soudain, je ressens une douleur terrible dans mon nouveau cœur et des larmes me montent aux yeux. J'ai envie de me retourner, mais je sais que si je le revois, je vais me jeter dans ses bras et le laisser m'enlever. La boule qui se forme dans ma gorge m'empêche presque de respirer. Je prie pour que Dieu me donne la force de surmonter ce qui m'attend.

Je traverse le hall de l'hôtel en direction de l'ascenseur. Avec tout ça, j'ai oublié mon sac et ma robe dans la voiture de Nacho. Putain, je grogne en retournant à la réception pour demander un double des clés. Je sens encore l'odeur du surfeur canarien sur moi, il est partout : sur mes cheveux coiffés en chignon, sur mes lèvres, sur mon cou. Il me manque alors que je viens juste de le quitter, ça m'énerve. Qu'est-ce qui m'arrive ? Je gémis en entrant dans ma chambre.

Une lumière s'allume près du lit et j'entends une voix que je connais bien.

– Tu étais où ? hurle Massimo en se levant du fauteuil.

Oh putain...

Mon mari s'approche, son expression est très dure, je sens que je suis devant de gros problèmes.

– Ne hurle pas, tu vas réveiller Olga.

– Elle est tellement défoncée que même une explosion nucléaire ne la réveillerait pas. Elle est avec Domenico, en plus. Tu étais où, Laura ?

Son regard brûle de colère, ses pupilles se dilatent, les os de sa mâchoire bougent. Je crois ne l'avoir jamais vu aussi furieux.

– Je devais réfléchir, et depuis quand ce que je fais t'intéresse à ce point ?

Je me libère de sa prise.

– Est-ce que je te demande où tu vas et avec qui quand tu disparais des journées entières ? La dernière fois que je t'ai vu, c'était il y a quelques semaines quand tu as décidé soudain que tu voulais me sauter.

Je suis furieuse, une vague de colère terrible m'envahit, je sens qu'elle ne va pas tarder à exploser.

– J'en ai marre de toi et de ton comportement depuis presque six mois ! C'est moi qui ai perdu un enfant et c'est moi qui ai dû me remettre après mes opérations.

Je lui balance une claque.

– Tu m'as abandonnée, espèce d'égoïste !

Massimo a les lèvres serrées, je peux presque entendre les battements de son cœur.

– Si tu penses que tu vas pouvoir me quitter, tu te trompes.

Il attrape mon débardeur et le déchire. Il saisit mon sein avec ses dents. Je crie en essayant de le repousser, mais il est plus fort et me balance sur le lit.

– Je vais te rappeler pourquoi tu m'aimes, grogne-t-il en enlevant sa ceinture de son pantalon.

Je veux m'enfuir, mais il m'attrape par une jambe et me tire vers le milieu du matelas pour s'asseoir à califourchon sur moi. Avec l'agilité dont il est capable, il m'attache les poignets avec sa ceinture, puis l'accroche à la tête de lit. Je me débats, je hurle pendant qu'il se relève pour se déshabiller. Des larmes de colère coulent le long de mes joues, la peau de mes poignets me brûle. Mon mari me regarde, satisfait, les yeux pleins de fureur.

– Massimo, s'il te plaît, je chuchote.

– Tu étais où ? répète-t-il en déboutonnant sa chemise.

– Je suis allée me promener. J'avais besoin de réfléchir.

– Tu mens.

Son ton est calme et grave, ce qui ne me rassure pas du tout.

Il pose sa chemise sur le bord du fauteuil, puis enlève son pantalon d'un geste sec. Son érection apparaît, il est prêt. J'ai l'impression qu'il est encore plus grand et plus imposant que dans mes souvenirs. Dans des circonstances normales, je serais en train de bouillir d'excitation en attendant qu'il me touche et que j'explose comme les feux d'artifice du nouvel an, mais pas aujourd'hui. Mes pensées sont occupées par le Canarien tatoué qui est sûrement toujours à l'endroit où je l'ai laissé. La fenêtre est ouverte, l'air marin pénètre dans la chambre. Peut-être que si je crie son nom, il va m'entendre et venir à mon secours. Des larmes ruissellent le long de mes joues, et tout mon corps se tend quand Massimo se penche au-dessus de moi.

– Ouvre la bouche.

Je secoue la tête pour refuser.

– Oh, bébé, je vais le faire de toute manière, on le sait tous les deux, donc sois sage.

Mes lèvres restent closes.

– Je vois que tu as encore envie que je te prenne violemment ce soir.

Il m'attrape le nez pour m'empêcher de respirer.

Quand je commence à avoir le tournis, j'entrouvre les lèvres et il s'enfonce dans ma bouche avec toute la puissance de ses hanches.

– Voilà, bébé, exactement comme ça.

J'essaie de ne rien faire, mais mes lèvres se resserrent sur la bite de mon mari. Quelques minutes, et il se retire et se penche sur moi pour m'embrasser profondément.

Il sent l'alcool et la drogue, je comprends qu'il n'est pas dans son état normal, ce qui ne me rassure pas. Malgré tout, j'ai toujours confiance en lui, c'est tout de même mon mari chéri, mon protecteur, celui qui m'adore. Je suis allongée devant lui, totalement impuissante, me demandant quand il va passer à l'action.

Ses lèvres descendent le long de mon cou jusqu'à mes seins. Il prend mon téton dans sa bouche, le mord et serre l'autre entre ses doigts. Je me débats en le suppliant d'arrêter, mais il m'ignore et continue à descendre jusqu'à mes cuisses fermement serrées. Il les écarte brutalement et s'attaque avec violence à ma chatte.

– Où est ton vibromasseur ?

– Je ne l'ai pas.

– Tu me mens à nouveau, Laura.

– Je ne l'ai pas, il est à la maison dans le tiroir à côté de notre lit.

J'accentue de manière intentionnelle le mot « notre », j'espère que ça va marcher, mais la colère dans ses yeux semble décupler et il pousse un rugissement.

Il s'agenouille devant moi, soulève mes deux jambes et me pénètre d'un coup sec, très profondément. Il me fait mal.

– Donc... par... quel... miracle... siffle-t-il entre ses dents serrées comme s'il était en transe, as-tu... joui...

Ses mouvements se font de plus en plus rapides.

J'ouvre les yeux pour le regarder, je le déteste de tout mon cœur, mais malgré ça, je sens que je vais jouir. Ce n'est pas ce que je veux, mais je suis incapable de contrôler le plaisir que me donne cet homme incomparable. L'orgasme prend possession de mon corps et je pousse un hurlement intense.

– Exactement comme ça ! grogne l'homme en noir. (Je sens son sperme couler en moi.) Tu es à moi !

Il jouit, ses doigts plantés dans mes chevilles, je ne ressens plus la douleur, juste des vagues de tsunami m'envahir.

Je suis réveillée par des baisers tendres sur mon cou. Je repousse le rêve dans lequel Nacho me réveille en espérant que tous les événements d'hier soir aient été un cauchemar. Je soupire, me frotte les yeux et regarde derrière moi. Je tombe sur mon mari.

– Bonjour, dit-il en souriant.

Ça me donne envie de vomir.

– Tu avais bu combien de litres hier ? je grogne, et qu'est-ce que tu as avalé, bordel ?

La joie disparaît de ses yeux.

Je me redresse, et son regard devient dur. Il regarde, terrifié, mon corps nu et meurtri. Mes poignets sont violets à cause de la ceinture avec laquelle j'étais attachée, mes jambes et mon ventre portent les traces de ses doigts.

– Mon Dieu.

Il commence à caresser mes blessures, mais je me fige sous ses doigts. Il ressent ma peur et se décale à l'autre bout du lit en se cachant le visage entre ses mains.

– Laura... chérie.

Il regarde mes blessures et les larmes lui montent aux yeux. Je sais qu'il n'était pas lui-même hier, sa réaction le confirme. Il n'avait aucune idée ce qu'il faisait. Je soupire et me couvre pour qu'il ne voie plus ce qu'il m'a fait.

– Comme tu as pu le constater, tu as plus en commun avec ton jumeau que tu ne le penses, je lui balance avec mépris.

– Je vais arrêter de boire et je ne prendrai plus jamais de drogue.

Il me tend la main.

– N'importe quoi, je ne crois pas un mot de ce que tu dis. Tu recommenceras.

Il fait le tour du lit et s'agenouille devant moi. Il prend ma main et l'embrasse.

– Je suis désolé, je suis désolé...

– Je dois partir en Pologne.

Il lève un regard terrifié.

– Soit tu me laisses y aller, j'ai besoin d'espace pour réfléchir, soit je te quitte.

Il ouvre la bouche pour dire quelque chose, mais je lève un bras pour le couper.

– Massimo, je suis à deux doigts de demander le divorce, notre couple est mort avec notre enfant. J'essaie de tout arranger, mais tu ne fais que rendre les choses plus difficiles. Ton deuil lui aussi doit se terminer.

Je me lève pour passer un peignoir.

– Soit tu suis une thérapie, tu arrêtes de boire et tu me reviens comme quand je t'ai rencontré il y a à peine un an, soit c'est terminé.

Je poursuis, menaçante :

– Et si en Pologne tu essaies de me contrôler ou de me faire suivre par tes gorilles ou encore si tu viens toi-même, alors je te jure que tu ne me reverras plus jamais.

Je me retourne pour disparaître dans la salle de bains. Je me regarde dans la glace, surprise d'avoir réussi à dire tout ça avec une telle conviction. J'avais presque oublié à quel point je peux être déterminée. Au fond de moi, je sais ce qui m'a donné du courage, mais c'est trop douloureux pour que je puisse y penser après ce qui s'est passé cette nuit.

– Tu ne vas pas me quitter, je ne te laisserai pas.

Je lève les yeux pour voir Massimo derrière moi dans le reflet du miroir. Sa voix est ferme et ses yeux jouent l'indifférence.

Je retire le peignoir et me retrouve devant lui, nue et mutilée. Il avale bruyamment sa salive, puis soupire profondément en regardant ses pieds.

– Regarde-moi. (Il ne réagit pas.) Regarde-moi bordel, Massimo ! Tu peux m'emprisonner et me violenter, tu peux à nouveau changer ma vie, mais tu sais quoi... tu n'auras jamais mon cœur ni ma tête.

Je fais un pas en avant, il recule.

– Je ne te quitte pas, j'essaie juste d'arranger les choses.

Il y a un long silence. Massimo me regarde, mais ses yeux sont vides et je vois qu'il fait de son mieux pour qu'ils ne se posent pas sur mes bleus.

– L'avion est à ta disposition, je te promets de ne pas venir dans ton pays.

Sur ces mots, il se retourne et quitte la salle de bains. Je m'effondre par terre et explose en larmes. Je n'ai aucune idée de quoi faire, mais les larmes me soulagent.

Il est midi passé quand je quitte la chambre.

J'ai ignoré Olga qui a essayé à plusieurs reprises de me sortir du lit. Je n'avais pas envie de lui expliquer ce qui s'est passé ni de lui montrer ce que mon mari m'a fait subir, elle aurait essayé de le mettre en pièces à mains nues. J'ai quand même l'impression que Domenico est au courant de tout, parce qu'il l'emmène en ville pour l'occuper et invente plein d'activités pour qu'elle me laisse tranquille.

Je mets une tunique claire à manches longues, un grand chapeau, des lunettes de soleil et mes baskets Isabel Marant adorées. Je sors de la chambre pour aller marcher sur la promenade. Je pense à des milliers de choses à la fois tout en regardant la mer. Que faire, comment réagir, quitter Massimo ou essayer de repartir à zéro avec lui ? Je ne trouve aucune réponse et chaque question en entraîne une autre. Et si Nacho s'avère être un monstre ? J'avais l'impression que mon mari ne pourrait jamais l'être, mais après ce qui s'est passé hier, je ne sais plus quoi croire.

J'aperçois un charmant restaurant local et décide d'y manger un morceau, accompagné d'un verre de vin pour me détendre. Un vieux monsieur très gentil prend ma commande. Je sors mon téléphone pour appeler ma mère et lui dire que j'arrive. Quand je le débloque, un message apparaît : « Regarde à droite. » Je tourne la tête et les larmes arrivent à nouveau, heureusement cachées par mes lunettes de soleil. Nacho est assis à la table à côté, il porte une casquette, des lunettes et un pull à capuche à manches longues qui cachent totalement ses tatouages.

– Assieds-toi dos à la rue, il y a au moins une voiture qui te suit.

Je change de place comme si le soleil me dérangeait. Je regarde devant moi, mais j'aperçois du coin de l'œil une voiture à ma gauche.

– Massimo est à Lagos, je chuchote sans quitter mon écran des yeux.

– Je sais. Je m'en suis aperçu après t'avoir déposé près de l'hôtel.

– Nacho, promets-moi quelque chose.

– Qu'est-ce qui s'est passé, baby girl ?

Je sais qu'il est inquiet.

Le serveur vient poser le verre de vin sur la table. Quand je tends le bras pour le prendre, la manche de ma tunique se relève, laissant apparaître les bleus.

– Tu as quoi sur le bras ? (Le ton de Nacho change.) Qu'est-ce que ce fils de pute t'a fait ?

Je tourne la tête et lis des envies de meurtre dans son regard. Il écrase ses lunettes dans ses mains et se lève, fou de rage.

– Je vais tuer tes gardes du corps, puis je vais aller voir ce fils de pute et le tuer aussi.

– Je t'en supplie, non, je marmonne en prenant une gorgée.

– Alors, tu vas te lever, payer ton addition et me rejoindre à deux rues d'ici. Tu pars à gauche, puis tu prends une petite rue, c'est la deuxième à droite.

J'appelle le serveur.

– Mais termine ton vin avant.

Je marche le long d'une ruelle étroite, quelqu'un m'attrape et me tire dans l'embrasure d'une petite porte. Nacho remonte ma tunique, regarde mon corps meurtri et me retire mes lunettes. Il voit que mes yeux sont gonflés.

– Qu'est-ce qui s'est passé, Laura ?

J'essaie d'éviter son regard.

– Regarde-moi, s'il te plaît.

J'entends du désespoir dans sa voix, de la colère aussi, qu'il essaie de cacher par de la tendresse.

– Il voulait baiser... il m'a demandé où j'étais et...

Je fonds en larmes et Nacho me prend dans ses bras.

– Je pars en Pologne demain matin, il faut que je m'éloigne de vous deux.

Il me tient toujours dans ses bras, son cœur bat très vite, je vois qu'il est concentré, presque absent.

– Ok, mais fais signe une fois que tu auras les idées plus claires.

Il m'embrasse et s'en va sans se retourner. Je ressens un vide et reste plantée là un certain temps à m'étouffer avec mes larmes, puis je repars vers l'hôtel.

Olga entre dans ma chambre au moment où je suis en train de préparer ma dernière valise.

– Il y a un souci ? demande-t-elle en s'asseyant sur le tapis.

– Pourquoi tu dis ça ?

– Parce que Massimo a loué la suite en dessous de la nôtre au lieu de dormir avec toi, alors que Domenico dort avec moi.

Elle attend que je réponde... Je la regarde, impassible.

– Laura, qu'est-ce qui se passe ?

– Je pars en Pologne, Il faut que je m'éloigne de tout ce bordel.

– D'accord, je comprends. Mais tu fuis qui, Massimo, Nacho ou moi ?

Elle s'appuie contre le mur en croisant les bras sur sa poitrine.

– Et la boîte ? Tu as tellement travaillé pour construire tout ça ?

– J'ai Internet là-bas et puis Emi et toi, vous vous en sortirez très bien toutes les deux pendant quelques jours. Olga, il faut que je parte, toute cette situation me dépasse. J'ai besoin de parler à ma mère, elle ne m'a pas vue depuis Noël... Et puis, il y a tout le reste...

– Vas-y, mais n'oublie pas mon mariage.

Je suis devant la porte de la chambre de Massimo. J'hésite à frapper, finalement je me décide. J'entends un bruit de serrure et la porte s'ouvre sur Domenico qui soupire en me voyant. Il me fait un petit sourire et me laisse entrer.

– Il est où ?

– Dans la salle de sport, répond-il en m'indiquant une porte d'un mouvement de la tête.

– Je pensais que j'avais une grande chambre, mais je vois que le meilleur appartement a été réservé pour Don, comme d'habitude.

Je traverse de nombreuses pièces pour découvrir que la suite de mon mari s'étend sur la moitié de l'étage.

J'entends des bruits sourds que je reconnais, j'ouvre la porte et vois Massimo frapper dans les mains d'un de ses gardes du corps. Cette fois-ci, il n'y a pas de cage ni de combat. Le grand Italien a des boucliers sur les mains, l'homme en noir les frappe de toutes ses forces.

Il n'a pas remarqué que j'étais là, je me racle la gorge pour me manifester. Massimo s'arrête, puis dit quelque chose à l'homme en face de lui qui retire ses protections et sort. Don prend une bouteille d'eau et la vide, puis s'approche de moi.

Si rien ne s'était passé hier soir, je trouverais son corps incroyablement sexy. Ses longues jambes sculptées par son legging de sport et son torse humide ne me laissent pas indifférente. Massimo le sait très bien, il retire ses gants puis se recoiffe.

– Salut. Donc, tu pars.

– Je voulais...

En regardant ses beaux yeux noirs, j'oublie ce que je voulais dire.

– Oui ?

Il s'approche dangereusement de moi et je sens sa merveilleuse odeur. Je ferme les yeux et je suis replongée quelques mois en arrière, quand je le désirais plus que tout.

– Tu veux quelque chose, bébé ?

J'ouvre les yeux.

– Te dire au revoir.

Il se penche au-dessus de moi.

– Non, s'il te plaît.

Ses lèvres s'arrêtent à un centimètre des miennes.

– Tu as peur de moi.

Il jette sa bouteille contre le mur.

– Laura, comment tu peux...

Je retrousse mes manches et il se tait.

– Ce n'est pas parce que tu m'as baisé, c'est parce que tu l'as fait sans mon consentement.

– Mais on l'a fait des centaines de fois comme ça, c'est le principe du jeu.

Il prend mon visage entre ses mains.

– Combien de fois est-ce que je t'ai baisée et tu me disais d'arrêter parce que tu n'étais pas douchée, parce que j'allais abîmer ta robe ou te décoiffer... mais après, tu me suppliais pour que je ne m'arrête pas.

– Et hier soir, tu m'as entendue dire de ne pas t'arrêter ?

L'homme en noir se mord la lèvre tout en se décalant.

– Tu vois ! Tu ne te rappelles même pas ce que tu as fait, tu ne te rappelles pas que je hurlais et je pleurais de douleur, tu ne te rappelles pas que je te suppliais d'arrêter.

Je sens la colère exploser en moi.

– C'est comme si tu m'avais violée.

Je l'ai enfin dit, et ça me donne la nausée.

Massimo est raide comme un piquet, il a du mal à respirer, il est à la fois furieux, résigné et désespéré.

– Je n'ai aucune excuse. Je veux que tu saches que j'ai contacté un thérapeute. Dès que je rentre en Sicile, je commence une vraie thérapie. Je vais m'enfermer et ne plus jamais toucher à cette poudre blanche, tu verras. Je vais tout faire pour que tu n'aies plus peur de moi et de mes caresses.

Je prends sa main pour le rassurer et lui montrer que je le soutiens.

– Et quand tu rentreras, on fera une fille, j'aurai une vraie raison de devenir fou, ajoute-t-il en rigolant.

Il est si beau en ce moment, souriant et détendu, mais je sais que ce n'est qu'un rôle.

– On verra ce qui se passera à mon retour, je réponds en lui tournant le dos.

Il m'attrape par le bras, plus délicatement que d'habitude, avec plus de tendresse. Il m'adosse au mur et place son visage juste en face du mien, comme s'il attendait ma permission.

– Laisse-moi t'embrasser, Laura, je te promets que je ne viendrai pas en Pologne. Je te donnerai autant d'espace que tu le souhaites.

Le problème est que mon mari ressemble à Dieu et qui il est difficile de lui dire non.

– Soit... je murmure, et sans me laisser finir ma phrase, il pénètre mes lèvres.

Il est plus délicat et sensuel que d'habitude, il me traite comme si j'étais en verre, comme si chacun de ses gestes risquait de me briser. Il balade sa langue sur la mienne, il visite chaque recoin de ma bouche, puis il recule et murmure :

– Je t'aime.

Chapitre 8

Je ne veux pas être surveillée, je ne veux pas de chauffeur ni voir l'équipe qui me tient compagnie depuis tant de mois. Même si Massimo m'a promis avant de partir que personne n'allait me suivre, je sais que ce n'est pas possible. Quand je sors du terminal, j'aperçois Damian, souriant, appuyé contre une voiture.

– Je n'y crois pas, je crie en me jetant à son cou.

– Salut, Laura, dit-il en enlevant ses lunettes de soleil. Je ne sais pas ce qui s'est passé ces dernières semaines chez vous, mais Carlo m'a appelé, il m'a demandé de te surveiller personnellement.

Je ris intérieurement, je sais bien pourquoi Don a fait ce geste, il veut me montrer qu'il me fait entièrement confiance, et il ne veut pas rompre sa promesse. De cette manière, il me surveille sans me surveiller.

– On va où ? demande le guerrier en se tournant vers moi. Mais, soyons clairs, je ne porterai pas de casquette de chauffeur !

– Conduis-moi à la maison, je réponds en rigolant.

La route n'est pas longue et nous sommes très vite dans le parking de l'immeuble. Je propose qu'on commande quelque chose à manger et qu'on discute. Il semble enchanté par cette suggestion.

– J'ai eu vent de ce qui s'est passé, dit-il en posant sur son assiette une cuisse de poulet qu'il n'a pas terminée. Tu veux en parler ou on fait comme si rien n'était arrivé ?

– Dans quelle mesure tu dois être loyal envers mon mari et Carlo ?

– Moins qu'envers toi. Si tu me demandes si je suis ici pour obtenir des informations, tu te trompes. Ton mari me paie vraiment très bien, mais il ne pourra jamais acheter ma loyauté, elle est à toi.

– Tu te rappelles la dernière fois qu'on a discuté sur Skype ?

– Oui, bien sûr.

– Ce jour-là, j'ai rencontré l'homme qui m'a enlevée et a changé ma vie.

Il me faut presque deux heures pour lui raconter toute l'histoire. Je parle, il écoute. De temps en temps, il rigole ou désapprouve d'un mouvement de tête. Je termine mon histoire par les deux derniers jours en lui épargnant les détails de ma rencontre avec Nacho à Lagos et la façon dont mon mari m'a traitée.

– Tu sais, il y a quelque chose qui cloche dans ton histoire, affirme-t-il en me servant un autre verre et en se servant de l'eau, ce type, l'Espagnol.

– Des îles Canaries.

– Oui, lui. Tu t'inquiètes pour lui et quand tu en parles, tes yeux brillent.

Ce qu'il vient de dire m'effraie.

– Tu vois ? Maintenant que je t'ai démasquée, on dirait que tu vas avoir une crise cardiaque, alors raconte ce que tu caches.

Je me gratte nerveusement la tête, cherchant une bonne excuse à mon comportement. Mais après tous les calmants qui m'ont permis de supporter le vol et presque une demi-bouteille de vin, je ne suis pas très rapide.

– C'est à cause de lui que je suis là, sans Olga et sans Massimo, je soupire. Il a foutu le bordel dans ma tête, sûrement parce que je l'ai laissé le faire.

– Tu ne penses pas que tu es aussi chamboulée parce que tu n'étais pas aussi heureuse que tu le pensais ?

Il se tait en me regardant, puis reprend :

– Écoute, si tu es vraiment certaine de quelque chose, il t'est impossible de changer d'avis, et rien ne peut te faire douter de tes sentiments. En revanche, si tu doutes et que les fondations sur lesquelles tes sentiments sont bâtis ne sont pas solides, alors tout peut s'écrouler au moindre coup de vent.

– Tu dis ça parce que tu n'aimes pas mon mari.

– Je n'en ai rien à foutre de ton mari, il s'agit de toi.

Il gratte sa barbe de trois jours.

– Prenons notre exemple, toi et moi, il y a longtemps. J'ai été idiot et je n'ai pas pris de risque. Non, en fait, laisse tomber, ce n'est pas un bon exemple.

– Exact, mais je pense savoir ce que tu veux dire.

Le lendemain matin, je suis supposée partir chez mes parents, mais dès que j'ouvre les yeux, j'ai une idée diabolique. Je pars toute contente à la salle de bains et, une heure plus tard, je suis prête et je fouille dans le tiroir à la recherche de mes clés. Nous sommes en mai, le temps est magnifique. Tout fleurit et reprend vie, un peu comme moi. L'interphone vidéo sonne, je réponds à Damian que je ne vais pas tarder à descendre, et j'attrape mon sac. Je suis assez jolie avec mon short déchiré blanc cassé, un haut léger qui montre quasiment tout mon ventre et mes baskets à talons Louis Vuitton. Je ressemble un peu à une adolescente et, d'ailleurs, l'idée que j'ai eue n'est pas la plus mature.

– Salut, Gorille, dis-je en m'installant sur mon siège.

– Très jolie, remarque Damian en se tournant vers moi. On va chez tes parents ?

Je fais non de la tête.

– Chez le concessionnaire Suzuki.

Il est étonné.

– Te protéger signifie que rien ne doit t'arriver.

– Chez le concessionnaire Suzuki, je répète, et nous partons.

À peine arrivés, je montre du doigt la GSX-R 750, le vendeur approuve.

– Celle-ci, dis-je en m'asseyant sur la moto et en regardant Damian qui fulmine.

– Laura, je ne peux rien t'interdire, mais je ne vais pas tarder à devoir appeler Carlo qui appellera Massimo.

– Alors appelle ! je balance sèchement en m'allongeant sur le réservoir.

– La puissance maximale est de cent cinquante chevaux avec plus de treize mille tours minute, commence le jeune vendeur. La vitesse maximale...

– Je peux lire ce qui est écrit, je le coupe en abrégeant ses souffrances. Vous avez la même, mais en noir intégral ?

Le type ouvre de grands yeux.

– Et une combinaison noire aussi, de marque Dainese de préférence, j'en ai repéré une qui me plaît. Et des chaussures Sidi avec des étoiles rouges sur les côtés, elles sont là-bas.

Je descends de la moto.

– Je vais vous montrer celles dont je parle. Choisir le casque sera le plus compliqué.

Le pauvre mec me suit en jetant des regards vers Damian. Il doit sûrement se demander si je suis sérieuse et s'il va vraiment conclure sa meilleure vente de la saison.

Une fois que j'ai tout choisi, je sors de la cabine d'essayage en combinaison de cuir noire, gants et chaussures, mon casque sous le bras.

– Parfait, j'affirme en voyant les regards perturbés des hommes. Je prends tout, amenez-moi la moto à l'entrée.

– Madame Laura, il n'y a qu'un seul problème, dit le vendeur, hésitant. Pour que vous puissiez partir avec la moto, il faut qu'elle soit enregistrée, et la moto que vous avez choisie est neuve.

– C'est-à-dire ?

– C'est-à-dire que si vous êtes pressée, cette moto en noire n'est pas disponible, mais nous avons une version démo, les paramètres sont les mêmes, mais elle n'est pas toute noire, elle est noire et rouge et elle a quelques centaines de kilomètres au compteur.

Je réfléchis un instant, je vois la joie sur le visage de Damian à l'idée que mon plan pourrait ne pas aboutir.

– Le rouge sera assorti aux étoiles de mes chaussures.

Je tends ma carte de crédit au vendeur.

– Vous pouvez préparer les papiers.

Je démarre mon nouvel engin et les cent cinquante chevaux rugissent. Je leur fais un grand sourire, puis je mets mon casque et ferme la visière.

– Il va me virer, gémit Damian à côté de moi.

– Ne t'inquiète pas, c'est impossible, il sera furieux, mais c'est moi qu'il voudra tuer, pas toi !

J'enclenche la première et fonce droit devant moi.

Je n'ai pas senti une telle puissance depuis longtemps, je ressens une excitation malsaine mélangée à de la peur. Il faut que je m'habitue à ce monstre avant de faire des folies.

Je roule doucement dans Varsovie. Je sens le souffle de la voiture de mon garde du corps qui roule derrière moi et des vibrations dans ma combinaison. Ah, Massimo est donc déjà au courant de mon dernier achat ! La circulation est assez dense. Après quelques dizaines de minutes, je me rappelle pourquoi j'adore ce sport, la route se fluidifie à mesure que nous quittons Varsovie, elle est droite et large. Idéal pour tester la machine, j'accélère.

– Elle est géniale ma nouvelle bécane, je hurle en me garant devant chez mes parents.

Un instant après, avec un grincement de pneus, une Mercedes S apparaît derrière le virage, Damian sort de la voiture, tout pâle.

– Putain, tu imagines ce que je viens de vivre ?

– Mon mari a appelé ? je devine, amusée.

– Il a appelé ? Je viens d'avoir une téléconférence avec lui, il hurlait dans au moins trois langues.

– Aïe, dis-je lorsque je sens ma poche vibrer à nouveau, je vois « Massimo » écrit sur l'écran.

– Bonjour, cher mari.

– Qu'est-ce que tu fous ? Je prends l'avion et j'arrive !

Il hurle si fort que je suis obligée de décoller le téléphone de mon oreille.

– N'oublie pas notre accord, je réponds. Si tu viens, on divorce.

Il se tait et je poursuis.

– Avant que je te rencontre, je faisais de la moto et j'ai l'intention de continuer. Je ne vois pas quel est le problème.

Ma relation avec toi est parfois plus dangereuse que l'engin que j'ai entre les jambes en ce moment.

– Laura ! grogne l'homme en noir.

– Je me trompe, Don Torricelli ? Pendant vingt-neuf ans, il ne m'est rien arrivé et depuis qu'on est ensemble, je me suis fait tirer dessus, j'ai perdu un enfant, j'ai été enlevée...

– Tu vas trop loin, bébé.

– C'est la vérité, et arrête de te défouler sur Damian, il est de ton côté. (Je fais un clin d'œil à mon ex.) Pardonne-moi, mais il faut que j'y aille, je commence à transpirer dans ma combinaison.

Un silence s'installe.

– Et arrête de paniquer, je vais rentrer saine et sauve.

– S'il t'arrive quelque chose, je tuerai...

– Qui cette fois-ci ?

– Moi, car ma vie sans toi n'a pas de sens.

Il raccroche.

Je regarde l'écran noir, je suis admirative de son self-control et de sa façon de négocier.

Damian est adossé à la voiture.

– C'est réglé, tu peux rentrer à la capitale maintenant, je vais rester ici quelques jours.

– Je reste, j'ai une chambre dans un hôtel à deux rues, ne t'énerve pas si je garde un œil sur toi, tu sais comment est Massimo.

Je hausse les épaules et fais un signe du pouce pour lui montrer que je suis d'accord. Je remonte l'allée de chez mes parents, Damian pose ma valise sur la véranda puis disparaît.

J'allume le moteur, sans enclencher de vitesse, et accélère à fond. Le bruit est tel qu'à peine quelques secondes plus tard, mon père débarque sur le porche.

– Alors, jaloux ?

Je descends de moto et me jette à son cou.

– Ma petite ! (Il me serre dans ses bras, mais se tourne rapidement vers la machine.) Tu t'es acheté une moto ? Tu as une crise ? Tu sais, ta mère pense qu'on achète ce genre de chose quand on veut se prouver quelque chose...

– Laura !

En parlant du loup, la voix de Klara Biel vrille mon cerveau. J'ai envie de remettre mon casque.

– Mon enfant, tu as perdu la tête ?

– Salut, maman.

J'ouvre ma combinaison et lui fais un câlin.

– Avant que tu commences à hurler, sache que mon mari m'a dit la même chose, mais j'ai réussi à le calmer, j'ai de l'expérience maintenant.

– Ma fille, ton père me donne déjà des crises cardiaques plusieurs fois par an, et tu t'y mets aussi ?

Papa lève sourcils en rigolant.

– Et qu'est-ce que tu as fait à tes cheveux ?

Je me caresse les cheveux, je me rappelle que la dernière fois que mes parents m'ont vu, j'étais blonde.

– J'ai dû changer quelque chose après... (J'avale ma salive.) Les derniers mois ont été difficiles, maman.

Son expression s'adoucit. On dirait qu'elle vient de se souvenir ce qui s'est passé dans ma vie.

– Tomasz, sors le vin du frigo. Et toi, enlève ce truc qui va te faire transpirer.

– Je transpire déjà.

Papa a été exceptionnellement rapide avec la bouteille, quant à moi, après avoir pris une douche et enfilé un survêtement, je m'assieds sur le canapé moelleux dans le jardin.

– Il fait plus de vingt degrés, tu n'as pas chaud avec ces manches longues ? demande maman.

Je lève les yeux au ciel en pensant à ce qu'elle dirait si elle voyait mes poignets. Je change de sujet.

– C'est la nouvelle collection, ça te plaît ?

Je la regarde, les yeux remplis de joie.

– Tu as porté les choses que je t'ai envoyées ?

Elle hoche la tête.

– Et alors ?

– Elles sont superbes ! Je suis si fière de toi. Mais, chérie, comment tu te sens ?

– Je crois que je suis tombée amoureuse.

Je viens de me libérer du plus gros poids que je porte, ma mère s'étouffe presque avec son vin.

– Pardon ?

– Parce que tu vois...

Je commence à lui raconter, elle allume une cigarette.

– Lorsqu'on était à Tenerife, j'ai rencontré un homme qui est un des plus grands concurrents de Massimo.

Je suis en train d'inventer un nouveau mensonge.

– Mon mari n'avait pas beaucoup de temps pour moi, alors que Nacho en avait beaucoup, il m'a appris à surfer, m'a fait découvrir la région.

Mon Dieu, mais qu'est-ce que je raconte ?

– Il m'a présentée à sa famille, je me sentais bien en sa présence et... il m'a embrassée.

Cette fois, ma mère s'étouffe avec sa fumée.

– Ça n'aurait pas eu d'importance si Massimo n'avait pas autant changé depuis qu'on a perdu le bébé. Il s'est noyé dans le travail et s'est éloigné de moi, j'ai l'impression que ce ne sera plus jamais pareil entre nous. Je souffre, il souffre.

– Mon enfant, commence ma mère en éteignant sa cigarette, je ne vais pas dire « je te l'avais dit » mais déjà l'année dernière, j'ai essayé de t'avertir que tout se passait trop vite.

Elle remplit nos verres.

– Tu t'es mariée à cause du bébé.

Mon Dieu, comme tu te trompes !

– La perte de l'enfant a enlevé tout son sens à votre mariage. (Klara hausse les épaules.) Donc, je ne suis pas étonnée que tu aies succombé au charme d'un homme qui s'est trouvé sur ton chemin. Qu'est-ce que tu ferais si Massimo n'était pas ton mari mais ton copain ? Et si tu étais en Pologne et lui en Sicile ?

– Je le quitterais, je lui réponds après avoir réfléchi un instant. Je ne supporterais pas que mon mec m'ignore et me traite comme son ennemi.

– Juste comme ça, tu le quitterais ?

– Juste comme ça ? Maman, je me bats pour notre couple depuis des mois, en vain. Combien de temps faut-il encore que je perde ? Dans quelques années, je vais me réveiller aux côtés d'un homme que je ne connais plus du tout.

Un sourire sincère, mais triste, apparaît sur le visage de ma mère.

– Tu vois, tu as répondu seule à la question avec laquelle tu es arrivée.

Je suis stupéfaite. C'est seulement lorsque quelqu'un m'a forcée à dire ce que je veux, ce que j'attends et ce dont j'ai besoin, que je réalise que j'ai le droit de sentir tout ce que je ressens. J'ai le droit de commettre des erreurs, j'ai le droit de me tromper, mais j'ai surtout le droit de faire ce qui me rend heureuse.

– Chérie, je vais te donner un conseil en or grâce auquel mon mariage dure depuis presque trente ans avec ton père.

Je me penche vers elle.

– Il faut que tu sois égoïste. Si tu veux que ton bonheur soit ta priorité, tu feras tout pour qu'il dure. Tu prendras soin de ton couple. N'oublie pas, une femme qui vit uniquement pour un homme ne sera jamais heureuse, elle se sentira coincée, elle se plaindra et les hommes n'aiment pas les femmes qui se plaignent.

– Ni celles qui ne se maquillent pas.

– Ah oui. Mais tu sais, même sans homme dans sa vie, il faut toujours prendre soin de soi.

Dans ce domaine, ma mère est une experte incomparable. Elle est née pour être belle. Ses cheveux sont toujours coiffés et son maquillage toujours appliqué, peu importe l'heure.

Cet après-midi-là, on boit beaucoup. J'aime bien quand on est dans cet état ensemble, maman est drôle et plus détendue.

Les jours qui suivent passent et se ressemblent. Je me promène avec mon père, le soir, je bois du vin avec ma mère et j'essaie de comprendre le fonctionnement du télescope. Le pauvre Damian me suit pas à pas et Olga essaie de gérer la société en mon absence. Nous nous appelons par Skype pour discuter de projets. Massimo, lui, reste muet. Il a pris mes menaces tellement au sérieux que pendant les dix jours que dure mon séjour en Pologne, il n'appelle qu'une seule fois pour m'engueuler d'avoir acheté une moto. Il me manque, mais Nacho me manque aussi. Mon inconscient perd un peu la tête, je rêve parfois de Don, parfois du mafieux canarien. Je suis déchirée, partagée. Je tourne en rond sans trouver de sortie. Je décide d'appeler mon thérapeute.

– Salut, dit Marco, quand son visage apparaît sur FaceTime.

– J'ai failli coucher avec Nacho, mais je ne l'ai pas fait finalement.

– Pourquoi ?

– Parce que je ne voulais pas tromper mon mari.

– Pourquoi ?

– Parce que je pense que je l'aime.

– Pourquoi « je pense », et la réponse concerne qui ?

Chaque conversation avec Marco se déroule de la même façon. Je dis quelque chose, et lui s'accroche aux mots les plus importants de mes phrases pour m'aider à répondre aux questions dont je connais déjà les réponses. Au fond, c'est moi qui viendrai à bout de mes doutes de la manière la plus naturelle, seule.

Je décide de laisser la vie suivre son cours, je vais l'observer et voir ce qu'elle me réserve. Je veux que toute cette situation se règle en dehors de moi. Je suis prête à accepter humblement n'importe quelle fin. Parce que, en réalité, chaque solution me convient.

Le week-end, je propose à papa d'aller faire un tour à moto, il est ravi. Il sort son chopper du garage et met son blouson à franges. Nous prenons des routes que nous connaissons bien. Nous saluons les motards que nous croisons qui, eux aussi, profitent du beau temps. Je suis calme, heureuse, mais je n'ai toujours aucune idée de quoi faire.

On s'arrête sur la place du marché, à Kazimierz. J'enlève mon casque de la manière la plus sexy possible. Je secoue la tête et mes cheveux longs retombent sur mes épaules. Exactement comme dans les films, il me manque juste un ralenti et de porter un soutien-gorge laissant apparaître une énorme poitrine sous ma combinaison. Malheureusement, ce n'est pas le cas, pas de seins ni de sous-vêtements sexy, je porte un tee-shirt noir tout simple.

La place de ce petit village est un lieu de rencontre pour les motards de la région. Les machines, garées en rangs, attirent le regard des touristes qui détournent les yeux des beaux bâtiments pour contempler les motos.

– Comme au bon vieux temps, affirme papa, un peu ému, en me prenant par la taille. On prend une limonade ?

Il me montre notre café, je hoche la tête et nous y allons.

Il me tient tendrement. Je me fous des regards amusés des jeunes gars qui doivent penser que je suis sa maîtresse. Je marche au bras de mon père jusqu'au café.

– Comment tu t'en sors avec maman ? je demande en prenant une première gorgée. Moi, elle commence à me rendre folle au bout de deux jours et toi tu la supportes tous les jours.

– Ma chérie, je l'aime, et puis, je l'ai supportée enceinte, alors je peux tout supporter après ça.

J'explose de rire en pensant à ma mère enceinte exigeant toutes sortes de choses qui devaient arriver le plus vite possible. J'aime bien la compagnie de mon père, il est discret, mais il sait rire, écouter, et adore parler, je ne suis donc pas obligée de le faire.

Au bout d'une heure, nous avons abordé tous les sujets, de la puissance des chevaux à l'alcool, en passant par l'investissement immobilier. Papa parle, j'écoute, puis je parle et il me prouve que j'avais tort. Il me donne des conseils sur l'entreprise et sur la manière de traiter avec les gens.

– Tu sais, chérie, l'objectif principal d'un business est le profit…

Le bruit d'un moteur nous interrompt, nous tournons la tête pour voir une Hayabusa jaune arriver sur la place pavée. Je gémis en voyant cette belle moto. J'ai toujours rêvé d'en avoir une, mais je n'ai malheureusement jamais eu l'occasion de m'asseoir sur un tel monstre. Le conducteur éteint son engin et saute habilement de sa machine. Je regarde la merveille jaune, la bouche légèrement entrouverte. L'homme en combinaison noir enlève son casque, l'accroche sur sa moto, puis se tourne vers nous. Mon cœur commence à galoper, mon corps ne me répond plus. J'arrête de respirer, Nacho se trouve à trois pas devant moi.

– Laura, sourit-il sans me quitter de ses yeux verts, en ignorant mon père.

– Doux Jésus ! je chuchote en polonais.

Tomasz Biel est encore plus surpris.

Nacho se tourne vers mon père et se présente en lui tendant la main après avoir retiré son gant.

– Nacho Matos. Votre fille va prendre un moment avant de redescendre sur terre, donc je vais m'asseoir avec vous.

Mes yeux sortent de leurs orbites quand je l'entends parler polonais.

– Tomasz Biel. Je comprends que vous vous connaissez ? répond papa en l'invitant à s'asseoir.

– Doux Jésus ! je lâche à nouveau.

Le Canarien s'assoit et met ses lunettes de soleil.

– On est amis, mais j'habite assez loin, donc je comprends que votre fille soit un peu étonnée de me voir.

Quand Nacho se tourne vers moi, j'ai l'impression que quelqu'un est derrière moi et me tape dessus avec une batte de baseball.

Papa me regarde très désorienté, il lance le même regard à Nacho qui a eu le temps de commander un thé glacé et de s'installer confortablement.

– Belle machine, affirme Tomasz en tournant légèrement la tête. C'est le modèle de l'année dernière ?

– Oui, la dernière version.

Ils discutent, j'ai une envie dingue de me lever et de courir tout droit devant moi tant que mes jambes me portent. Il est là, encore une fois, devant moi. Je regarde nerveusement autour de moi et quand j'aperçois la Mercedes noire, je manque à nouveau d'oxygène.

– Je reviens.

Est-ce qu'il sait à quoi ressemble Nacho ou est-ce que mon mari lui a donné des directives au sujet des hommes qui décident de m'approcher ? Je décide donc de bluffer.

– Guerrier, dis-je lorsqu'il baisse la vitre. Tu veux boire quelque chose ?

– J'ai tout ce qu'il faut. (Il me montre sa bouteille d'eau et sourit aimablement.) C'est qui ce type ?

Je me tourne vers la table où les hommes discutent du monstre jaune.

– Un ami de papa, je hausse des épaules, puis je soupire de soulagement car sa question prouve qu'il n'a aucune idée de qui partage notre table.

– Elle est stylée, sa moto.

– Moi aussi je l'aime bien, si tu as besoin de quelque chose, fais-moi signe.

Quand j'approche, mon père se lève, puis dit en m'embrassant :

– Chérie, ta mère devient folle. Elle pense qu'on est devenus donneurs d'organes. Je vais rentrer pour la calmer.

Il se tourne pour tendre la main à Nacho.

– Ravi de t'avoir rencontré, n'oublie pas de la graisser.

– Merci, Tomasz, c'est un conseil précieux. À bientôt.

Papa disparaît. Je m'écroule sur le fauteuil et plante un regard furieux sur Nacho.

– Qu'est-ce que tu fais là, bordel, et comment ça se fait que tu tutoies mon père ?

Nacho s'enfonce dans son siège, puis enlève ses lunettes de soleil. Il les pose sur la table.

– Je teste l'état des routes polonaises et j'ai quelques remarques à faire !

Son sourire est contagieux

– Et ton père est un type sympa, il a proposé lui-même qu'on s'appelle par nos prénoms.

– J'ai demandé du temps. Massimo a compris, et toi...

– C'est parce qu'il a compris que j'ai pu venir ici. Tu n'as pas de gardes du corps, baby girl, mis à part le combattant dans la Mercedes.

Il hausse les sourcils en rigolant.

– Tu m'as abandonnée la dernière fois, tu es juste parti.

Des larmes s'accumulent dans mes yeux en repensant à cette scène, il a disparu, me laissant devant cette porte.

Nacho soupire et baisse la tête. Ses poings serrés empêchent son sang d'arriver à ses doigts.

– J'avais peur qu'il te punisse à nouveau pour ne pas avoir obéi. J'avais peur d'être obligé de le tuer cette fois.

Nacho lève un regard glacial vers moi.

– Et je t'aurais perdu...

– Pourquoi tu me parles en anglais ?

Je change de sujet, car je n'ai pas envie de parler de lui, de Massimo et de moi.

– Tu parles polonais depuis quand ?

Il s'allonge sur sa chaise, place ses mains derrière sa tête et sourit. Mon Dieu, j'adore ce sourire.

– Je connais beaucoup de langues, mais ça, tu le sais. Tu es belle dans cette combinaison.

Il se lèche les lèvres et je sens à nouveau la batte de baseball sur ma tête. Les coups sont encore plus intenses cette fois-ci.

– Ne change pas de sujet. Depuis quand connais-tu le polonais ?

– Le connaître est beaucoup dire. (Il prend son verre.) Je l'apprends depuis deux ans, mais depuis six mois je m'y suis mis plus intensément.

Il approche le bord du verre de ses lèvres de manière coquine. Je sais qu'il se fout de moi.

– Tu es insupportable.

Je n'arrive plus à tenir et rigole.

– Pourquoi tu es venu ?

– Je ne sais pas. (Il hausse des épaules.) Peut-être pour savoir comment tu fais pour énerver ton mari ?

Son regard est doux et amusé.

– Ou peut-être pour te voir vivre ta propre vie. Je suis fier de toi, baby girl. Tu t'épanouis, tu fais à nouveau ce que tu veux, tu es plus heureuse de jour en jour.

Il reprend sa position de départ, puis met ses lunettes de soleil.

– On fait la course ? demande-t-il.

J'explose de rire en faisant non de la tête.

– Tu rigoles ? Tu dois avoir soixante-dix chevaux de plus que moi. En plus, si ta moto n'est pas bridée, tu peux rouler deux fois plus vite que moi. Sans même parler du fait que tu dois conduire cent fois mieux.

Nacho sourit de manière étrange.

– Tu m'impressionnes, je connais peu de femmes qui s'y connaissent en mécanique.

– Arrête de te moquer de moi et de mes connaissances. Tu as mon rêve entre les jambes, ne me provoque pas.

– Tu avoues si facilement que tu me désires ?

Je réalise ce que je viens de dire. Je lève les yeux vers lui, hurlant intérieurement des insultes. Je rêve qu'il me prenne sur sa machine jaune ou au moins qu'il se lève et m'embrasse. Ce que je souhaite le plus, c'est qu'il m'enlève à nouveau et me cache dans la petite maison sur la plage.

– Laura, viens. (Il me tend la main, je la lui donne sans même me rendre compte.) Mets ton casque, dit-il en enfilant le sien.

La visière sombre lui couvre totalement les yeux. Il enjambe sa moto et me tend à nouveau la main pour m'aider à monter.

Je jette un œil vers la Mercedes. Damian, confus, démarre et commence à faire demi-tour. Je sens la puissance du moteur quatre cylindres sous mes fesses. Les mains du Canarien attrapent les miennes pour les enrouler autour de lui. Dès que je resserre mes bras sur lui, la machine démarre. Une nuée de papillons prend son envol dans mon ventre. Nous arrivons sur la route principale. Je me retourne pour voir Damian doubler d'autres voitures. Mais la grosse classe S n'est pas capable de rattraper une moto comme celle-ci. Au bout de quelques minutes, nous sommes seuls. Je pose ma tête sur les larges épaules de Nacho. Je profite des sensations que me procure cette balade. Il ralentit pour resserrer mes mains autour de lui, comme s'il voulait me faire comprendre qu'il est heureux que je sois là.

Après quelques dizaines de kilomètres, il prend une route de forêt, puis s'arrête. La Hayabusa n'est clairement pas une moto de cross. Comment connaît-il cet endroit ? je me demande en regardant la maison au bord du lac bordé d'arbres. Il éteint le moteur. Sans descendre, il retire son casque.

– Tu as un téléphone ?

– Non, il est resté dans la sacoche de papa.

– Tu penses que tu as un traqueur sur toi ?

Il tourne la tête vers moi, je fais signe que non.

– C'est bien, nous avons la nuit devant nous.

À ces mots, je soupire. Je suis heureuse, mais j'ai peur. Je descends de la moto et enlève mes gants.

Nacho fait de même et accroche son casque. Il ouvre sa combinaison pour dévoiler son torse nu. Je déglutis en l'observant. Il enlève tout le haut, puis se tourne vers moi et me libère de ma seconde peau. Je sens son haleine de menthe et comme une décharge électrique chaque fois qu'il me touche.

– Baby girl, je me demande pourquoi, chaque fois qu'on se touche, j'ai l'impression qu'on me tire dessus ?

Je lève les yeux vers les siens.

Il transpire légèrement, ses lèvres humides brillent, j'ai envie de les embrasser.

– Je le sens aussi, et ça me fait peur.

– Je suis là, chuchote-t-il en me remontant le menton.

– C'est ce qui m'effraie le plus

Les doigts du Canarien glissent sur ma joue, nos lèvres se rapprochent dangereusement. Je me répète comme un mantra ce que ma mère m'a dit. Sois égoïste et fais ce dont tu as envie. La bouche de Nacho glisse sur la mienne pour embrasser ma clavicule. Mon cou, mon oreille. J'en veux plus, il effleure ma joue et mon nez, je suis persuadée qu'il va terminer sur mes lèvres, mais il s'arrête.

– Viens, je vais te préparer à manger.

Mon Dieu, je n'ai rien envie d'avaler. Ce que je désire plus que tout, c'est lui et maintenant. Tout mon corps le supplie de me posséder. Il ouvre la porte, puis me laisse passer. Il referme derrière nous et je ne bouge plus.

– Tiens, dit-il en me tendant un téléphone. Appelle tes parents et préviens-les que tu ne rentreras pas ce soir.

Il me laisse, s'éloigne dans le couloir au bout duquel se trouve la cuisine.

Je suis déboussolée, comment est-ce que je vais expliquer à Klara Biel que je ne rentre pas dîner ? Je me tourne pour passer une première porte, je me retrouve dans le salon. Les murs sont vert olive et le canapé marron est assorti à la tête de cerf accrochée au-dessus de la cheminée. Plus loin, j'aperçois une grande table autour de laquelle sont disposées de lourdes chaises en bois. C'est une cabane de luxe.

Après avoir réglé l'affaire avec ma mère en lui faisant avaler d'autres mensonges, je pose le téléphone sur le bar de la cuisine, puis je m'assieds sur une chaise haute.

– Ma moto est restée au marché.

– Eh non, me répond-il en souriant. Moi non plus, je ne voyage pas seul, baby girl. Je ne suis peut-être pas aussi ostentatoire que Torricelli, mais partout où je vais, mes hommes me suivent. Ta moto est sur un parking à quelques centaines de mètre de la maison de tes parents.

Il pose deux assiettes remplies de crevettes l'une en face de l'autre, ça sent bon. Il ouvre le four et en sort des toasts au fromage, il ajoute des olives et une bouteille de vin.

– Mange.

– Comment sais-tu que je vais rester ? je demande en mâchant ma première bouchée.

– Je ne le sais pas, je ne fais que l'espérer.

Il lève les yeux, il a l'air d'avoir peur, tout comme moi.

– Qu'est-ce que tu me feras si je reste ? je continue d'une voix coquine.

– Je vais te rendre heureuse.

Il me regarde, la fourchette à la main, pendant que je digère sa réponse.

Nous n'échangeons plus un mot, nous contentant de profiter de l'atmosphère remplie de désir. Quand j'ai vidé mon assiette, Nacho débarrasse et prend une gorgée de bière.

– Dans la première chambre à gauche, à l'étage, il y a un sac sur le lit, tu peux prendre une douche et te changer. Je dois appeler Amelia, elle essaie de me joindre depuis une heure.

Il passe devant moi, puis sort sur la terrasse. Je ne bouge pas, étonnée par sa délicatesse.

Je me prends le visage dans les mains en me demandant quoi faire. Est-ce que je dois prendre la moto et m'échapper ? Je ne sais pas où je suis, ni comment rentrer chez moi. Et puis, je ne peux pas le fuir éternellement. Je me lève et monte dans la chambre.

J'y trouve effectivement un sac avec des vêtements, certains sont ceux que j'avais à Tenerife. Je choisis un boxer en coton, un débardeur blanc, et je pars sous la douche.

Chapitre 9

– Tu as trouvé ce que tu étais venue chercher ? me demande Damian lors de notre dernière soirée ensemble.

Nous dînons au restaurant de Carlo.

– Non.

– Et tu rentres malgré tout ?

– Oui. J'ai décidé de ne rien faire en espérant que mes problèmes se résolvent seuls.

– N'oublie pas, poupée, si tu as besoin d'aide, je suis toujours là.

– Je sais.

Je le prends dans mes bras et Carlo ne peut s'empêcher de me faire un signe menaçant avec un doigt.

Il est onze heures quand je pénètre dans cette petite coquille qu'on appelle un avion. Un peu étourdie par les calmants, je m'écroule dans un des fauteuils. Je me sens calme et terriblement amoureuse. Après la nuit passée avec Nacho, j'ai beaucoup de beaux souvenirs en tête, je ne remarque pas que l'avion décolle. Cette fois, je ne dors pas, je me repasse en boucle les merveilleux moments qu'on a passés tous les deux.

En sortant de la douche, je descends en pyjama, j'enfile un sweat accroché à la rambarde de l'escalier, il sent son odeur. Nacho regarde la télé. Je l'observe un moment, j'admire ses épaules tatouées.

– Je sais que tu es là, chuchote-t-il en baissant le volume de la télé. Chaque fois que tu t'approches, j'ai la chair de poule. C'est comme en mer, chaque fois je sais que la vague approche.

Il se lève, puis se tourne vers moi.

– Tu ne seras jamais plus belle qu'en ce moment.

Il s'approche doucement et je me mets à avoir peur. Il est torse nu et porte un jogging fin et large. Il s'arrête à quelques centimètres de moi, ses pieds nus touchent quasiment les miens. Nous nous regardons sans savoir quoi faire.

Il me soulève dans ses bras et j'enroule mes jambes autour de sa taille, il me dépose sur le bar de la cuisine. Il me retire mon pull délicatement, il prend son temps, observe mes réactions. Il ne veut pas commettre d'erreur. Chacun de ses gestes semble dire : j'arrête dès que tu le souhaites. Il se rapproche encore.

– Je veux te sentir.

Ses lèvres sont à quelques millimètres des miennes.

– Juste te sentir, baby girl.

Mon Dieu, je vais bientôt jouir, en entendant sa voix si douce.

Il soulève mon débardeur, révélant mon ventre et mes seins, ma respiration s'accélère, ses yeux verts, qui se promènent sur mon visage, me calment. Je lève les bras, lui signifiant qu'il peut l'enlever. Nous sommes si proches que ses tatouages sont quasiment collés à ma peau. Il ne baisse pas les yeux, il veut me sentir, il en a besoin. Il me soulève à nouveau et me serre dans ses bras.

– Mon Dieu, gémit-il en plaçant une main sur ma tête pour la coller à son cou. Je te sens enfin.

Il traverse la pièce, grimpe les escaliers et pénètre dans une chambre sombre. Des coussins colorés sont disposés sur un grand lit en bois. Il me dépose délicatement sur le lit et s'allonge sur moi. Mon cœur bat la chamade, mon Dieu, c'est exactement ce que j'avais envie qu'il me fasse.

Il écarte mes bras sur les côtés, puis entrelace ses doigts avec les miens, il me dévisage de ses yeux verts. Il passe sa langue sur ses lèvres, je n'en peux plus, je lève la tête et colle ma bouche à la sienne. Il m'embrasse doucement.

– Ce n'est pas ce genre de plaisir que je vais te donner cette nuit, Laura, murmure-t-il en se détachant de moi, je veux que tu te donnes à moi en ne pensant qu'à moi, sans avoir dans un coin de ta tête la promesse que tu as faite devant Dieu.

Je comprends ce qu'il veut dire, il ne veut pas être mon amant, il veut être celui que j'aime. J'enfonce ma tête dans l'oreiller et le regarde, résignée.

– Je ne vais pas te faire l'amour ce soir, je vais apprendre à te connaître.

Je glisse mes mains sur son dos pour attraper ses fesses et constate, étonnée, qu'il porte un caleçon.

– Je ne vais pas l'enlever, et tu n'enlèveras pas le tien non plus, dit-il avec un grand sourire. Je vais apprendre à connaître tes désirs, mais je ne les réaliserai que plus tard.

Il se penche vers moi pour recommencer à m'embrasser, de manière un peu plus appuyée cette fois. Je plante mes ongles dans son dos.

– Je sens que tu aimes bien quand c'est intense, chuchote-t-il en mordillant mes lèvres.

Je relève mes hanches pour sentir son érection.

– Mais intense ou très intense ? demande-t-il en plaquant son sexe contre mon clitoris.

– Très intense !

Nos corps ondulent l'un contre l'autre, les mains de Nacho serrent les miennes. Nous respirons fort, nos lèvres se touchent, puis se perdent pour embrasser nos épaules, nos cous, nos joues. Le frottement de ses hanches devient de plus en plus intense. J'ai l'impression que je ne vais pas tarder à exploser.

– Nacho.

Il ralentit, puis me regarde comme pour vérifier si tout va bien.

– Qu'est-ce que tu aimes, toi ? Tu aimes quand c'est intense ?

J'attrape ses hanches pour le plaquer contre moi.

– Profond ?

Je me frotte contre lui, ses yeux verts deviennent flous.

Je n'ai jamais rencontré un homme qui ait une telle maîtrise et ça m'excite, je le prends comme un défi. J'enlève ma main droite de ses fesses et la glisse sous ma culotte en coton. Mon Dieu, que je suis mouillée, je joue avec mes doigts sans le quitter des yeux, puis je les lui enfonce dans la bouche.

– Sens ce que tu rates.

Le Canarien ferme les yeux et suce mes doigts, il les mord même, en émettant un long gémissement.

Il colle ses lèvres aux miennes, ses hanches ondulent à nouveau contre les miennes. Il me fait l'amour, fort et intensément, sans être en moi. Il n'est pas obligé de l'être, j'ai l'impression de sentir son sexe en moi.

– Putain, chuchote-t-il en s'arrêtant. (Il pose son visage contre mon cou.) Je rêve de te lécher, de caresser chaque recoin de ta chatte. Tu sens tellement bon. (Un long frisson parcourt tout son corps.) J'aime et je déteste le pouvoir que tu as sur moi. Il faut que je prenne une douche.

– Mais tu viens d'en prendre une ?

– Tu m'as fait jouir, dit-il en m'embrassant le nez.

– Ce n'est pas grave, je réponds en rigolant et en enroulant mes cuisses entour de ses hanches pour l'immobiliser. Soyons sales.

– Pas question, baby girl.

Il se lève, me prend dans ses bras puis part vers la salle de bains. Il rentre sous la douche puis ouvre l'eau froide. Je hurle et tente de m'enfuir, mais il me retient.

– Lâche-moi, espèce de fou.

– Ça nous fera le plus grand bien à tous les deux de faire baisser notre température.

C'est vrai que ce n'est pas une mauvaise idée, je sors de la douche, m'enroule dans un peignoir, mes yeux restent bloqués sur ses fesses tatouées.

– Je ne me retournerai pas tant que tu es là.

– Pas la peine, j'adore cette vue.

– Tu es certaine ?

Il se retourne, et apparaît sous mes yeux une érection impressionnante.

Son sexe est le plus beau que tous ceux que j'ai vus. Je l'ai déjà vu une fois, mais il n'était pas aussi dur et j'avais détourné les yeux. Cette fois, je n'ai pas la même volonté. Je mords mes lèvres et, sans le vouloir, je gémis. Nacho a un bras posé sur le mur, il se marre.

– Qu'est-ce que tu as dit ? Je suis sûr que tu as envie de te mettre à genoux.

Il passe une main sur son crâne rasé et avance vers moi.

Il est si proche que son membre n'est plus dans mon champ de vision, je fais une moue de petite fille. Il prend une serviette, puis l'enroule autour de sa taille.

– Au lit, dit-il en me poussant vers la porte.

Il ne me fait pas l'amour cette nuit-là, il ne m'a même pas embrassée. Nous restons allongés, à discuter, à rigoler comme des enfants. Je suis en tee-shirt et culotte, et lui en boxer. Je m'endors dans ses bras au petit jour. Je me réveille en début d'après-midi, il est en train de préparer le petit déjeuner. Ensuite il me raccompagne à moto jusqu'au parking où ses hommes ont garé la mienne. Avant que je mette mon casque, il prend mon visage entre ses mains, puis m'embrasse si tendrement que j'ai envie de pleurer.

– Je suis toujours dans les parages, dit-il en démarrant son bolide.

Il ne me demande pas ce que je compte faire, ne me pose aucune question, il m'a juste donné une chance de mieux le connaître, puis il a disparu.

En rentrant à la maison, je tombe sur Damian, furieux, qui m'attend devant le portail. Il me hurle dessus en faisant de grands gestes.

– Tu l'as appelé ?

– Non, ta mère a dit que tu étais en sécurité, et ce ne sont pas mes affaires.

– C'est vrai.

Je roule jusqu'à la maison.

Mes parents ne sont pas spécialement fâchés, ce qui m'étonne. Klara Biel observe mon air joyeux et soupire en secouant la tête. C'est très étrange, aucune question, aucune demande d'explication, je suis extrêmement étonnée.

– Madame Laura, nous sommes arrivés, me dit le pilote.

– Déjà.

Je m'étire en clignant des yeux.

Je mets mes lunettes de soleil, puis je descends les minuscules escaliers jusqu'au tarmac. Je lève les yeux et vois Massimo.

Mon mari est adossé à une voiture, il me sourit. Il porte un costume gris clair et une chemise blanche, il est trop beau. Le vent léger lui souffle dans les cheveux. Sa veste, parfaitement taillée, épouse avec classe ses épaules musclées. Il a les mains dans les poches.

– Salut, bébé.

Les yeux de l'homme en noir scannent mon corps.

Nous nous observons, mais aucun de nous ne veut faire le premier pas. Moi parce que je suis totalement désorientée. Et lui ? On dirait qu'il a peur de ma réaction. Il ouvre la portière de la voiture.

– Je te ramène à la maison.

Mon Dieu, comme c'est étrange, cette scène semble très officielle, tout se déroule sans aucune émotion. Il est encore plus respectueux que les premiers jours après mon enlèvement. Je monte en voiture, il referme la portière, fait le tour et s'assied à côté de moi. Nous sommes conduits à l'entrée du terminal, nous le traversons pour nous retrouver devant la Ferrari. « C'est une Ferrari de tapette », je rigole intérieurement en me rappelant ce qu'a dit Nacho. En m'approchant, je remarque que ce n'est pas une des voitures que je connais. Ce n'est peut-être pas une Ferrari, même si la porte s'ouvre vers le haut et non sur le côté. Je regarde mon mari, étonnée. Il sourit.

– C'est une nouvelle ?

– Je m'ennuyais.

– Ça t'a coûté cher de t'ennuyer, on dirait ?

Je m'installe dans le bolide et Don prend le volant, puis il démarre en appuyant sur un bouton. Quand il appuie sur l'accélérateur, la Lamborghini aventador se projette vers l'avant avec une telle force que ça me plaque contre le fauteuil. Il conduit, comme à son habitude, très sûr de lui. Je sens qu'il me regarde de temps en temps, mais il ne dit pas un mot. Je remarque qu'on ne prend pas la sortie vers Messine. Je ne suis pas allée dans cette maison depuis plus de six mois, depuis le jour où j'ai rencontré Nacho.

Massimo se gare juste devant la porte, je ne suis pas certaine d'avoir envie de rentrer à l'intérieur.

– Pourquoi est-ce qu'on est venus ici ? Je veux aller à la résidence, voir Olga et me reposer.

– Olga et Domenico sont partis à Ibiza pour faire un break. Je suis le seul à avoir les clés d'ici, tu peux considérer que je t'ai enlevée. Et laisse ton sac, tu n'en auras pas besoin.

Il me regarde.

– Surtout ton téléphone.

– Et si je n'ai pas envie d'être enlevée ?

– C'est le principe d'un enlèvement.

Son ton calme m'effraie.

– Retenir quelqu'un contre sa volonté, bébé.

Il m'effleure le front du bout des lèvres et entre dans la maison.

Je tape plusieurs fois des pieds et marmonne quelques insultes en polonais, mais je le suis.

L'intérieur est différent de mes souvenirs, sans l'immense sapin, il me paraît plus spectaculaire. L'homme en noir pose les clés sur le bar de la cuisine, puis prend une bouteille de vin.

– Il y a quelqu'un qui t'attend.

Il prend deux verres et un tire-bouchon.

– Dans la salle à manger.

Un sourire joyeux apparaît sur son visage.

Intriguée, je pars vers ce lieu qui me rappelle uniquement la baise. Je suis surprise de découvrir, sur un grand coussin à côté de la table en bois, un chien.

Je crie de joie et me baisse vers cette magnifique boule de poils qui commence à se rouler par terre en me voyant. C'est la créature la plus mignonne que j'aie jamais vue. On dirait un jouet en peluche. Je lui fais des câlins, je ne suis pas loin de verser des larmes de joie.

– Il te plaît ? demande Massimo en me tendant un verre.

– Est-ce qu'il me plaît ? Il est magnifique et si petit.

– Si tu ne t'occupes pas bien de lui, il mourra, comme moi.

Il s'agenouille devant moi, puis me regarde dans les yeux.

– Je vais mourir sans toi. Tous ces jours... Qu'est-ce que je dis, ces heures, ces minutes, je sentais que... Je n'arrive pas à vivre sans toi, je ne veux pas.

– Massimo, je soupire en prenant le chien dans mes bras, tu m'as déjà abandonnée bien plus longtemps que je ne l'ai fait.

– Exactement, m'interrompt-il, puis il prend mon visage entre ses mains. Ce n'est que quand tu m'as quitté que j'ai compris que je te perdais. Quand j'ai perdu le contrôle que j'avais sur toi, j'ai pris conscience de l'importance que tu représentais pour moi. J'ai tout gâché, Laura, mais je te promets que je vais me rattraper pour chacun des mauvais moments que tu as dû vivre à cause de moi.

Je regarde son visage, ses yeux sont remplis de chagrin. Il m'attire vers lui comme s'il voulait se cacher dans mon corps. Il m'enlace si fort que je sens chacun de ses muscles.

– Bébé, je t'aime tant.

Des larmes coulent le long de mes joues, je ferme les yeux et, à ce moment-là, je vois Nacho tout joyeux qui fait le con devant moi. Je le vois m'embrasser et me prendre dans ses bras. Mon estomac me remonte dans ma gorge, mais qu'est-ce que j'ai failli faire ? Je remercie le Canarien d'avoir été aussi respectueux avec moi.

Je glisse mes mains dans les cheveux de l'homme en noir et redresse sa tête.

– Il s'appelle comment ?

Il me regarde sans comprendre.

– Le chien, comment il s'appelle ?

Massimo sourit en prenant le chiot dans ses bras.

– Il n'a pas encore de nom, il t'attendait.

C'est très émouvant de voir mon grand homme puissant faire un câlin à ce petit être qui doit tenir dans la paume de sa main.

– Givenchy.

L'homme en noir lève les yeux au ciel, comme la marque de mes chaussures préférées.

– Chérie, c'est mieux qu'un chien ait un nom en deux syllabes, c'est plus facile pour l'appeler.

– Pourquoi est-ce que je dois l'appeler s'il est toujours à mes côtés ? je demande en essayant de cacher mon sourire. Alors, Prada, comme ma marque préférée de sacs.

Massimo secoue la tête en buvant une gorgée.

– Mais Mario Prada était un homme, alors que c'est une fille.

– Olga a eu une chatte un jour, elle l'avait appelée Andrzej, donc je peux bien avoir une chienne qui s'appelle Prada.

J'embrasse la boule blanche, elle commence à gigoter joyeusement dans mes mains.

– Tu vois, tu lui plais.

Massimo est adossé au mur, assis sur le tapis. Il me regarde jouer avec le nouveau membre de notre famille de mafieux. Il répond à quelques coups de fil sans jamais me quitter des yeux. C'est étrange de le voir si calme et détendu, je pense qu'il serait impossible de le faire sortir de cette pièce.

– Comment se passe ta thérapie ?

Je mets mon manque de tact sur le compte de mon second verre de vin.

– Je ne sais pas, tu devrais poser cette question à mon thérapeute, ça ne fait que deux semaines, donc quatre séances, et je ne crois pas aux miracles.

Il va dans la cuisine et revient quelques minutes plus tard avec deux assiettes.

– Et tu sais, ce que j'ai mis trente ans à détruire ne va pas être réparé aussi vite. Maria a fait des pâtes aux fruits de mer.

Il pose les deux assiettes sur la table, puis me tend la main.

– Viens manger quelque chose, sinon tu seras tellement bourrée que je vais devoir te porter.

– Tu devais ne pas boire.

– Je ne bois pas, c'est un jus de cerises et raisins rouges, tu en veux ?

Je prends une gorgée, je suis étonnée, mais il ne ment pas.

– Désolée.

– Ce n'est rien, bébé. Je t'ai promis de ne pas boire et de ne pas me droguer, ce n'est pas un grand sacrifice à faire pour te récupérer.

Il me regarde de ses yeux noirs en prenant une autre bouchée.

– Et si je veux quelque chose, je l'obtiens toujours, ce sera pareil cette fois.

Il se redresse, une expression espiègle sur le visage.

Voici mon Don, fort, masculin, sûr de lui et en contrôle. Je commence à gigoter sur mon siège en le regardant, ce qui ne lui échappe pas.

– N'y pense même pas, chuchote-t-il. Aucun de nous n'est encore prêt pour ça. D'abord, je dois tout réparer, et après je prendrai ce qui est à moi.

Entendre ces mots dans sa bouche m'étourdit presque.

– Ça ne change rien au fait que je rêve de rentrer en toi doucement, en sentant chaque centimètre de ta chatte étroite.

J'avale bruyamment ma bouchée.

Une lutte intérieure commence dans mon cerveau, d'un côté, je respecte sa décision, mais de l'autre le défi qu'il me lance est évident, il attend que je riposte.

– Je mouille.

– Tu es cruelle.

– Tu ne veux pas sentir ce goût, chéri ?

Je lève les sourcils pour le provoquer.

Massimo est assis en face de moi, son regard terriblement noir me transperce.

– Rafraîchis-toi après le voyage, il faut que je travaille.

Il repousse sa chaise, prend mon assiette vide et disparaît.

Je suis abasourdie par tant d'autodiscipline. C'est quand même dingue, tout à coup, plus personne ne veut me sauter !

Je prends ma petite boule de poils dans les bras et me rends dans notre chambre pour me débarrasser de ma mauvaise humeur.

Après la douche, je pars chercher mon mari, en chemise et culotte en dentelle. Le choix de ma lingerie n'est pas un hasard, je sais exactement ce qu'aime Don. Il n'y a rien de pire pour une femme qu'un homme qui refuse ou estime qu'il ne peut pas lui faire l'amour. Quelque chose de malsain s'éveille en nous dans ces cas-là, ça nous pousse à faire des choses étranges pour lui prouver qu'il peut et que c'est même un devoir.

Je traverse la maison, avec Prada dans les bras, mais je ne le trouve nulle part. Je finis par descendre dans la cuisine et, en posant le chiot sur le bar, j'aperçois du mouvement dans le jardin. Je n'ai pas vu de gardes autour de la maison, donc ce ne sont pas les gens de Massimo. Je reprends Prada, car j'ai peur qu'elle tombe si elle reste toute seule. Je m'approche de la fenêtre et vois mon mari derrière la maison, vêtu de son seul pantalon. Il gesticule avec un bâton, sa poitrine est mouillée de transpiration, tous ses muscles sont tendus. Il semble se battre contre un adversaire invisible. Je sors et Prada court vers lui.

– Prada ! je hurle, terrifiée à l'idée que Massimo lui marche dessus sans faire exprès.

L'homme en noir se fige, prend le chien dans ses bras, puis marche vers moi.

– Donc, tu ne seras pas obligée de l'appeler ? plaisante-t-il, un sourire malin aux lèvres.

Je regarde, captivée, son corps magnifique. Ma libido me pousse vers lui.

– Qu'est-ce que c'est ?

– Un Jo, un bâton de combat.

Il se recoiffe d'une main et son odeur vient chatouiller mes narines.

– J'ai recommencé à m'entraîner, ça me calme.

Il fait quelques gestes avec son tube en bois.

– C'est du jodo, un variant moderne de l'escrime japonaise, c'est un art d'auto défense. Regarde.

Il gesticule encore avec le bâton en prenant des positions attirantes.

– Il a été inventé il y a trois cents ans. C'est un mélange entre la technique du kentjusu, donc l'art du sabre, sojutsu...

Je l'interromps dans son monologue sexy pour coller mes lèvres aux siennes.

– Je m'en branle totalement de ce que c'est.

Il lâche le bâton pour m'attraper plus fort.

– Mais tu peux branler autre chose, si tu veux.

Une vague de désir me submerge.

Mon mari, le mafieux froid, mon protecteur et l'amour de ma vie, est revenu. Il me prend dans ses bras et m'entraîne vers la porte sans arrêter de m'embrasser. Nous arrivons vite dans notre chambre.

Nous sommes comme possédés, nos mains n'arrêtent pas de se promener sur le corps de l'autre et nos langues tourbillonnent à un rythme frénétique. Don s'assied sur le lit et moi sur ses genoux. Il m'enlève ma chemise et avale mon téton gonflé, il me tire par les cheveux tout en le léchant et le mordillant.

Soudain, il me repousse.

– Je ne peux pas, je ne veux pas te faire mal.

– Mais moi, je peux.

Je saute de ses genoux et tire sur son pantalon, qui a déjà légèrement glissé sur ses hanches. Dominée par un désir sauvage, je manque le lui arracher, puis je tombe à genoux en prenant son merveilleux sexe dans la bouche. Massimo rugit pendant que je le suce intensément, il m'a manqué. Les mains de l'homme en noir se posent sur ma tête, ses doigts se serrent autour de mes cheveux.

– Il faut que tu me dises, il faut que tu me dises si je te fais mal. Il fait...

– Tais-toi, Don.

Je l'avale goulûment, savourant chaque centimètre. Mon mari imprime le rythme à mes mouvements, il est bien plus délicat que d'habitude. Je sens qu'il fait attention, qu'il ne se lâche pas complètement. Je le sors de ma bouche pour m'asseoir sur ses cuisses. J'enroule mes jambes autour de sa taille, décale ma culotte en dentelle et m'empale sur son pénis bien dur.

Massimo reste immobile, il a la bouche ouverte comme s'il criait en silence. Ses yeux remplis de désir et de peur se baladent sur moi.

– Je veux baiser, je souffle en l'attrapant par les cheveux et en le tirant vers moi.

– Non.

Il se retourne, m'allonge sur le lit et, toujours sans bouger, se met au-dessus de moi.

– Massimo !

– Non.

Il fait un premier mouvement de hanches.

Je tourne la tête sur le côté en gémissant, sentant qu'il frotte mon endroit le plus sensible.

– Bébé, s'il te plaît, chuchote-t-il en bougeant doucement ses hanches.

– Non, Massimo. (Je l'attrape par les fesses pour l'enfoncer plus profondément.) C'est moi qui te supplie.

Il me regarde avec des yeux résignés, comme s'il réfléchissait à quelque chose. Puis il entre brutalement sa langue dans ma bouche. Ses mouvements sur ma chatte sont toujours aussi subtils, quasiment indétectables. Sa langue, en revanche, baise ma bouche. Quelques secondes plus tard, tout son corps se tend, un jet de sperme explose en moi. Massimo décolle ses lèvres des miennes, cache son visage dans mon cou, un frisson traverse son corps.

– Tu l'as fait exprès ! Don, comment tu as pu ?

J'essaie de le repousser, mais il m'écrase de tout son poids. Au bout d'un moment je le sens trembler de rire.

– Bébé... (Il se relève sur les coudes.) Je n'y peux rien, tu me procures un tel effet que...

Je le regarde furieuse, puis je me laisse contaminer par son fou rire.

– Je vais devoir trouver un amant.

Je lui tire la langue.

– Un amant ? Sur cette île ? Quand tu le trouveras, j'aimerais bien rencontrer cet homme courageux.

Il explose de rire, puis me soulève et me jette sur son épaule.

– Je te suis redevable, mais d'abord à la douche.

Il me donne une fessée et me porte jusqu'à la salle de bains.

Il me le paye effectivement en me léchant presque une heure et en me donnant une douzaine d'orgasmes.

Chapitre 10

Nous passons les jours suivants tous les deux, enfermés dans un univers de défis. Lui essaie de ne pas me sauter et moi, j'essaie de le provoquer pour qu'il le fasse à tout prix. Il fait énormément de sport. Parfois, je crains même que quelque chose lui arrive, car chaque fois que je sens qu'il est sur le point de me céder, il s'enfuit pour faire de l'exercice. Si ça continue comme ça, il va ressembler un bodybuilder. C'est ce que je me dis quand je le vois à nouveau mettre son pantalon de sport. La soirée est magnifiquement chaude, parfaite pour une baise intense dans le jacuzzi.

– C'est terminé, je crie en posant Prada dans son panier et en tirant sur le bas de son pantalon.

– Bébé, lâche ça ! (Massimo rigole, puis me jette sur le canapé.) Tu vas te faire mal.

Il m'attrape les mains pour m'immobiliser totalement entre les coussins moelleux.

– Nacho, arrête, je crie.

Le son de ma voix résonne dans la pièce, je me fige.

Les mains de Massimo se resserrent sur mes poignets, je commence à avoir mal, il m'écrase les os.

– Tu me fais mal.

Il me lâche, se lève et part dans la salle à manger. Il revient avec un vase rempli de fleurs qu'il fracasse contre le mur.

– Tu as dit quoi ?

Son cri ressemble à un rugissement animal, toute la pièce résonne.

– Tu m'as appelé comment ?

Il est en feu, j'ai l'impression de voir ses vêtements tomber en cendre et des flammes sortir de sa peau.

– Pardon, je gémis, terrifiée.

– Qu'est-ce qui s'est passé à Tenerife ?

Je ne réponds pas, il s'approche de moi, me soulève par les épaules, je ne touche plus le sol.

– Rien, il ne s'est rien passé à Tenerife.

Il m'observe très attentivement. Quand il comprend que je dis la vérité, il me lâche. Je ne mens pas vraiment, c'est ce qui me donne de la force. Il ne s'est rien passé à Tenerife alors qu'en Pologne il s'est passé trop de choses, si bien que dans les moments où je ressens du bonheur, je pense toujours au Canarien.

– Pourquoi son nom ?

– Je ne sais pas. J'ai beaucoup rêvé du nouvel an.

Je me félicite pour ce beau mensonge.

– Peut-être parce qu'inconsciemment je continue à revivre ce qui s'est passé aux Canaries.

Je me suis assise sur le canapé, enfouissant mon visage dans mes mains pour que Massimo ne puisse pas voir l'expression de mon visage.

– C'est toujours en moi...

– En moi aussi.

Il part vers la terrasse, j'ai peur de le suivre. Nous étions si bien et j'ai tout gâché d'un seul mot. Je me demande quoi faire, je n'ai pas la force pour une autre confrontation. Je prends le chien, monte dans la chambre. Je m'allonge pour jouer avec Prada et je m'endors.

Un aboiement aigu me réveille, j'ouvre les yeux, mais la lumière m'éblouit et je les referme aussitôt.

– Il t'a sauté.

Ces mots me glacent.

– Avoue-le, Laura.

Je me tourne vers la voix, Massimo est assis dans un fauteuil à côté d'une petite table sur laquelle est posée une bouteille vide de liquide ambré, il tient un verre à la main.

– Il l'a fait comme tu l'aimes ?

Ma gorge se noue, comme si quelqu'un m'étouffait.

– Il est rentré partout ? Tu l'as laissé ?

Sa voix est si terrifiante que je prends mon chien dans les bras.

– Tu es sérieux ?

Je prie pour que Dieu me donne la force de surmonter ce qui peut arriver.

– Tu m'insultes si tu penses que...

– J'en ai rien à foutre de ce que tu as à dire, m'interrompt-il sèchement. (Il se lève, puis se rapproche.) C'est moi que tu vas laisser entrer maintenant !

Il vide son verre.

– Littéralement parlant.

Je revois la scène de Lagos, je ne peux pas revivre ça. Je cours affolée vers la porte, je la claque derrière moi. J'entends des pas, je cours aussi vite que je peux. Un grondement inhabituel résonne dans la maison, je ne compte pas me retourner pour vérifier ce que c'est. Je dévale les escaliers, manquant tomber à plusieurs reprises, et arrive dans la cuisine. Je chope les clés à l'endroit où Don les a posées il y a trois jours. Pieds nus, je déboule dans l'allée puis je monte dans la Lamborghini.

Je démarre. Et là, je réalise que je suis partie si rapidement que j'ai laissé Prada dans son panier. Trop tard pour revenir en arrière.

La voiture fonce en avant, sa puissance m'effraie. Massimo essaie de courir après la voiture. J'ai les larmes aux yeux, mais je sais que s'il arrive à me sortir de là, il ne pourra pas se contrôler. Le portail s'ouvre trop lentement, je regarde dans le rétro en tapotant nerveusement sur le volant.

– Allez, plus vite, putain !

Dès que l'ouverture est assez grande pour que je passe, j'accélère et prends la route dans un crissement de pneus.

Je regarde au pied du siège passager, ouf, mon sac. Heureusement que Massimo m'avait dit de le laisser. J'en sors mon téléphone, il est quasiment déchargé. Je fais le numéro de Domenico et attends. Ce sont les trois signaux les plus longs de ma vie.

– Alors, comment ça se passe ?

Sa voix est joyeuse et insouciante, j'entends Olga qui rigole dans le fond, elle crie quelque chose.

– Il veut le faire à nouveau ! je crie, paniquée. Je me suis enfuie, mais il me suit. S'il envoie des gars me chercher, ils vont me ramener à lui et il va recommencer.

Domenico ne dit rien, je sais pourquoi, mon amie qui est à côté de lui pense toujours que mon mari est parfait.

– Dis-lui que je ne sais pas quel vin servir au dîner.

Domenico est toujours silencieux.

– Dis-lui et éloigne-toi d'elle, putain.

Je l'entends balancer mon texte tout en prétendant être amusé. Je n'entends plus Olga.

– Qu'est-ce qui se passe ?

– Il est à nouveau bourré et a essayé de… (je n'arrive pas à le dire.) Il a essayé de…

Je m'étouffe avec mes sanglots.

– Tu es où ?

– Sur l'autoroute vers Catane.

– D'accord, va à l'aéroport, l'avion t'y attendra. Je vais rappeler les gars, s'il est encore conscient, ils doivent déjà être à tes trousses.

Je sanglote, Domenico tente de me calmer.

– Laura, ne t'inquiète pas, je gère.

– Je suis supposée partir où ?

– Tu nous rejoins ici, mais laisse-moi tout organiser.

Je fonce en appuyant sur les pédales de mes pieds nus.

Quand je m'assieds dans l'avion, une hôtesse m'apporte une couverture dans laquelle je m'enroule, parfaitement consciente de ce à quoi je ressemble, pieds nus en survêtement, avec le maquillage qui a coulé.

– On a de la vodka ?

– Bien sûr, me répond-elle en posant des chaussons par terre.

– Juste avec des glaçons et du citron.

La fille incline la tête et sourit gentiment.

Je ne bois pas d'alcool fort habituellement, mais mon mari n'essaie pas de me violenter tous les jours non plus. Quand je tiens enfin mon verre dans les mains, j'avale d'abord les calmants que j'avais dans mon sac puis, en trois gorgées, je termine le verre.

– Tu vas me dire ce qui s'est passé ? demande Domenico lorsque j'ouvre les yeux.

– Je suis où ?

Très énervée, je tente de me lever.

– Doucement.

Il se lève du fauteuil, puis s'assied sur le lit en me tenant par les épaules.

Ses grands yeux foncés me regardent tristement. Je sens que je vais à nouveau m'écrouler en sanglots, je n'arrive pas à le contrôler et me jette à son cou. Il me serre dans ses bras, je sais que je lui fais de la peine.

– Je lui ai parlé cette nuit. Enfin, parler c'est beaucoup dire, mais d'après ce que j'ai compris, il s'agit de Tenerife.

J'essuie mes yeux avec la couette.

– J'ai fait une connerie, je l'ai appelé « Nacho ».

Je baisse la tête, attendant qu'il m'engueule, mais rien ne se passe, il ne dit rien.

– Je ne sais pas pourquoi j'ai dit ça, vraiment. Je me suis réveillée au milieu de la nuit, il était assis dans la chambre, nu, bourré et drogué. Il me semble avoir vu de la poudre sur la table où était posée la bouteille.

Je lève les yeux, je souffre et je suis déçue.

– Il voulait me violenter à nouveau.

Mes larmes arrêtent de couler parce que la colère remplace la douleur.

Domenico n'a pas changé d'expression, même ses yeux ne bougent pas, comme si quelqu'un avait arrêté le temps.

– Putain de sa mère, je dois retourner en Sicile. J'ai envoyé les gars chez Massimo hier, il a détruit la maison. (Il secoue la tête comme s'il ne croyait pas lui-même à ce qu'il dit.) Mais c'est le Don, il est à la tête de la maison, on ne peut pas le retenir. Lorsqu'il sera à nouveau lucide, il prendra l'avion et viendra ici. Et…

– Et je vais le quitter, je termine pour Domenico. C'est fini.

Je me lève du lit pour aller à la fenêtre.

– C'est vraiment terminé, je veux divorcer.

Ma voix est calme et décidée.

– Laura, tu ne peux pas lui faire ça !

– Je ne peux pas ? Tu vas voir.

Je m'approche de lui.

– À quoi tu penses que ma vie va ressembler après tout ça ? Pieds nus, fuyant mon propre mari. J'ai eu de la chance de m'enfuir cette fois-ci. Les bleus de la dernière fois ont à peine disparu et il veut déjà m'en faire de nouveaux ?

Je secoue ma tête.

– Non, impossible de faire marche arrière ! Dis-lui ! (Je fais de grands gestes juste devant le visage de Domenico.) Ni son argent, ni son pouvoir, ni votre putain de mafia ne peuvent me retenir aux côtés de cet homme qui me traite comme un trou à sperme.

– D'accord, soupire-t-il. Mais tu sais que je ne vais pas pouvoir le retenir s'il veut te voir ? En plus, c'est à toi de lui dire que tu le quittes.

– Bien sûr, je vais le lui dire en temps voulu. Pour le moment je te donne des arguments pour le convaincre de me laisser tranquille.

– Je pense que ça ne va pas passer une deuxième fois, mais on verra.

Il me tend un verre d'eau.

– Olga sait que tu es ici parce que vous vous êtes engueulés. Dis-lui ce que tu veux, je ne me mêle pas de ça.

Il sort de la chambre, non sans avoir ajouté :

– La villa appartient à la famille, il y a tout ce dont vous avez besoin. Olga dort encore. Fais en sorte qu'elle n'ait pas envie de me tuer, une fois réveillée !

Je prends une douche.

Quand je sors de la salle de bains, Olga m'attend, lovée dans un fauteuil.

– Bon, raconte ce qui se passe et sans m'embobiner.

– Je veux divorcer, je soupire. Et avant que tu ne commences ton monologue, écoute-moi. Je suis partie en Pologne parce que Massimo... (J'ai toujours du mal à prononcer ces mots.) A Lagos... je bégaie, il était bourré et drogué, je suis revenue tard du banquet et lui... (je prends une grande inspiration) m'a violentée.

Olga n'en revient pas.

– Je sais ce que tu vas dire, je continue. Nous sommes mariés, mais quand les choses se passent de façon brutale sans le consentement de l'autre, ce n'est plus du jeu. (Je hausse les épaules.) Quand je suis rentrée en Sicile, tout allait merveilleusement bien, c'était super, même parfait, jusqu'à ce que je l'appelle « Nacho »...

– Je n'y crois pas ! Qu'est-ce que tu racontes ? Tu lui as vraiment dit ça ?

– Tu es sérieuse ? De tout ça, c'est la seule chose que tu retiens ?

– Tu sais... Je n'arrive pas vraiment à comprendre comment ça peut dégénérer comme ça dans un couple. Mais j'entends ce que tu dis, et je comprends. Pourtant, l'appeler Nacho, là, tu pousses.

– Je sais, mais c'est sorti tout seul. Je me suis tellement bien amusée avec lui en Pologne...

– Pardon ? (Olga hurle à nouveau.) Cet Espagnol était en Pologne ?

– Canarien, je marmonne, agacée. L'histoire est plus longue que tu ne le penses.

Olga me regarde comme si je venais de tomber de la lune.

– Bon, ok, je vais tout te raconter.

Je lui raconte tout jusqu'à aujourd'hui. Quand je termine mon histoire par ce qui s'est passé la nuit dernière et que je lui explique pourquoi Domenico est parti subitement hier, Olga m'interrompt.

– La situation est la suivante, affirme-t-elle.

En moi-même je pense : « On est sauvées, la fée Cassandre est là. »

– Ton mari est impulsif, brutal, accro à la drogue et alcoolo...

Je confirme.

– ... et Nacho est un charmant kidnappeur délicat et tatoué. (Elle prend une gorgée de café.) Tu m'as tout raconté de ton point de vue, tu le sais ? Tu ne veux plus être avec Massimo et ça ne m'étonne pas trop. Mais n'oublie pas qu'avant il n'était pas comme ça.

Olga semble désolée.

– Tu te rappelles, quand tu es venue en Pologne et que tu m'as parlé de lui pour la première fois ? Ton cœur s'emballait, tu parlais de Massimo comme si c'était un dieu vivant. N'oublie pas qu'on apprend vraiment à connaître les gens en situation de crise.

Elle a raison, je ne connais pas Nacho, je ne peux pas être certaine qu'il n'a pas lui non plus des démons qui peuvent apparaître à tout moment. Il y a six mois, je n'aurais jamais soupçonné que mon mari soit capable de me faire mal et je n'aurais jamais pensé le fuir.

– Je suis épuisée, Olga, je n'ai plus de forces.

– N'importe quoi, regarde où on est.

Elle ouvre grand les bras, puis tourne sur elle-même.

– Un paradis pour faire la fête et une villa de fou, des voitures, des bateaux, des jet skis et pas de garde du corps. Nous sommes libres, belles et presque minces.

– Toi peut-être, je rigole. Je suis si maigre que j'ai mal au cul. Et pourquoi est-ce qu'on n'a pas de gardes du corps ?

– Tu sais, Domenico est mon garde du corps, il n'est pas aussi parano que Massimo.

Elle va continuer quand mon téléphone, qui charge sur la table, vibre.

– C'est lui !

Je regarde Olga, paniquée.

– Calme-toi, il ne va pas sortir du téléphone.

Elle coupe la sonnerie, mais l'écran clignote toujours.

– Laura, ce n'est qu'un mec. Si tu le veux vraiment, il disparaîtra de ta vie comme n'importe quel autre. Ce ne sera ni le premier ni le dernier. Et si tu n'en as pas envie, ne réponds pas.

J'appuie sur le bouton rouge.

– Je ne veux pas ! Il faut que j'aille faire du shopping, je n'ai que mon pyjama.

Mon téléphone sonne à nouveau, je raccroche à nouveau en soupirant.

– Ça va être comme ça toute la journée.

– Comme je suis magicienne, je vais te libérer de tes soucis.

Olga prend mon téléphone et l'éteint.

– Voilà ! dit-elle joyeusement. Nous sommes dans la capitale de la fête, il fait beau, le monde nous attend !

Le fait de ne pas avoir pas une seule culotte de rechange ne me dérange pas du tout, je peux toujours me balader sans. Mais ne pas avoir une seule paire de chaussures est un drame. Heureusement, Olga fait la même pointure que moi et malgré ses goûts assez éloignés des miens, je trouve quand même une paire de sandales compensées Giuseppe Zanotti. Je soupire de soulagement en enfilant un short taille haute qui dévoile la moitié de mes fesses et un crop top ample. Je choisis un sac Prada clair et, quelques minutes plus tard, je suis prête à partir.

– Tu te prends pour Paris Hilton ? demande Olga en rigolant et en prenant les clés de voiture. Tu as choisi un style de star...

Elle explose de rire.

La villa est très différente de notre résidence à Taormine. Elle est moderne, des formes nettes et du verre partout, le tout est assez froid. Aucune couleur qui pourrait apporter un peu de chaleur au lieu. Tout est blanc, bleu ciel ou gris. L'énorme salon donne sur la terrasse, séparé par une cloison en verre. Plus loin, une pente raide et la mer. Devant la maison, des palmiers, des cailloux blancs et une Aston Martin Cabrio DBS Volante rouge pétard.

– Ne me regarde pas comme ça, affirme Olga quand elle me voit lever les yeux au ciel devant sa nouvelle acquisition. J'ai aussi un Hummer, tu préfères quoi ?

Je grimace, puis ouvre la portière côté passager.

– Tu sais quel est l'atout principal de cette voiture ? Regarde ! (Elle montre un tableau de bord très simple et élégant.) C'est une voiture, pas un vaisseau spatial ni un avion avec des millions de boutons. C'est une voiture que toutes les femmes peuvent comprendre.

Je ne suis pas spécialement surprise de découvrir le genre de boutiques de cette petite île. Tout ce dont j'ai besoin est à portée de main. Mes remords de gaspiller l'argent de mon mari disparaissent aussi vite que la fumée de la cigarette d'Olga.

Des maillots de bain, des tuniques, des tongs, des lunettes de soleil, des sacs de plage, des chaussures et des robes. Victoria Secret, Chanel, Christian Louboutin, Prada. Puis Balenciaga et Dolce & Gabbana, où je décide d'acheter tous les modèles de jeans.

– Ça ne rentre pas ! (Olga secoue la tête en essayant de fermer le coffre. Un jeune homme charmant, habillé en marin, lui tend les derniers sacs.) On aurait dû prendre le tank.

– Je me suis un peu laissée aller.

– J'ai plutôt l'impression que tu l'as fait exprès. Comme si Massimo en avait quelque chose à faire de l'argent que tu dépenses, il ne va même pas le remarquer ! (Elle chausse ses lunettes de soleil.) Ça n'a aucun sens.

– Ce qui n'a pas de sens, c'est de dépenser tout cet argent en frivolités.

– Tu te fous de moi ? C'est ton fric ? Non ? Alors, pourquoi tu t'inquiètes ? (Olga s'assied derrière le volant.) Si tu avais acheté un avion, il aurait tiqué, pas parce que c'est cher mais parce que tu aurais le tien.

Nous rentrons à la maison et déballons nos courses. Nous établissons un planning pour la journée et, quelques minutes plus tard, nous nous retrouvons devant la porte de la terrasse.

– À l'aventure ! je crie en courant vers la plage où sont garés des jet skis et des bateaux à moteur.

– Je ne me rappelle pas la dernière fois que je t'ai vue comme ça, admet Olga en mettant son gilet de sauvetage.

– Moi non plus, j'adore être de cette humeur, je ne compte pas en changer.

J'allume le moteur de mon jet ski et je fonce tout droit, Olga me suit.

Nous passons du bon temps à faire n'importe quoi, à observer les gens à poil le long de la côte. À Ibiza, impossible de ne pas être branché, pâle ou d'avoir des traces de bronzage. Tout le monde est beau, drogué et très bourré. C'est génial. C'est la fête perpétuelle, comme si le monde extérieur n'existait plus. Nous repartons vers le large et arrêtons les jet skis pour profiter du calme et du magnifique paysage. Les scooters ondulent au rythme des vagues, j'ai envie que le temps s'arrête.

– Holà ! crie un homme.

Il dit des choses incompréhensibles.

– En anglais s'il vous plaît, je réponds en cachant mes yeux du soleil.

Un bateau à moteur de plusieurs mètres remplis d'Espagnols s'approche de nous.

– Mon Dieu, gémit Olga quand six beaux mecs en boxer moulant apparaissent.

Leurs corps musclés sont huilés, ils brillent comme un miroir qui reflète le soleil. Leurs boxers colorés moulent parfaitement leurs fesses musclées. Je me lèche inconsciemment les lèvres.

– Vous vous joignez à nous ? demande l'un d'eux en se penchant par-dessus bord.

– Jamais de la vie, grogne Olga.

– Avec plaisir, je réponds en souriant. On se joint à quoi précisément ?

– Mais tu fais exprès ou quoi ? Je me marie bientôt.

– Je ne te demande pas de coucher avec eux, je réponds sans quitter un des Espagnols des yeux. Alors ?

– *Ushuaia*, minuit. À toute.

Le bateau s'en va, je regarde Olga en souriant joyeusement, elle s'approche de moi, furieuse.

– Tu as perdu la tête ?

Elle me tape dessus et me fait tomber à l'eau.

– Bah quoi ? je demande en remontant sur mon jet ski. On devait faire la fête, tu voulais qu'on la fasse seules ?

– Domenico va me tuer.

– Tu le vois quelque part ? Il est occupé à calmer son dingue de frère. Et s'il te dit quelque chose, tu répondras que c'est de ma faute.

Je décide de m'accorder une petite sieste avant le dîner. Quand je me réveille, il fait nuit. Je descends dans le salon où Olga regarde la télé.

– Tu sais que dans toutes les maisons nous avons accès aux chaînes polonaises ?

– Qu'est-ce qu'il y a d'étrange ? je demande en m'asseyant à côté d'elle, toujours à moitié endormie. C'est le contraire qui m'aurait étonnée.

– Et tu sais combien on a de résidences ?

– Aucune idée et, pour être honnête, je n'en ai rien à faire. Olga, je sais que tu ne crois pas ce que je t'ai dit, mais je veux vraiment me séparer de Massimo.

– J'ai compris, mais je ne pense pas qu'il le prendra aussi facilement.

Je décide de changer de sujet.

– On a de l'alcool ?

– Bien sûr, dis-moi juste quand tu veux commencer à boire.

– Maintenant !

Deux heures et une bouteille de Moët rosé après, nous sommes prêtes. Je connais Ibiza seulement par ouï-dire et grâce au Net, mais ça me suffit pour savoir que rien n'est « too much » ici et que la couleur principale est le blanc.

Je décide de mettre une combinaison de chez Balmain et des talons Louboutin. Ce n'est pas vraiment une combinaison, le haut très décolleté ressemble plutôt à un bikini accroché à un pantalon. De dos, on dirait que je suis topless. Le tout est parfaitement assorti avec mes cheveux noirs que j'ai lissés. Mon maquillage très foncé me donne un air de prédatrice, mes lèvres neutres atténuent le tout. Olga porte une robe courte à paillettes couleur crème. Elle lui couvre à peine les fesses et est totalement dos nu.

– La voiture nous attend, crie-t-elle en préparant son sac.

– Mais on est supposées ne pas avoir de gardes du corps, non ?

– Bah, on n'en a pas, mais quand Domenico a appris qu'on sortait, il m'a posé un ultimatum. J'ai dû promettre qu'on n'allait pas prendre de taxis.

Je hoche la tête, comprenant parfaitement son inquiétude.

– Mais apparemment, personne ne va nous surveiller à l'intérieur. (Olga me regarde.) Apparemment !

Il y a déjà des centaines de personnes devant *Ushuaia*, plutôt des milliers. Toutes essaient de rentrer dans l'établissement. Nous approchons de l'entrée VIP, Olga dit quelque chose au vigile, un autre nous emmène vers une loge blanche.

Il y a un monde incroyable, je n'ai jamais vu ça. Les gens occupent littéralement chaque centimètre de la piste de danse. À ce moment précis, je suis heureuse d'avoir un mari fortuné qui me permet d'être en sécurité dans ce genre d'endroit. Je suis assez claustrophobe et je risquerais une attaque de panique si je devais me retrouver au milieu de cette foule. Nous commandons une deuxième bouteille de champagne, puis nous nous installons sur le canapé moelleux.

– On se connaît, il me semble...

Mon cœur s'arrête. Je m'étouffe avec la gorgée de champagne que je viens d'avaler.

– Salut, je m'appelle Nacho, dit le Canarien en se penchant vers Olga.

Nous sommes scotchées sur nos sièges, lui s'assied tranquillement à côté de nous en nous adressant un grand sourire.

– Je t'avais dit que je n'étais jamais loin.

Quelques minutes plus tard, six beaux gosses débarquent à notre table.

– Vous les avez rencontrés en mer, sourit Nacho en montrant les beaux mecs qui se joignent à nous.

Il fait signe à la serveuse. Soudain, il n'y a plus de place sur la table tellement il y a de verres.

– Tu sens bon, me chuchote Nacho à l'oreille, en plaçant sa main derrière ma tête.

Je pense que si quelqu'un nous observe, il doit se dire que soit on est idiots, soit on vient d'être victimes d'un AVC. Nous observons la scène, la bouche ouverte, en nous demandant ce qui se passe autour de nous.

Je me tourne vers le Canarien.

– Je pourrais me demander ce que tu fais ici, mais tes apparitions surprises ne me surprennent plus.

Je fais semblant de ne pas être contente, mais Nacho déborde de joie.

– Tu peux me dire si je suis suivie ?

– Tu l'es, mais cette fois-ci, ce sont mes hommes qui te protègent.

Il ouvre grand les yeux, puis fait bouger ses sourcils.

– Si je peux vous interrompre... (Olga se penche vers nous.) Vous savez qu'on va être dans la merde à cause de tout ce qui se passe là. (Elle montre la table et tous les mecs autour.) Quand Domenico va le savoir...

– Il est en route, dit Nacho en rigolant.

J'ai l'impression que je suis en train de mourir d'une crise cardiaque.

– Seul. (Il me regarde en le disant ça.) Il vient de partir, donc on a encore deux bonnes heures.

– Tu es certain ? crie Olga. Quand il va me voir avec ces gangsters espagnols, il va rompre les fiançailles. (Elle prend son sac et se lève.) On s'en va !

– Canariens, corrige-t-il, puis il devient plus sérieux. La voiture t'emmènera où tu veux, Laura reste avec moi.

Olga ouvre la bouche, elle veut dire quelque chose, mais n'a pas le temps, Nacho se lève et lui embrasse la main.

– Elle sera en sécurité, encore plus qu'avec les Siciliens, c'est une île espagnole.

Ils se mesurent du regard et je me demande si j'ai le droit de donner mon avis dans tout ça.

Après un moment, je réalise que je n'ai rien contre le fait de rester. Je ferme la bouche que j'ai ouverte un peu trop tôt. Olga se calme lorsque le chauve lui fait un sourire radieux. Elle se rassied.

– J'ai besoin d'un verre, marmonne-t-elle sans le quitter du regard, et toi ?

Elle se penche vers moi en changeant de langue, elle me dit en polonais :

– Je sais que tu es énervé contre Massimo et ce qu'il a essayé de faire il y a deux jours, mais...

– Mon Dieu, je soupire, car je sais que Nacho comprend tout ce qu'elle dit.

– Il a essayé de faire quoi ? demande le Canarien sérieusement.

Olga n'en revient pas quand elle l'entend s'exprimer dans notre langue natale.

– Putain de sa mère ! dit-elle en s'enfonçant dans le canapé pour boire son verre cul sec. Il parle polonais.

Elle me regarde en grimaçant et je hoche la tête.

– Qu'est-ce qu'il a voulu faire ? répète Nacho dans mon oreille. Je te parle, baby girl.

Je ferme les yeux et me cache le visage dans mes mains. Je n'ai pas envie d'en parler.

– Je crois que je vais y aller, il faut que je prenne une douche. Tu peux te débrouiller sans moi ?

Je ne réagis pas.

– Bon, ok, je sais que tu es en sécurité maintenant. Je me casse, je vais retrouver mon fiancé.

Quand je lève les yeux, elle n'est plus là. Les six beaux gosses disparaissent eux aussi. J'essaie de faire comme s'il n'était pas là. Mais il attrape délicatement mon menton et le tourne vers lui.

– Baby girl, dis quelque chose.

Il n'y a qu'une seule chose qui le fera arrêter de poser des questions. Je pose mes mains sur ses joues, puis l'attire vers moi pour l'embrasser délicatement. Sa réaction est immédiate, il me prend par la taille, me rapproche de lui et colle ses lèvres plus fermement aux miennes. Sa langue agile se glisse à l'intérieur de ma bouche. Je l'autorise à intensifier ce que j'ai initié. Au bout d'un moment, il recule et pose son front sur le mien.

– C'est bien joué, mais ça n'a servi à rien.

– Pas aujourd'hui, s'il te plaît, je soupire. J'ai envie de boire, de m'amuser et de ne pas réfléchir.

Je le regarde.

– En fait, tu sais quoi ? J'ai envie que toi, tu boives.

– Pardon ? Pourquoi ?

– Je t'expliquerai une autre fois. Mais promets-moi de boire beaucoup.

Mon ton désespéré l'étonne. Il réfléchit un instant, puis m'attrape par la main.

– D'accord, mais pas ici.

Il se lève, dit quelque chose à ses hommes qui ne sont pas loin, puis me traîne à travers la boîte de nuit.

Il court presque en dégageant la route devant nous. Ses doigts enlacés avec les miens me rassurent. Nous nous retrouvons vite dehors et montons dans une grosse Jeep garée dans la rue. C'est la première fois que le Canarien ne conduit pas lui-même.

– Tu m'emmènes où ?

– On va d'abord à la villa des Torricelli et, ensuite, je vais t'emmener au paradis et boire.

Je souris et m'installe confortablement. Mon plan est simple : le faire boire au point qu'il ne sache plus ce qu'il fait, puis le chauffer et voir ce qui se passe. Je risque beaucoup, mais comme dit ma mère, la vérité sort de la bouche des hommes ivres. Je dois savoir si je ne fais pas une deuxième fois la même erreur. Tout le champagne que j'ai bu me donne une force incroyable, je me sens aussi puissante qu'un Power Ranger jaune.

– Tiens, dit-il en me tendant une bouteille d'eau. Si je dois être bourré, toi, tu dois être totalement lucide. Si on est dans le même état tous les deux, on peut faire des conneries qu'on regrettera ensuite.

Je bois sagement.

Je déboule dans la villa comme une folle, je passe devant Olga ahurie et cours jusque dans ma chambre pour mettre des affaires dans mon sac.

– Qu'est-ce que tu fous ?

– Putain... elle est trop petite. Prête-moi ta valise, je crie, puis je choisis soigneusement mes affaires.

Ce n'est pas Massimo, c'est un surfeur tatoué. Mes talons aiguilles Louboutin ne sont donc pas indispensables. Je prends tous mes maillots de bain, des shorts, tuniques et des centaines d'autres choses. Olga dépose une grande valise devant moi en grimaçant.

– Tu es certaine que tu sais ce que tu fais ?

– Si je n'essaie pas, je ne le saurai jamais.

Je ferme la valise et repars en la traînant derrière moi.

– Qu'est-ce que je suis censée dire à Domenico ? crie Olga.

– Que je suis partie, invente quelque chose, improvise.

Chapitre 11

Le bateau est lancé à toute vitesse, mais je ne m'en soucie pas, Nacho est à côté de moi.

Il me tient dans ses bras et la nuit est magique. Les lumières de la ville disparaissent pour faire place au ciel étoilé. Au bout d'un moment, j'aperçois la terre à l'horizon.

– On va où ? je demande.

– À Tagomago, c'est une île privée.

– Quelle île peut être privée ? je demande.

Il rigole et m'embrasse le front.

– Tu verras.

L'île est en effet privée, il n'y a qu'une seule maison dessus, une grande résidence plutôt. Elle est belle, luxueuse, totalement équipée. Nous pénétrons à l'intérieur, suivis de l'homme qui a d'abord été notre chauffeur puis le capitaine de notre bateau.

Il se présente après avoir posé ma valise.

– Ivan. Je suis là pour surveiller cet enfant. (Il montre Nacho du doigt, qui est en train d'allumer les éclairages de la piscine.) Et toi aussi maintenant, car Marcelo m'a dit ce que tu attends de lui ce soir.

Je suis étonnée, il doit me surveiller parce que je veux que le chauve se bourre la gueule ?

– Matos ne boit pas très souvent, bon il boit, mais pas en grandes quantités. Je ne l'ai jamais vu bourré et je le connais depuis l'enfance.

C'est tout à fait possible, car Ivan doit avoir l'âge de son père. Ses cheveux auburn parsemés de gris et sa peau burinée en attestent. Mais quelque chose dans ses yeux bleus fait que son âge m'est indifférent. Il est de taille moyenne, mais très bien entraîné, vu les biceps qui dépassent de son tee-shirt.

– Tiens. (Il me tend un pendentif qui ressemble à une télécommande.) Il n'y a qu'un seul bouton dessus. C'est un dispositif de sécurité, comme une alarme. Si tu appuies, j'arrive tout de suite.

Il appuie dessus et la petite boîte qu'il tient en main se met à sonner.

– Ça fonctionne, tu vois. S'il se passe quelque chose, appuie, je suis à côté. Bon courage !

Il se retourne, puis sort.

Je regarde le pendentif en me demandant si je vais devoir l'utiliser. Je repense à Massimo déchaîné et totalement saoul, et mon estomac se tord, mais Nacho n'est pas pareil.

– Tu es prête ? demande Nacho en posant une bouteille de tequila et un bol de citron devant moi. On fait ça où ?

– J'ai peur.

Il s'assied et me prend sur ses genoux.

– Tu as peur de quoi, petite fille ? De moi ? (Je fais non de la tête.) De toi-même peut-être ?

– Non plus.

– Alors ?

– J'ai peur d'être déçue.

– Moi aussi, j'ai peur de ça. Je n'ai jamais été ivre comme tu t'attends à ce que je le sois. Viens.

Je m'assieds au bord de la piscine, sur un petit banc. Il pose la bouteille et le citron sur une table, puis s'en va et revient rapidement avec une bouteille de bière sans alcool et du sel.

– Au boulot, dit-il en avalant son premier verre et en mordant dans un morceau de citron juste après. Ivan t'a donné l'alarme ?

Je fais oui de la tête.

– Tu l'as avec toi ?

Il me regarde, légèrement provocateur.

– J'en ai besoin pour quoi ?

– Pour rien, mais je me suis dit que comme tu as connu des malheurs à cause de l'alcool, tu te sentirais plus en sécurité avec ça.

Il prend un autre shot.

– Tu vas me dire de quoi parlait ton amie ?

Je réfléchis un moment, puis je me lève pour aller vers ma valise. Nacho ne me suit pas, il se sert un autre verre.

Je suis sur une île où il n'y a qu'une seule maison, donc je ne peux pas aller loin. Où est-ce que je suis supposée fuir, du coup ?

Je sors un short et un tee-shirt de ma valise et me change avant de revenir à la piscine. Je m'assieds juste en face de lui.

– Je te le dirai, mais pas maintenant. Pour le moment, je veux te regarder boire.

Nous nous mettons à parler, de moi cette fois-ci, de mes parents, de la raison pour laquelle je ne supporte pas la cocaïne. Je lui raconte que j'aime danser. Ses yeux s'assombrissent. Sa voix est lente et il se met à bégayer. J'ai un poids sur l'estomac.

Quand il se met à chanter en espagnol, je sais qu'on s'approche du moment où je vais peut-être avoir besoin d'appuyer sur le bouton.

Nacho titube et s'écroule sur un transat. Il me regarde, mais il est quasiment inconscient et marmonne des choses incompréhensibles. J'estime qu'il est l'heure. Je lui dis que je vais chercher de l'eau pour aller récupérer son téléphone. J'allume la caméra et commence à filmer.

– Nacho, je suis désolée pour ce que je te fais, mais je suis obligée de savoir comment tu te comportes quand tu es ivre et que je t'énerve. Je sais que c'est dégueulasse de te faire ça, mais une fois que tu seras sobre, je te dirai pourquoi je l'ai fait. Regarde-moi.

Je tourne le téléphone vers le Canarien.

– Tu as dit que tu ne savais pas à quoi tu ressemblais bourré, maintenant tu le sais, je rigole. Et n'oublie pas que tout ce que tu vas entendre maintenant, ce ne sont que des mensonges.

Je m'approche de lui pour l'aider à s'asseoir et m'installe à califourchon sur lui. Il sent l'alcool et le chewing-gum.

– Fais-moi l'amour, je chuchote en l'embrassant doucement.

– Non, marmonne-t-il en tournant la tête. Tu m'as fait boire et, maintenant, tu veux te servir de moi.

Je pose ma main sur sa braguette, mais il la retire.

– S'il te plaît, laisse-moi tranquille, baragouine-t-il.

Sa tête dodeline et ses yeux sont mi-clos.

– Tu veux que je te raconte ce qui s'est passé en Sicile ?

Il ouvre soudain les yeux et son regard se plante sur moi.

– Parle !

– Mon mari me sautait si fort, si intensément, que je n'arrêtais pas de jouir, je mens, en me répétant que Nacho ne s'en souviendra pas demain. Il me prenait comme un animal, je lui en demandais toujours plus.

Son visage est impassible, il lâche mes mains et je sens son cœur s'emballer. Je m'éloigne de lui en gardant un œil sur la télécommande. Nacho me regarde comme s'il attendait la suite.

– Je me suis donnée à lui, il me prenait comme il voulait et je le sentais sur chaque partie de mon corps.

Mes mains glissent sur mon corps et je commence à me caresser.

– Aujourd'hui encore, je sens toujours son sexe en moi. Tu ne seras jamais au niveau, Nacho, aucun homme ne peut se mesurer à mon mari. Tu n'es rien à côté de lui. Vous n'êtes personne à côté de lui.

Je lui attrape fermement le visage pour qu'il me regarde.

– Personne, tu comprends ?

Sa mâchoire se resserre et les traits de son visage se durcissent. Il prend une grande inspiration, puis, en appuyant ses coudes sur ses genoux, il penche la tête en avant. J'attends, mais il ne dit rien, il respire juste de plus en plus vite.

– C'est tout, je voulais te dire que j'ai baisé avec mon mari.

– Je comprends, chuchote-t-il en levant ses yeux verts sur moi.

Mon cœur se brise quand je vois une larme couler le long de sa joue. Une grosse larme triste qu'il n'essuie pas.

– Massimo est l'amour de ma vie, tu n'étais qu'une aventure. Désolée.

Le Canarien tente de se lever, mais il ne tient pas debout et retombe sur le transat.

– Ivan te ramènera, chuchote-t-il en fermant les yeux. Je t'aime...

Il est allongé comme mort, ses bras tatoués cachant son visage. Je sens des vagues de larmes arriver à mes yeux. Rien ne s'est passé, il n'a rien fait alors que je lui ai infligé une terrible souffrance. Il s'est juste renfermé sur lui-même et endormi. Il a même choisi ce moment pour m'avouer son amour.

Je frappe à la porte de la chambre du garde du corps.

– Ivan ?

– Qu'est-ce qui se passe ?

– Rien, tu peux juste m'aider à le porter dans la chambre ?

Je souris, d'un sourire plein de remords, Ivan secoue la tête puis part vers la terrasse.

Il a une force impressionnante, il porte Nacho et l'allonge sur le lit.

– Je peux m'occuper du reste, merci.

Il sort en me faisant un signe de la tête.

Je m'assieds à côté du garçon tatoué et je pleure. Je ne peux pas m'arrêter. Je m'en veux d'avoir été aussi égoïste. J'ai blessé Nacho quand il m'a avoué qu'il m'aimait. Je me sens coupable, pire, je me dégoûte. Ce que je suis capable de faire pour mon propre ego est ignoble.

Je prends une douche, puis monte ma grosse valise dans la chambre. J'enfile une culotte colorée. Je regarde Nacho roulé en boule, il frissonne de temps en temps. Je commence à ouvrir sa braguette, en espérant qu'il ait un boxer en dessous, il n'en a pas, et une touffe de poils est la première chose que j'aperçois. Mon Dieu, donnez-moi de la force de ne pas abuser de cet homme.

Après avoir bataillé, je réussis à lui enlever son jean et le recouvre avec la couette pour m'éviter d'avoir des idées tordues. Je retourne chercher une bouteille d'eau dans la cuisine, que je pose à côté de Nacho, puis je me glisse dans le lit en me blottissant contre lui.

Un désir intense me réveille, j'ouvre doucement les yeux, la vue me coupe le souffle. Le soleil se lève sur Ibiza, c'est magique. Soudain, je sens des dents mordiller mon téton, je soulève la couette et aperçois Nacho, amusé et pas tout à fait réveillé.

– Je suis encore bourré et très excité.

Ses lèvres qui effleurent ma poitrine passent à l'autre sein, il s'allonge sur moi.

– Mais je n'ai rien perdu de mon agilité.

– Ah oui ? Tu penses que rouler sur moi, c'est de l'agilité ? Tu réveillerais même un mort avec ta discrétion.

Il sourit de manière espiègle, puis se redresse sur ses mains, son visage contre le mien.

– Et les morts portent des culottes ?

Il lève son bras droit et secoue fièrement ma culotte colorée.

– Et alors ?

Les yeux verts du Canarien rigolent.

– Tu as oublié qui je suis, baby girl. Dès que je me remets de l'état dans lequel tu m'as mis, je vais te prouver quelque chose.

Il se cache sous la couette. Je suis figée, car je ne porte plus de lingerie.

Le chauve sent mon corps se tendre, il ressort de sous la couette pour me regarder.

– Tu as eu ce que tu voulais ?

Je me mets à paniquer, est-ce qu'il s'en souvient ?

– Il faut qu'on parle, j'affirme en essayant de refermer les jambes et de le repousser.

– Vraiment ? demande-t-il en posant ses lèvres sur les miennes.

Je serre mes lèvres, je ne me suis pas encore brossé les dents. Il sourit et me glisse quelque chose dans la bouche : un chewing-gum. Je commence à mâcher nerveusement le petit rectangle. Heureusement que l'homme entre mes jambes prévoit tout.

– De quoi tu veux qu'on parle ?

Il se frotte contre moi tout en touchant mon clitoris avec son genou, et ça me fait gémir.

– Peut-être du fait que tu adores faire l'amour avec ton mari ?

Je n'en reviens pas. Mon cœur, même s'il est tout neuf, est au bord de la rupture.

– Nacho, je... j'ai le temps de dire avant que sa langue entre dans ma bouche puis commence à jouer avec la mienne.

Il ne m'a jamais embrassée comme ça, il est insistant et acharné. Quelque chose ne va pas, il n'est pas comme d'habitude. Je bouge la tête pour me libérer, mais il me retient.

– Si je ne suis qu'une aventure, alors je veux que tu souviennes de moi jusqu'à la fin de tes jours. Je veux te dire au revoir comme il se doit.

Ses mots me déchirent en deux, je ne sais pas comment je trouve la force, mais j'arrive à le faire tomber et il se retrouve par terre, enroulé dans la couette.

– J'ai menti ! je hurle.

Tout en me recroquevillant quand je réalise que je suis nue.

– Je voulais te tester ! j'explose en larmes. Je voulais m'assurer que tu ne me ferais pas de mal, même ivre. Je ne pourrais pas le vivre une deuxième fois.

Nacho se relève, me couvre avec la couette et se met à genoux sur moi.

– Une deuxième fois ? Laura, ou tu me racontes ce qui s'est passé ou je vais trouver l'information moi-même, et ce sera pire.

Il me serre contre lui, je sens son cœur battre fort.

– Tu préfères que je l'apprenne ici, sur une île déserte, ou avec une arme à la main ?

– Il ne s'est rien passé, je me suis enfuie. Quand je suis rentrée de Pologne, tout allait bien. Il voulait arranger les choses entre nous, je devais lui donner une seconde chance sinon je n'aurais jamais su si je faisais le bon choix.

Sa respiration s'accélère.

– On rigolait et, sans faire exprès je l'ai appelé « Nacho »...

La poitrine du Canarien ne bouge plus et il avale bruyamment sa salive.

– Après, je me suis réveillée au milieu de la nuit, il était à côté de moi. Il voulait... il voulait... je bégaye, il voulait me montrer à qui j'appartenais vraiment. Donc je me suis enfuie. Domenico m'a fait venir ici.

Je me dégage de son étreinte et m'appuie contre la tête de lit. Nacho est furieux, son corps entier est tendu de rage.

– Il faut que je sorte.

Il prend son téléphone.

– Ivan, prépare mon arme.

Je me sens faible, j'ai l'impression que mon corps s'est vidé de son sang, il va le tuer.

– S'il te plaît, je chuchote.

– Habille-toi et viens avec moi, pas besoin de prendre quoi que ce soit.

Il se lève et enfile son jean déchiré. Je passe un short, un tee-shirt et des baskets, et je le suis dehors.

Devant l'entrée principale, il y a une table sur laquelle sont posées des armes de différents calibres.

– Tu sais ce qui est bien avec les lieux privatisés ? C'est qu'on peut faire ce qu'on veut, quand on veut.

Il me donne des jumelles.

– Regarde là-bas.

Il indique avec son doigt une direction et je vois une cible de forme humaine au loin.

– Ne la quitte pas du regard.

Il prend une carabine, s'allonge sur un tapis au sol et tire plusieurs fois. Toutes les balles arrivent dans la tête en papier.

– C'est ce que je fais pour me détendre.

Ses yeux sont froids et énervés.

Il change d'arme, recharge et tire à nouveau sur une cible plus proche. Il continue avec des armes différentes. Je suis terrifiée par ce qu'il fait et de le voir comme ça.

– Putain ! hurle-t-il en posant une autre arme sur la table, ça ne marche pas, je vais nager.

Il rentre et, quelques minutes plus tard, repasse devant moi en maillot de bain. Il se dirige vers la mer.

Je reste plantée là un moment, me demandant quoi faire. Comme je ne trouve pas de solution, je rentre et vais dans la cuisine prendre le téléphone de Nacho pour appeler Olga.

– Comment ça se passe ? je demande lorsqu'elle répond enfin.

– Un typhon nommé Massimo nous est tombé dessus. (J'entends qu'elle sort.) Et toi ?

– Il est venu ?

– Domenico ne l'a pas laissé t'appeler la nuit passée, il a pris l'avion et dès qu'il est arrivé ici, il a commencé à tout démolir. Heureusement que tu n'as pris aucune de tes affaires car, visiblement, tu as des traqueurs installés un peu partout. (Je l'entends allumer une cigarette.) Ne reviens pas et n'appelle pas, il ne vaut mieux pas. (Elle tire sur sa clope.) Tout est vraiment parti en vrille ! dit-elle en rigolant.

– Ça te fait rire ?

– Bah oui ! Si tu les voyais en ce moment ! La maison est pleine de types énervés armés jusqu'aux dents, ils préparent quelque chose. Et puis, je n'ai plus rien à manger parce que Massimo a tout balancé, heureusement, j'ai trouvé des gobelets en plastique, au moins je peux boire un café.

– Tu sais quoi, il ne peut pas tous vous faire vivre un enfer à cause de moi. Passe-le-moi.

Ma voix est ferme, Olga ne répond pas.

– Olga, tu m'entends ?

– Tu es certaine ? Il vient vers moi, là.

– Oui, j'affirme.

J'entends le grognement de l'homme en noir, puis plus rien.

– Tu es où, putain ?

– Je veux divorcer.

En prononçant ces mots, j'ai l'impression que je vais m'évanouir, je me laisse glisser au sol.

Massimo ne dit rien, mais je sens qu'il est fou de rage. Heureusement qu'Olga est la fiancée de son frère, je ne sais pas ce qu'il lui aurait fait subir sinon.

– Jamais !

Il hurle tellement fort que je sursaute.

– Je vais te trouver et te ramener en Sicile, ensuite tu ne partiras plus jamais sans moi.

– Si tu continues à me hurler dessus, je raccroche et nous discuterons uniquement par avocats interposés. C'est ce que tu veux ? Essayons de faire ça comme des gens civilisés.

– D'accord, discutons alors, mais pas au téléphone.

Sa voix est calme, mais je sais qu'il bouillonne à l'intérieur.

– Je t'attends à la villa.

– Non, en public.

– Tu penses que tu seras plus en sécurité ? rigole-t-il. Je te rappelle que je t'ai enlevée en pleine rue. Mais d'accord, si tu veux.

– Massimo, je ne veux pas me disputer, je soupire en cachant mon visage entre mes genoux. Je veux qu'on se sépare en paix. Je t'ai aimé et j'ai été heureuse avec toi, mais ça ne peut juste plus marcher entre nous.

Il respire lourdement.

– J'ai peur de toi, mais pas comme au début. Cette fois-ci, j'ai peur que tu veuilles à nouveau me...

Je me tais, car Nacho vient d'apparaître devant moi, dégoulinant, et vu la flaque à ses pieds, il doit être là depuis un moment. Il me prend le téléphone des mains d'un geste délicat et raccroche.

– Un divorce ?

Je hoche la tête.

– Il est là et il veut me voir.

– Un divorce ? répète-t-il, des étincelles dans les yeux.

– Je ne veux plus être avec lui, mais ça ne veut pas dire que je veux être avec toi.

Le Canarien s'agenouille devant moi, il me fait glisser sur ses genoux et enroule ses bras autour de moi. Il me regarde dans les yeux. Je sais ce qui va se passer. Les lèvres salées de Nacho s'approchent des miennes, je sens son haleine de menthe. Son grand sourire est la dernière chose que je vois avant que sa langue n'entre dans ma bouche. Il m'embrasse passionnément, comme si tout son désir se libérait à cet instant. Il me soulève, puis m'allonge sur la table froide.

– Mon Dieu, gémit-il en caressant mon corps.

– Fais-moi l'amour.

– Tu es certaine ?

Je suis sûre ou je ne le suis pas ? Après les événements d'hier soir, je vois les choses complètement différemment. Mais ça n'a pas d'importance, je fais enfin ce que je veux et plus ce que je dois.

– Et si je dis non ? Ça va t'arrêter ?

Je me mords la lèvre et me penche légèrement en arrière pour le provoquer.

– Tu m'as eu, baby girl.

Il me prend dans ses bras pour m'emmener vers la chambre.

– Avec une vue ou sans ? demande-t-il en me posant délicatement sur le lit.

– Je pourrais être au milieu de Marszalkowska à Varsovie, j'en ai rien à faire, je chuchote en gigotant d'impatience, j'attends ça depuis presque six mois.

Nacho rigole, puis jette son pantalon par terre.

– Je veux te regarder.

Ses yeux verts se baladent sur mon corps.

Tout à coup, je me sens mal à l'aise, je me recroqueville.

– N'aie pas peur, je t'ai vu nue des centaines de fois.

– Ah oui ! Quand ?

– La première nuit, je t'ai déjà raconté, tu ne portais pas de culotte sous ta robe. (Il embrasse mon sein.) Aujourd'hui, lorsque je t'ai enlevé ta culotte avec mes dents… (Ses lèvres se déplacent sur le deuxième.) Tu veux continuer à parler ou je peux enfin te goûter ?

– Hier soir, j'ai tout filmé, c'est sur ton portable. C'est la preuve que tout ce que j'ai dit était un mensonge.

– Je sais, je l'ai regardée avant de te réveiller. Tu voulais me tester, alors j'ai fait pareil.

Sa langue lèche délicatement mon nombril.

– Sinon tu ne m'aurais jamais raconté ce qui s'est passé en Sicile.

Ses lèvres chaudes commencent à sucer mon clitoris.

– Mon Dieu !

Sa grande bouche recouvre ma chatte comme s'il voulait l'avaler. Je suis de plus en plus impatiente.

Ses mains tatouées remontent le long de mes cuisses, de mon ventre, jusqu'à mes seins qu'il caresse. Je commence à trouver ses préliminaires un peu long, ma patience a des limites, j'ai trop envie de lui. Il doit s'en douter car, soudain, il plante sa langue dans ma chatte.

Mon hurlement résonne dans toute la maison. Nacho commence à frotter l'endroit le plus sensible de mon corps, il me procure un plaisir indescriptible. J'ai l'impression que de petits bonshommes courent partout sur mon corps, de mon bas-ventre jusqu'à ma tête. Je ne veux jamais qu'il arrête. Il n'y a pas une once de brutalité dans ses gestes, malgré ça, l'excitation que je ressens m'empêche de respirer.

– Ouvre les yeux.

Son visage est au-dessus du mien.

– Je veux te voir.

Son genou glisse le long de ma jambe.

– Regarde-moi, s'il te plaît, chuchote-t-il en plaçant son autre jambe de l'autre côté. Il se rapproche, ses mains enlacent les miennes puis les posent au-dessus de ma tête.

– Je vais t'adorer.

Son sexe est prêt, et moi je manque d'air.

– Je vais te protéger.

Il commence à me pénétrer, je me sens prête à jouir à tout moment.

– Je ne te blesserai jamais de manière intentionnelle.

Les hanches de Nacho bougent, je le sens entièrement en moi. Je tourne la tête en gémissant, c'est trop.

– Baby girl, regarde-moi.

J'ai du mal à le faire, mais je m'efforce d'accéder à sa demande, ses mouvements prennent de l'ampleur, ils ne sont pas rapides, mais précis et déterminés.

Les lèvres de Nacho se posent sur les miennes, son regard est toujours planté sur moi.

– Fais-moi l'amour !

Il gémit en me pénétrant plus profondément.

Je veux le toucher, je libère mes mains pour attraper ses fesses tatouées.

– Je ne veux pas te faire mal.

– Ne t'inquiète pas.

Mes mains le tirent vers moi pour qu'il me pénètre plus loin.

Et là, c'est comme si quelque chose explosait dans ses yeux, ils deviennent presque sauvages. Il accélère et un orgasme puissant monte en moi, tel un tsunami.

– C'est exactement ce que je veux, baby girl, je veux te voir jouir pour moi.

Ces mots agissent sur moi comme un déclencheur, je commence à jouir, chaque muscle de mon corps se tend. Il continue à bouger et les vagues de plaisir s'enchaînent. Ses beaux yeux verts se voilent, et je devine qu'il ne va pas tarder à atteindre l'extase. Il explose en moi quelques secondes plus tard. Nacho ne fait pas de bruit, il souffle juste lourdement pendant que nous décollons de concert.

Il ralentit pour faire redescendre la pression, j'ai déjà envie qu'il recommence. La dernière fois que j'ai fait l'amour, je n'ai ressenti aucun plaisir.

Il se laisse tomber sur moi, blottissant sa tête dans le creux de mon cou, et je caresse son dos humide.

– Je n'arrivais plus à me retenir, chuchote-t-il en me mordant le lobe de l'oreille. Je ressentais presque une douleur physique à ne pas pouvoir te faire l'amour. Je ne vais plus te lâcher maintenant.

Il se redresse.

– Salut.

– Salut, mais tu sais que tu vas devoir le faire un jour ?

– Je m'appelle Marcelo Nacho Matos, et je fais ce que je veux. Maintenant que je t'ai goûtée, rien ne pourra m'éloigner de toi.

Il sourit et reprend possession de ma bouche.

– Tu pars avec moi ?

Je m'abandonne sur les coussins en me demandant si j'ai bien compris ce qu'il voulait dire.

– Tu veux que nous parlions d'avenir alors que tu es toujours en moi !

– J'ai un avantage sur toi comme ça.

Il bouge les hanches pour me provoquer, je gémis de plaisir.

– Alors ?

– Ce n'est pas juste, je chuchote en essayant de me dégager. Les déclarations faites pendant l'amour n'ont aucune valeur.

Il voit que je suis sérieuse, soupire et s'allonge à côté de moi.

– C'est à cause de lui ? Tu n'es pas sûre ?

Nacho regarde le plafond et un sentiment de tristesse m'envahit.

– Il faut que je le voie, que je lui parle, je veux régler les choses correctement.

Il se tourne vers moi.

– Tu sais qu'il va te ramener en Sicile ? Il va t'enfermer quelque part et avant que je te retrouve, il aura temps de te faire des choses que…

– Il ne pourra pas me retenir pour toujours.

Nacho laisse échapper un petit rire ironique.

– Tu es si naïve, baby girl. Tu es têtue, et je n'ai pas le droit de t'empêcher de faire ce que tu veux. Mais s'il te plaît, accepte mon aide et faisons-le à ma façon. S'il tente de t'enlever, je le tuerai sans hésiter.

Il prend ma main dans la sienne et entrelace nos doigts.

– Je suis tout à toi, tu ne peux plus disparaître.

– D'accord, je soupire en serrant sa main.

– Parfait. Alors, pour que cet homme ne nous gâche pas toute la journée, j'ai quelques projets pour toi.

– Mais je dois…

– Il n'est pas à un jour près.

Nacho m'attrape le menton et m'embrasse.

– Je fais preuve de compréhension et de sang-froid, parce que c'est bientôt ton ex-mari. Mais s'il te plaît, baby girl, n'abuse pas parce que je vais prendre mon arme et je vais le tuer pour que tu ne dises plus jamais que tu as peur de lui…

Il pousse un long soupir.

– Je sais bien que tu ne me dis pas toute la vérité. Mais si tu ne veux pas, je ne t'y obligerai pas.

– Il y a des choses qui ne te concernent pas et que je dois régler seule.

– À partir d'aujourd'hui, tu n'affronteras plus rien toute seule, Laura.

Chapitre 12

Je suis assise dans la cuisine, les yeux bandés. Après une discussion endiablée sur la cuisine espagnole, je me retrouve obligée de passer des tests.

– D'accord, on commence avec quelque chose de facile. (Nacho s'assied à côté de moi et glisse un morceau de nourriture dans ma bouche.) Tu vas goûter trois choses différentes, si tu devines, tu pourras me faire ce que tu voudras. Si tu perds, je ferai ce je veux, ok ?

J'acquiesce en mâchant la viande, c'est sûr que c'est de la viande, j'avale et, sûre de moi, j'affirme :

– Tu me sous-estimes, c'est du chorizo.

– Lequel ?

– Je devais juste reconnaître l'ingrédient, pas en donner une description détaillée, je grogne. Une saucisse espagnole.

Il rit et me glisse un autre morceau dans la bouche.

– Tu penses vraiment que je n'y connais rien ? C'est votre jambon sec.

Je me régale avec cette délicieuse charcuterie.

– Allez continue, je sens que tu vas bientôt le regretter.

– Maintenant du sucré, me prévient-il d'une voix joyeuse. Je préférerais mettre autre chose que de la nourriture dans cette jolie bouche, ajoute-t-il en riant.

Je sens son haleine à la menthe, puis sa langue qui se glisse délicatement à l'intérieur.

– Tu ne t'en sortiras pas comme ça, allez, fais-moi goûter le troisième ingrédient.

Je mâche doucement le morceau sucré. Je n'ai aucune idée de ce que c'est, je mâche encore et encore, jusqu'à ce que je sois obligée d'avaler. On dirait un mélange d'ananas, de fraise et de mangue. Je grimace en réfléchissant à ce que ça peut bien être.

– Qui va le regretter maintenant ? Alors, qu'est-ce que tu as mangé, baby girl ?

– Ce n'est pas juste, c'est un fruit, je suis certaine que c'est un fruit.

– Qui s'appelle ?

Je ne dis rien.

– Tu abandonnes ?

J'arrache le bandeau de mes yeux.

– Je peux même te le montrer, si tu ne reconnais pas le goût, c'est que tu ne sais pas à quoi ça ressemble.

Il tend la main sur laquelle repose un fruit qui ressemble à une pomme de pin verte.

Je fais tourner le fruit dans mes mains, le renifle. Il a raison, je n'ai jamais rien vu de tel.

– C'est un chérimole. Alors, tu vas honorer ta promesse ou tu as changé d'avis ?

Je réfléchis un moment, puis avec le souvenir en tête de ce qui s'est passé il y a une heure, je me dis que je devrais accepter d'avoir perdu le pari.

– Je t'écoute, Marcelo, qu'est-ce que tu souhaites ?

– Pars avec moi. (J'ouvre la bouche pour protester, mais il lève une main pour m'arrêter.) Je ne te demande pas d'emménager avec moi, mais que nous passions un peu de temps ensemble.

Son sourire désarmant me fait fondre comme neige au soleil.

– C'était un piège.

Le Canarien hoche la tête.

– Tu es un manipulateur et un fourbe…

– … un assassin impitoyable qui se tient devant une femme magnifique nue et qui lui met de la nourriture dans la bouche pour gagner du temps auprès d'elle. Eh oui, c'est moi, termine-t-il en ouvrant les bras.

Il m'amuse, mais je décide de lui opposer un peu plus de résistance.

– Tu as besoin de me contrôler ? (Je descends de ma chaise pour caresser son torse tatoué.) Tu veux faire de moi ton esclave ? Accrocher un bracelet électronique à ma cheville ?

Je lis de la panique dans ses yeux verts.

– M'enlever et m'emprisonner ? C'est ce que tu veux ?

– C'est comme ça que tu te sens ? Prisonnière ? (Il me renverse dans ses bras avant de m'allonger sur le sol.) Et maintenant, comment tu te sens ? dit-il en s'allongeant sur moi.

Il plisse les yeux, je sais qu'il a vu clair dans mon jeu.

Il lève mes bras au-dessus de ma tête, et enlace nos doigts.

– Où est Ivan ?

– À Ibiza je crois, ou sur le yacht avec les autres. Si tu veux, je peux vérifier. Nous sommes seuls, baby girl, chuchote-t-il tout en mordant délicatement le lobe de mon oreille. Si tu as l'habitude d'avoir en permanence beaucoup de monde autour de toi, avec moi, tes habitudes vont changer. J'aime la solitude, c'est indispensable pour mon travail. (Sa langue descend le long de mon cou.) Il faut que je sois concentré et méticuleux, mais depuis fin décembre, il me manquait quelque chose. (Il écarte mes cuisses pour me pénétrer, me faisant hurler de plaisir.) Quelque chose n'arrêtait pas de me déconcentrer, j'ai arrêté d'être aussi minutieux. (Les hanches de Nacho bougent doucement.) J'ai commencé à faire des erreurs... Je continue ?

– C'est très intéressant, n'arrête pas.

– Chaque jour était une torture. (Sa langue caresse mes lèvres) J'étais comme un lion en cage.

Il bouge de plus en plus vite.

– J'ai l'impression que je t'ennuie.

– Pas encore, j'attends la suite.

– J'ai tué quelques personnes, gagné un peu d'argent, mais ça ne m'a pas satisfait.

Je suffoque de plaisir, tout en ayant hâte d'entendre la fin de l'histoire dont je ne comprends pas vraiment le sens.

– C'est terrible.

Je me cambre davantage pour le sentir encore mieux.

– C'est ce que je me suis dit aussi. C'est pour ça que j'ai commencé à essayer de comprendre pourquoi. (Les mouvements de Nacho s'accélèrent, je commence à partir.) Tu ne m'écoutes pas, grogne-t-il en souriant.

– Mais si (j'ouvre les yeux et respire profondément), quelle est la fin de l'histoire ?

– Je suis parti chercher ce qui me manquait.

Ses lèvres se collent aux miennes et sa langue pénètre dans ma bouche.

– Je l'ai trouvé, et je ne compte pas le laisser partir.

Il se tait et accélère nettement le mouvement. Le rythme est soutenu, il me fait à nouveau l'amour. Même s'il est délicat, je sais qu'une grande brutalité dort en cet homme.

– Je ne vais pas le laisser disparaître.

– Je vais jouir.

– Je sais.

Il recule un peu pour regarder l'orgasme monter en moi.

– Mon Dieu.

Il lâche mes mains, je plante les miennes dans ses fesses pour l'attirer plus profondément contre moi. Je me cambre en hurlant sous l'effet de la jouissance immense que je ressens.

– La façon dont tu jouis... m'empêche de me contrôler.

– C'est terrible, je soupire.

– Si tu te moques de moi, je vais te faire jouir tellement de fois que tu ne tiendras plus sur ta planche.

– Pardon ? Il n'y a pas de vagues ici.

– Il n'y en a pas, mais je veux d'abord voir ton équilibre, on va s'entraîner sur un skateboard.

– Je peux te le montrer, ça, je suis une danseuse, pas une surfeuse.

– On va tester ça aussi, dit-il, amusé, en se levant.

Quand je sors de la douche, il termine une conversation téléphonique. Je m'approche et l'entoure de mes bras.

– Tu as joui en moi deux fois aujourd'hui, tu n'as pas peur qu'on ait un bébé ?

– Premièrement, je sais que tu prends la pilule, je sais même quelle marque, et deuxièmement, les mecs de mon âge ne s'inquiètent pas trop pour ce genre de choses.

– Même Massimo ne sait pas que je suis sous pilule, il y a quelque chose que tu ne sais pas sur moi ?

Il retrouve son sérieux.

– Je ne sais pas ce que tu ressens pour moi, je n'ai aucune idée d'où je me trouve dans ta tête.

Nacho semble attendre une réponse. Comme je ne dis rien, il poursuit.

– Mais je pense qu'avec le temps tu me le diras. Tu es prête à bouger un peu ?

Je hoche joyeusement la tête.

– Alors, mets une culotte et viens.

– Et le haut ?

Il explose de rire.

– Tu vas t'allonger sur le ventre et bouger les bras, je pensais que tu voulais bronzer. Je t'ai dit, baby girl, il n'y a pas de vagues ici. Mets la plus petite culotte que tu as et on y va.

Quand nous arrivons sur la petite plage, il pose les deux planches et commence à s'étirer. Je fais ce qu'il me dit et je dois dire que je m'amuse bien. Je ne porte qu'un minuscule bas de maillot, mais je me sens très à l'aise. C'est dans ces moments-là que je suis contente de ne pas avoir des seins gros comme des melons.

– Bon, je crois qu'on est suffisamment échauffés. Quelle est ta jambe directive ?

Je le regarde comme s'il venait de me poser une question de physique quantique.

– Quoi ?

– Tu fais du snowboard ?

Je réponds par l'affirmative.

– Quelle jambe tu mets devant ?

– La gauche.

– Donc, c'est ta jambe pivot. Vas-y, allonge-toi !

Il m'aide à me placer sur ma planche, me déplace de façon à ce que je me retrouve pile au milieu avec les pieds au bord. Ensuite il s'allonge sur la sienne qu'il a placée en face de moi.

– Je vais te montrer comment pagayer.

De ses longs bras tatoués, il imite les mouvements que je dois faire dans l'eau. Les muscles tendus de ses épaules attirent mon attention et me distraient à tel point que je me mets à baver.

– Tu ne m'écoutes pas, grogne-t-il en riant.

– Pardon ? Qu'est-ce que tu dis ?

– Je te parlais des requins.

– Quoi ? Quels requins ?

Il éclate de rire.

– Allonge-toi et concentre-toi.

Apprendre à me mettre debout sur une planche posée sur le sable est assez étrange, mais je sais que ça me sera utile un jour. Nacho me rappelle à l'ordre de temps en temps pour que je l'écoute, mais c'est très compliqué de rester concentrée avec, devant moi, un Nacho à moitié nu. Je ne suis pas certaine d'avoir tout compris, juste le fait qu'il faut se lever en trois étapes. D'abord je tends les bras, ensuite je plie ma jambe arrière, enfin je me lève. En théorie, c'est simple.

Il s'avère que je suis assez douée pour pagayer dans l'eau. Bon, sinon, je tombe une trentaine de fois en essayant de me mettre debout, je réalise que même une minuscule vague peut me faire chavirer.

Après une demi-heure, je crois être devenue experte en pagayage, c'est à peu près à ce moment-là que j'arrête de sentir mes bras. Je suis allongée comme morte sur ma planche, regardant mon compagnon qui rigole dans l'eau. Il est vraiment différent de Massimo, toujours si sombre et sérieux, Nacho est la joie de vivre personnifiée. Il est plus âgé que le Sicilien, mais se comporte comme un enfant. Je le regarde faire le clown dans l'eau en repensant à ce que nous avons fait ce matin. D'un côté, je le désire terriblement, mais d'un autre, j'ai quand même un mari. Probablement plus pour très longtemps puisque j'ai pris ma décision. Je suis vraiment heureuse, mais en même temps je ressens un malaise intérieur. Je me pose en boucle les mêmes questions, est-ce que je ne refais pas pour la deuxième fois la même erreur ?

Nacho revient vers moi en nageant.

– À quoi tu penses, baby girl ?

Ces mots me frappent comme un coup de tonnerre.

– Nacho... je commence, hésitante, en me relevant légèrement. Tu sais que je ne suis pas prête à être en couple ?

Ses yeux joyeux deviennent sérieux.

– Je ne veux pas être liée, avoir des obligations et sûrement pas tomber amoureuse.

La surprise et la déception qui apparaissent sur son visage me font l'effet d'une douche froide. Oui, c'est moi, je suis passée maître dans l'art de gâcher le plus romantique des moments, de créer sans cesse de nouveaux problèmes et d'être la reine des dilemmes. Mon cœur dicte à ma raison de se taire, mais il n'y a rien à faire. Elle choisit toujours d'être sincère et de balancer un texte qui rend l'atmosphère dense et lourde. De plus, les mots qui sortent de ma bouche sont complètement absurdes. Je ressens un grand besoin d'être près de Nacho. L'idée que je pourrais ne pas le revoir avant quelques mois me brise le cœur.

Le Canarien me regarde un long moment.

– Je vais attendre.

Il pagaye vers la plage.

Je soupire, énervée par mon comportement et par les bêtises qui sortent de ma bouche. Puis je reviens à mon tour vers la plage.

Je ne sais pas si Nacho a besoin de se défouler ou si c'est sa manière de faire, mais il arrive en un temps record, il balance sa planche sur le sable, retire son maillot pour enrouler une serviette autour de sa taille. Il se retourne pour vérifier où je suis. Son beau sourire a disparu, il a les traits tirés. Je ne sais pas trop quoi faire. Peut-être que ce serait plus judicieux de ne pas le rejoindre, mais je ne peux pas rester dans l'eau éternellement.

J'arrive sur la plage et pose ma planche à côté de la sienne. Je me plante devant lui et le regarde courageusement dans ses yeux verts en colère. Je ne dis rien, qu'est-ce que je suis supposée dire, de toute façon ?

Ses doigts se posent sur le cordon de ma culotte, il tire dessus. Le nœud se détend, mais le bikini reste en place. Il fait la même chose de l'autre côté et le tissu mouillé tombe au sol. Je respire nerveusement.

– Tu as peur de moi ?

– Non, je n'ai jamais eu peur de toi.

– Tu veux commencer ? La peur t'excite, avoue-le. (La main de Nacho se serre autour de mon cou, une vague de chaleur m'envahit immédiatement.) Tu risques de tomber amoureuse de moi si j'ajoute un peu de piment à nos relations, c'est ça ?

Il m'allonge sur la serviette et se couche sur moi.

– Alors, je vais faire en sorte que ça arrive.

La langue de Nacho entre brutalement dans ma bouche. Je l'attrape fermement par le cou. Il me lèche, m'embrasse, me mord, ses épaules massives m'écrasent. Il se débarrasse brutalement de la serviette qu'il avait autour des hanches.

– Dis-moi que tu ne me désires pas. (Ses yeux sombres se plantent dans les miens.) Dis-moi que tu ne veux pas être avec moi. (Il attrape mes poignets pour m'immobiliser.) Dis-moi que si je pars, tu ne me suivras pas.

Comme je ne dis rien, il me pénètre, fort.

– Dis-le ! hurle-t-il.

Son sexe qui palpite en moi m'empêche d'avoir les idées claires, je suis incapable de parler.

– C'est bien ce que je pensais.

Il me retourne sur le ventre, écarte mes jambes avec ses genoux et m'attrape les cheveux en les tirant vers l'arrière pour que je me cambre. Je me mets à genoux. Il tient fermement mes cheveux. Je ne sais pas ce qui se passe. Il m'embrasse les épaules, le cou, le dos. On est seul sur une île déserte et il va me sauter sur la plage. L'eau salée goutte de mes cheveux. Il caresse mon clitoris, mon corps réagit sur-le-champ.

Je sens son sexe me pénétrer, je monte mes fesses pour me rapprocher de lui, je veux le sentir en moi. Pendant un long moment qui me paraît une éternité, il ne bouge pas, se contentant de me tirer les cheveux.

Puis il retire sa main de mon clitoris et, en me tenant fermement par les hanches, il me prend. Il me saute exactement comme je le veux, efficacement, fortement et bruyamment. Les bruits qui sortent de ma gorge lui confirment tout le plaisir qu'il me procure.

– Alors, tu ne veux pas de moi ? demande-t-il en s'arrêtant trois secondes avant l'orgasme. Tu ne veux pas tomber amoureuse de moi ? (Il lâche mes cheveux.) Tu n'as pas besoin de ça non plus ?

Il commence à se retirer, mais je l'en empêche.

– Tu rigoles ?

Il se met à rire, tout en continuant à se retirer, il se penche au-dessus de moi et me murmure à l'oreille.

– Tu es ma baby girl ?

Quand il pousse ses hanches vers l'avant en se plantant en moi, un gémissement m'échappe.

– Oui ou non ?

Il se retire, puis rentre à nouveau.

– Oui ! je hurle.

Nacho replace ses mains sur mes hanches et reprend son rythme effréné.

Nous jouissons ensemble et il s'écroule sur moi, essoufflé.

– Donc, on est en couple.

– Tu es horrible, je réponds en rigolant. Je t'ai déjà dit que tout ce qui sort de ma bouche quand tu es en moi n'a aucune valeur.

Nous sommes maintenant face à face.

– Tu ne veux pas être ma copine ?

– Je veux, mais...

– Tu vois, et là je ne suis pas en toi, dit-il en m'embrassant goulûment sans me laisser continuer.

Nous sommes dans la cuisine et je regarde Nacho préparer à manger. Habituellement dans cette villa, il y a un cuisinier, mais Nacho ne laisse personne me faire à manger à sa place. Quand je lui ai proposé de l'aide, il m'a allongée sur la table et m'a fait jouir pour la quatrième fois de la journée.

À la fin du dîner, Nacho prend un ton sérieux :

– Baby girl, demain on va faire comme ça...

Je le regarde, terrifiée, quand il s'assied en face de moi et continue :

– Il faut que tu saches que Massimo va essayer de t'enlever, il est venu avec une petite armée. Moi aussi, je peux faire venir mes gars, mais je n'ai pas envie de me mesurer à lui.

Je cache mon visage dans mes mains en soupirant profondément.

– Bébé...

– Ne m'appelle pas comme ça ! je hurle en me levant brutalement de table. Ne... m'appelle... plus... jamais... comme... ça.

Je sens des larmes me monter aux yeux, j'ai envie de m'enfuir. Je sors du côté de la piscine. Mon cœur s'emballe, j'ai l'impression que ce surplus d'émotion va me faire craquer. J'ai envie d'exploser en sanglots, mais je n'y arrive pas. La boule dans ma gorge ne disparaît pas non plus.

Nacho apparaît derrière moi.

– Tu n'es pas obligée de le voir, c'était ta décision. La seule chose qui m'importe, c'est ta sécurité. Donc, s'il te plaît, ne fuis pas et écoute-moi.

Je me tourne vers lui, prête à lui hurler dessus, mais quand je le vois pieds nus, les mains dans les poches de son jean déchiré, le regard inquiet, je baisse la tête et la boule dans ma gorge disparaît.

– Voilà comment ça va se passer : demain, on repartira d'ici, tu iras dans un restaurant que j'ai choisi et tu t'assiéras à un endroit très précis. (Il attrape mon menton pour me regarder dans les yeux.) C'est très important, Laura, il faut que tu fasses ce que je te dis. Torricelli lui aussi doit s'asseoir à un endroit précis. (Il sort son smartphone de sa poche.) Quand ton téléphone sonnera demain, réponds et mets-le sur haut-parleur. (Il me le met dans la main, puis me prend dans ses bras.) Si quelque chose ne se passe pas comme prévu, n'oublie pas que je te trouverai, je ne t'abandonnerai pas.

– Nacho... Il faut que je lui parle, je ne peux vivre sans avoir réglé cette affaire.

– Je comprends et, comme je t'ai dit, je ne peux pas te l'interdire. Je peux juste faire tout mon possible pour te protéger. Dès que c'est réglé, on part à Tenerife. Amelia nous prépare une fête de bienvenue. Elle est devenue hystérique quand je lui ai dit que tu rentrais avec moi.

Mon Dieu, qu'est-ce que je vais dire à ma mère cette fois-ci ? je pense en me blottissant contre lui. Que j'ai décidé de commencer une vie aux îles Canaries avec un type que je connais à peine ? Il ne faut pas que j'oublie de préciser que j'ai failli mourir dans la maison de son père sous les balles de son beau-frère.

– Tu veux dormir seule ce soir ?

Je gémis en lui indiquant que oui.

– Il y a une autre chambre à côté de celle où on a dormi. Je serai là si tu as besoin de quelque chose.

Il m'embrasse sur le front, puis entre dans la maison.

Massimo s'assied en face de moi et me regarde en posant ses mains sur la table. Il attend. Sa mâchoire se serre à un rythme régulier, ce qui n'est pas bon signe. Ses yeux n'expriment aucune émotion, ils sont posés sur mes lèvres. C'est mauvais signe.

– Si tu penses que tu vas me quitter, tu te trompes, je vais dire la même chose que la dernière fois. Tu aimes tes parents et ton frère ? Tu veux qu'ils soient en sécurité ? Alors lève-toi et rentre sagement dans la voiture.

J'ai envie de vomir.

– Et après ? Tu comptes m'emprisonner ?

Je me lève en appuyant mes mains sur la table.

– Je ne t'aime plus, j'aime Nacho. Tu peux me sauter de toutes les façons que tu veux, mais c'est toujours lui que j'aurai devant les yeux.

La fureur le possède, il m'attrape le cou, puis me force à me rasseoir violemment. Le verre derrière moi tombe et se brise en mille morceaux dans un fracas terrifiant.

Je regarde autour de moi, nous sommes seuls dans le restaurant.

– Mon Dieu, je gémis de peur.

Il arrache ma culotte d'un geste sec.

– On va voir si tu y arrives, dit-il en ouvrant son pantalon, tout en tenant mes mains dans sa poigne de fer.

– Je ne te veux pas ! je hurle et me débats, s'il te plaît, non !

– Baby girl, chérie. (J'entends une voix calme à mon oreille.) Laura, ce n'est qu'un rêve.

Des bras tatoués m'enveloppent.

– Mon Dieu ! (Des larmes coulent le long de mes joues.) Nacho, et s'il menace à nouveau ma famille ?

Il me rassure tout en me caressant les cheveux.

– Ta famille est déjà protégée, mes hommes les surveillent depuis hier. Ton frère, d'après ce que j'ai compris, travaille pour Massimo. Il gère des sociétés que Massimo ne peut pas se permettre de perdre et, surtout, il a triplé les gains de Torricelli, je pense qu'il est en sécurité, mais j'ai tout de même un œil sur lui aussi.

– Merci, reste avec moi. (Je me love contre son corps nu.) Tu veux me prendre ?

– Tu as une façon particulière de gérer le stress, baby girl. Dors, maintenant.

Une magnifique journée se lève sur Togomago. Depuis ce matin, je n'arrive pas à trouver ma place. Nacho est parti nager. Je prépare le petit déjeuner, puis je prends une douche. Même si je ne suis pas obligée, je suis prête à faire le ménage tellement j'ai besoin de m'occuper. J'ai envie que tout ça soit derrière moi.

Je me sens un peu triste en réalisant que je n'ai pas une seule paire de talons aiguilles. Et puis je me dis que je n'en ai rien à faire, je n'ai pas à me faire belle pour mon mari. Je rentre dans la chambre et j'observe le désordre dans ma valise.

– Je ne vais pas pouvoir faire ça sans musique.

Quand « Run The Show » de Kat DeLuna et Busta Rhymes sort des enceintes, je reprends vie. C'est exactement ce dont j'avais besoin, beaucoup de basses, du rythme et de la musique. Tout en dansant, j'enfile un short microscopique Dolce & Gabbana, des baskets noires Marc Jacobs et un tee-shirt très court gris avec une tête de mort dessus. Ça va le tuer, ça, je me dis en me déhanchant au rythme de la musique.

Ensuite, c'est le piano, puis la voix douce de Nicole Scherzinger dans « I'm Done ». J'adore.

– Je ne sais pas danser sur de la musique rapide, dit Nacho en s'approchant. Mais j'aime bien regarder comment tu bouges tes fesses.

Il m'attrape la main et l'embrasse.

Quand il me prend dans ses bras, tous mes soucis et mon stress avec lesquels je me suis levée s'envolent.

Il doit y avoir une chanson pour toutes les occasions, je me dis en écoutant les paroles. Elles parlent de moi. « Je ne veux pas tomber amoureuse, je veux juste m'amuser un peu. Mais tu es venu, tu m'as prise dans tes bras et maintenant c'est terminé... », chante Nicole. Je sais qu'il sait ce que je ressens. J'ai l'impression aussi que tant que je ne le dis pas à voix haute, je suis en sécurité, que ce que je ressens pour lui n'est pas réel tant que ça n'a pas été verbalisé. Il se balance en embrassant mes épaules. Une de ses mains est sur mon cou, l'autre sur mes fesses. Malgré ce qu'il a dit, il a un très bon sens du rythme. Je commence à soupçonner qu'il m'a menti, c'est un très bon danseur.

– Tu es prête ?

– Non, j'affirme en augmentant le volume. Maintenant, c'est moi qui te demande quelque chose.

Un autre rythme retentit dans la chambre et Nacho se met à rigoler en entendant « I Don't Need A Man » des Pussycat Dolls.

– Sérieusement ?

Un peu de samba, rumba et hip-hop. Nacho regarde, ravi, le spectacle que je lui ai préparé. Je chante sous son nez que je n'ai pas besoin d'homme dans ma vie.

– Maintenant, je suis prête, je dis quand la chanson se termine.

– Maintenant, tu vas aller sous la douche avec moi. Je vais te montrer à quel point tu as besoin d'un homme.

Je dois me recoiffer et me remaquiller. Heureusement que j'avais enlevé ma tenue suffisamment tôt pour que je puisse la remettre intacte. Nacho est à côté de la table, il boit un jus et parle au téléphone en espagnol. Il porte un jean délavé clair et un tee-shirt à manches courtes. Je regarde ses pieds en souriant, il porte des tongs. Un assassin en tongs ! Il prend une dernière gorgée, puis se tourne vers moi, une fois sa conversation terminée, et demande :

– Le téléphone que je t'ai donné hier est chargé, il est bien dans ton sac ?

– Oui, j'ai vérifié deux fois. Nacho, écoute...

– Baby girl, tu me le diras dans l'avion quand on rentrera à la maison. Maintenant, viens.

Chapitre 13

J'arrive dans le restaurant que Nacho a choisi avec une demi-heure d'avance. Pour être certaine d'occuper les places prévues, il fallait que j'arrive avant l'homme en noir. Massimo n'a su où et quand on se voyait que quinze minutes avant le rendez-vous. Sinon il aurait envoyé des dizaines de gorilles sur place et avant même que j'aie eu le temps de m'asseoir, on m'aurait enlevée.

Mon cœur bat la chamade, je commande tout de suite à boire pour essayer de me calmer. Le *Cappuccino Grand Café* est habituellement vide à cette heure-ci, la plupart des gens sont en train de cuver sur la plage après une nuit de fête.

Le café est situé près de la baie, il a une vue magnifique sur la vieille ville et le port. Le téléphone sur la table sonne, je sursaute. J'ai reçu un message, je déverrouille l'écran puis lis : « Je te vois et j'entends ton cœur battre terriblement vite. Calme-toi, baby girl. »

– Calme-toi. Oui bien sûr, toi calme-toi, je marmonne avant de recevoir un second message.

« N'oublie pas que je comprends le polonais. »

Mes yeux s'écarquillent quand je réalise qu'il m'entend vraiment.

Je prends une gorgée de mon mojito, réconfortée que Nacho soit proche.

– Bébé ?

Le son de sa voix tranche l'air comme un sabre de samouraï.

Je ne suis pas loin de perdre connaissance. Je tourne la tête pour voir mon mari habillé en costume foncé et chemise assortie, debout près de la table. Comme il porte des lunettes de soleil, j'ai du mal à voir quel état d'esprit il est, je sens malgré tout la colère qui émane de lui.

Il s'assied en déboutonnant sa veste.

– Un divorce ?

– Oui, je réponds sèchement tout en sentant son odeur qui envahit mes sens.

Il pose ses lunettes sur la table, puis se tourne vers moi.

– Qu'est-ce qui se passe, Laura ? C'est une menace ? Une protestation ? Une révolte ?

Je ne réponds pas, je suis enfin face à lui pour lui dire ce que j'ai envie de lui dire depuis des semaines, mais aucun mot ne sort de ma bouche. Le serveur pose un café devant lui. Je fais de mon mieux pour avaler la bile qui me remonte dans la gorge.

– Je ne peux plus être avec toi, dis-je en prenant une grande inspiration. Je n'arrive plus et je ne veux pas. Tu m'as menti et tu as voulu me... (Je m'arrête, consciente que Nacho entend chaque mot que je prononce.) Ce qui s'est passé il y a quelques jours à Messine a mis fin à notre relation.

Son ton se fait accusateur.

– Tu t'étonnes ? Tu m'as appelé par le prénom de l'ordure responsable de la mort de mon enfant.

– Et c'était un bon prétexte pour recommencer à te droguer ?

Je retire mes lunettes pour qu'il puisse voir mon regard haineux.

– Massimo, tu m'as abandonnée presque six mois, tu m'as laissée m'enfoncer dans la dépression parce que tu n'arrivais pas à faire face à ce qui nous est arrivé. Il ne t'est jamais venu à l'esprit que j'avais besoin de toi, espèce d'égoïste ? Qu'on pouvait surmonter ça ensemble ? Je ne peux plus continuer comme ça, je gémis en remettant mes lunettes de soleil pour cacher mes larmes. Les gardes du corps, la peur, le contrôle, les traqueurs, je n'en peux plus. Je ne veux plus avoir peur dès que tu prends un verre dans la main où que tu disparais dans ta bibliothèque. Je ne veux plus me réveiller la nuit pour vérifier si tu es là. Laisse-moi partir, je ne te demande rien d'autre.

– Non ! Et il y a deux raisons pour lesquelles tu vas rester avec moi. La première, c'est que je ne peux pas supporter qu'un autre homme possède quelque chose qui m'appartient, et la seconde, c'est que j'adore être en toi. Et puis, je pense qu'on va s'en sortir. Maintenant, termine ton verre et on y va, nous rentrons en Sicile.

– Toi tu rentres, moi non, j'affirme fermement en me levant. Si tu ne signes pas les papiers du divorce...

– Qu'est-ce que tu vas faire, Laura ? (Il se lève aussi en me regardant de haut.) Je suis à la tête de la famille Torricelli et, toi, tu me menaces ?

Il tend le bras pour m'attraper l'épaule, mais à ce moment-là, sa tasse vole en éclats.

Je regarde avec horreur les morceaux de porcelaine éparpillés, j'ai peur. Le portable sur la table vibre. Je décroche et le mets sur haut-parleur. La voix de Nacho s'élève.

– Elle ne va pas te menacer, moi oui. Assieds-toi, Massimo, ou la prochaine balle atteindra sa cible.

L'homme en noir, furieux, ne bouge pas et, au bout d'un moment, c'est le sucrier qui explose.

– Assis ! grogne le Canarien.

Massimo s'exécute et déclare, impassible.

– Tu dois être très courageux ou très bête pour me tirer dessus.

– Je ne tire pas sur toi, mais sur ce qu'il y a sur la table. (Je sais qu'il sourit.) Si je voulais te tirer dessus, tu serais déjà mort. Maintenant, passons aux choses sérieuses. Dans un instant, Laura va quitter le restaurant et monter dans la voiture garée devant l'entrée. Toi, Massimo, tu vas accepter qu'elle ne veuille pas être avec toi et la laisser partir. Sinon, tu sauras vite de combien d'endroits de ton île je peux te tirer dessus.

– Chérie, tu as embauché un assassin, rigole-t-il en me regardant. Ma propre femme ! (Il secoue la tête.) Rappelle-toi, Laura, si tu te lèves, il n'y aura plus de retour en arrière.

– Baby girl, lève-toi et rentre dans la Mercedes grise qui est devant le restaurant, Ivan t'attend.

– Peut-être pourrais-tu te présenter ? demande Massimo quand je me lève. Pour que je sache à qui j'ai affaire !

– Marcelo Nacho Matos.

Le corps de l'homme en noir se tend comme la corde d'un arc.

– Maintenant, tout est clair, dit-il avec de la dérision dans la voix. Petite salope, comment as-tu pu me faire ça ?

– Doucement, Torricelli, sinon je te fais sauter la cervelle. Laura, va à la voiture maintenant.

Quand je passe devant Massimo, je tremble comme une feuille. Soudain, il m'attrape par les épaules de sorte que le Canarien ne me voie plus.

Mon Dieu, on ne va pas y arriver !

– Massimo, regarde ton épaule droite, affirme calmement Nacho. Il y a plusieurs tireurs.

Un petit point de laser rouge apparaît sur son costume.

– Je t'explose si tu ne la lâches pas. Je compte jusqu'à trois. Un...

Les yeux de Massimo fixent le verre foncé de mes lunettes, il me les enlève.

– Deux ! compte Nacho.

Mon mari me regarde comme hypnotisé. Il se penche vers moi, puis m'embrasse. Mon Dieu, comme il sent bon ! Je vois défiler tous nos mois ensemble et, malheureusement, tous les merveilleux moments qu'on a partagés.

– Trois !

L'homme en noir me lâche et je traverse le café sur des jambes flageolantes.

– Au revoir, bébé, dit-il en rajustant sa veste et en s'asseyant.

Je sors en courant. La voiture est effectivement garée devant et Yvan m'y attend. Sur le trottoir opposé, je vois Domenico adossé à un SUV noir. Il me regarde en secouant la tête et ça me donne envie de pleurer.

– Monte, dit Ivan en m'ouvrant la porte.

Une fois que je suis installée, il se met au volant.

– Où est-il ? je demande d'une voix tremblante. Conduis-moi à Nacho !

J'ai du mal à respirer, je suis au bord de la crise de nerfs.

– Il faut qu'il reste dans le coin encore un peu, au cas où.

Nous tournons dans une ruelle et fonçons à travers la ville.

– Il va s'en sortir, personne ne va lui tirer dessus, ajoute Ivan.

– Je l'espère.

Mon cœur bat la chamade et mon corps est parcouru de frissons. Malgré la chaleur, je suis frigorifiée. Je suis recroquevillée à l'arrière de la voiture, les genoux plaqués contre ma poitrine.

– Ça va, Laura ? demande Ivan, inquiet. Si tu le veux vraiment, je vais t'emmener le voir, mais il faut d'abord que je lui demande si c'est possible.

– Donne-moi le téléphone, je vais l'appeler.

Anxieuse, j'écoute les sonneries du téléphone. Mon Dieu, s'il vous plaît, faites qu'il réponde.

– Ivan ?

– J'ai besoin de toi, je gémis.

– Passe-moi Ivan.

Je lui tends le téléphone.

Dix minutes plus tard, nous nous garons dans une rue magnifique au cœur de la vieille ville. Je gigote à l'arrière de la voiture en observant les alentours. Enfin je le vois, il marche lentement vers moi. Il porte des lunettes de soleil et un sac à dos de forme bizarre. Il ouvre le coffre, range son sac, puis vient s'asseoir à côté de moi.

– Je sais maintenant pourquoi tu ne veux pas que je t'appelle « bébé », je te promets que je ne le referai jamais.

Je n'ai aucune idée de quoi il parle.

– J'espère aussi qu'on ne t'appellera plus jamais « bébé ». Viens là. (Il ouvre les bras, je me jette sur lui.) On a réussi, baby girl, maintenant il faut juste espérer qu'il soit plus intelligent qu'obstiné. Je lui ai fait une offre qu'il ne pouvait pas refuser.

– Je t'ai coûté cher ?

– Pas assez, affirme-t-il en enlevant ses lunettes. Tu vaux bien plus, baby girl. Tu voulais me dire quoi à la maison ?

– Rien, je chuchote. On va où ?

– Il faut que je voie mes gars et, toi, il faut que tu ailles quelque part avant qu'on parte.

Nacho se met à rire.

Je le regarde, il me fait un grand sourire et m'observe de ses yeux verts.

– Tu as mis quoi dans le coffre ?

– Mon arme, répond-il sans hésiter.

– C'est toi qui as tiré sur la tasse ?

Il fait oui de la tête.

– Comment tu savais que tu allais y arriver ?

Il éclate de rire et me prend dans ses bras.

– Chérie, si tu avais tiré autant que moi, tu pourrais toucher un grain de sucre. En plus, je n'étais pas loin, donc ce n'était pas difficile. Avant qu'il arrive, j'ai vu l'artère sur ton cou pulser. Je savais que tu étais stressée.

– Je veux apprendre à tirer comme ça aussi.

– Il suffit que je sache le faire, baby girl.

La voiture s'arrête devant un salon de coiffure, j'interroge Nacho du regard.

– C'est un faux point de rendez-vous ?

– Non, c'est un coiffeur, je vais te laisser ici.

– Comment ça ?

Quand nous entrons dans le salon, une belle brune vient à notre rencontre et embrasse Nacho sur la joue. Elle n'est pas très grande, mais magnifique. Son décolleté est couvert de tatouages. Je la trouve un peu trop proche de lui, ce qui me rend instantanément jalouse. Je me racle la gorge, prends ostensiblement la main de Nacho et me présente en interrompant leur bavardage.

– Bonjour, je suis Laura.

– Oui, je sais, salut, répond-elle avec un grand sourire. Je suis Nina et ça, ce sont tes extensions ajoute-t-elle en prenant mes cheveux entre ses doigts. Donne-moi une heure, Marcelo.

Je ne comprends rien, je les regarde tour à tour et me tourne vers Nacho qui visiblement s'apprête à partir.

– Baby girl, je ne vais pas te demander de changer de personnalité, mais je ne peux pas supporter l'idée que ces cheveux ne soient pas à toi.

J'explose de rire quand je comprends enfin ce que je fais là.

– Je voulais les enlever, de toute façon. (Je l'embrasse tendrement.) Ils ont fait partie de ma thérapie, mais je n'en ai plus besoin. On se voit dans une heure.

Je lui dis au revoir et m'installe dans le fauteuil à côté duquel Nina m'attend.

Quand elle m'enlève toutes mes extensions, je suis étonnée de découvrir que mes cheveux sont assez longs. Comme d'habitude, quand je change de vie, je change de coiffure. Je demande à Nina de les éclaircir. Nacho m'appelle pour me dire que son rendez-vous va durer un peu plus longtemps que prévu. C'est parfait, ça laisse tout le temps pour des changements extraordinaires.

– Clair comment ? demande-t-elle en se plaçant derrière moi, en tenant un bol dans lequel elle mélange du produit.

– Je voudrais qu'ils soient châtains.

– D'après ce que je comprends, tu changes souvent de couleur de cheveux. Je ne peux donc pas te garantir que tu ne sortiras pas d'ici chauve, dit-elle.

Puis elle commence à étaler la crème.

– Où est ma femme ? crie Nacho en rentrant dans l'institut. (Toutes les clientes se pâment en voyant son beau corps tatoué.) Où est la femme de ma vie ?

Je le regarde cachée derrière un magazine, je suis morte de rire car il ne m'a même pas vue.

– Monsieur ne préfère pas en avoir une nouvelle ? je demande en baissant le journal.

Nacho semble en état de choc quand il me découvre.

– Et depuis combien de temps êtes-vous avec elle ?

Je m'approche et tire sur son tee-shirt en faisant mine de le draguer.

– Peut-être que je vais réussir à vous séduire ?

– Chère Madame, ma femme est irremplaçable, je l'ai attendue bien trop longtemps, sourit-il, radieux. Mais je peux toujours vérifier ce que ça fait d'embrasser une surfeuse.

Sa langue délicate se glisse dans ma bouche, les autres femmes présentes dans le salon n'en perdent pas une miette.

– Merci, Nina.

Il fait un geste de la main pour dire au revoir à la fille tatouée.

Nous sortons du salon et entrons dans la Mercedes. Nacho démarre en faisant grincer les pneus.

– On est pressés ? je demande, amusée, tout en essayant de mettre ma ceinture.

– Maintenant oui, répond-il sans quitter la route du regard.

En arrivant sur le tarmac, je ressens un malaise en voyant l'avion qui est encore plus petit que celui de Massimo. On dirait une brouette avec des ailes dans laquelle même un nain ne pourrait pas tenir. Il a perdu la tête s'il pense que je vais entrer là-dedans. Il ne doit même pas y avoir de lit qui m'occupe bien habituellement. Des millions de questions me traversent l'esprit. Je fouille nerveusement dans mon sac, mais je n'ai pas pris mes calmants.

– Je sais que tu as peur de voler, mais tu ne te rendras même pas compte qu'on vole.

Il se tourne face à moi, un sac noir sur l'épaule.

– Tu vas t'asseoir devant, et si tu en as envie, je te laisserai piloter.

Il monte les petits escaliers. Je lève les sourcils, dubitative, tout en fixant la coquille en métal. Il va me laisser piloter... Je me répète sa proposition dans ma tête, mais ça veut dire que c'est lui le pilote ? Je suis déchirée. Ma curiosité et ma confiance en moi retrouvée grâce à ma nouvelle coiffure me poussent à le suivre. Mais je suis terrifiée et je sens une crise d'angoisse arriver, qui me donne envie de partir en courant.

– Mon Dieu, je gémis en tenant fermement mon sac, je grimpe dans un avion miniature.

Je ne regarde même pas à l'intérieur, je rentre directement dans le cockpit et m'assieds à côté de Nacho.

– Je vais mourir.

Il met un casque et appuie sur des millions de boutons.

– Je vais avoir une crise cardiaque, une attaque de panique...

Il se penche vers moi pour m'embrasser. Grâce à ce baiser, j'oublie où je suis. J'oublie comment je m'appelle, où j'habite et comment s'appelle ma meilleure amie.

– Ça va être sympa, tu verras, mets ton casque et prépare-toi à quelque chose de mieux que... (Il s'interrompt tout en me regardant, amusé.) Je voulais dire le sexe, mais le sexe avec moi est si bien que...

Il hausse les épaules.

Une voix d'homme parle dans mon casque et dit des choses incompréhensibles. Nacho lui répond, tout en continuant à appuyer sur des boutons. Il en tourne certains, en touche d'autres et regarde sa montre. Je suis émerveillée, est-ce qu'il y a quelque chose que cet homme ne sait pas faire ?

– Qu'est-ce que c'est ? je demande en montrant un des boutons.

– Une catapulte, si tu appuies sur ce bouton, je serai éjecté dans les airs.

Je commence par hocher la tête, puis je me rends compte qu'il se moque de moi.

– Si tu voyais ta tête, chérie ! C'est la jauge du gasoil ! Maintenant, vérifions que le gouvernail et les volets fonctionnent.

Après être passée pour une débile, je décide de ne plus rien dire ni demander. Je vais me contenter d'observer comment se débrouille mon homme. Mon homme, je me dis en le contemplant. J'en ai à peine quitté un que j'en ai déjà un autre. Je suis certaine que ma mère aurait son mot à dire sur tout ça. Elle commencerait par : « Je ne t'ai pas élevée comme ça » puis : « Réfléchis à ce que tu fais » et elle terminerait avec : « Mais c'est ta vie ». Elle ne m'aiderait pas vraiment. Je soupire, rien qu'à l'idée qu'il va falloir que j'aie cette conversation.

Le moteur vrombit et je commence à me sentir faible. Ce que je regarde n'a aucune importance, une vitre ou l'intérieur d'un avion, c'est pareil, je suis uniquement concentrée sur ma peur.

– Nacho, je ne vais pas y arriver, laisse-moi sortir, je t'en supplie.

– J'ai besoin que tu me dises ce qui est marqué sur cet indicateur. Ce qui va s'afficher dessus. Tu vas y arriver ?

Il me regarde, inquiet, je commence à lire.

Des chiffres qui ne veulent rien dire apparaissent à l'écran. Très concentrée, je les lis un par un. Soudain, je sens que la machine décolle.

– Nacho... mon Dieu... je n'arrive plus à respirer.

– Les chiffres, donne-moi les chiffres.

Je recommence à lire.

Après une dizaine de minutes de récitation, je sens que Nacho me regarde. Je tourne la tête. Et le vois tout sourire, ses lunettes aviateur relevées.

– Tu peux arrêter, tu ne peux plus sortir de toute façon.

Je regarde par les vitres du cockpit et ne vois que des nuages en dessous de nous et le soleil.

Je me sens encore un peu faible, mais la beauté de ce qui m'entoure m'apaise. J'oublie petit à petit ma peur.

– Tu sais ce à quoi je viens de penser ? (Il fait non de la tête.) Au fait que tu ne m'as pas laissée te goûter, je veux te voir quand tu jouis sous mes caresses.

– Tu as vraiment pensé à ça en regardant les nuages ? Tu m'inquiètes, baby girl. Tu sais que les nuages sont faits de gouttes d'eau ou de cristaux de glace...

– Ne change pas de sujet, j'ai envie de te sucer, Nacho.

– Mon Dieu, et tu me dis ça alors qu'on est à des milliers de mètres au-dessus de la terre !

Il se lèche les lèvres pendant que je jette un œil sur sa braguette.

– Mais je vois que l'idée te plaît ? Vu ta réaction...

Chapitre 14

Nous atterrissons au terminal Sud de l'aéroport de Tenerife, où la voiture la plus extravagante qui soit nous attend. Nacho ouvre la porte, quand je m'apprête à y entrer, il m'attrape par le cou et me plaque les fesses contre la carrosserie. Il n'est pas brutal, mais plutôt très décidé et excité.

– Je n'arrive plus à réfléchir depuis que tu m'as dit que tu voulais me sucer.

Il m'embrasse délicatement le nez, puis me lâche. C'est le champion de la provocation, je reste figée avec une jambe dans la voiture, me demandant s'il ne vaudrait pas mieux qu'on règle ça tout de suite.

– Je veux te sucer, je chuchote dans son oreille, puis je monte dans la voiture, et son sourire triomphant disparaît de son visage.

– Il va falloir attendre un peu, je te l'ai dit, Amelia nous a préparé une fête de bienvenue, et après, je doute qu'il te reste de la force pour le faire.

– On parie ?

Son sourire est contagieux, il rend l'atmosphère joyeuse. Il n'a même pas besoin de répondre, je sais qu'il a accepté le défi.

Nous descendons dans le parking de l'appartement. La voiture est arrêtée, mais je suis incapable d'en sortir, je me sens bizarre, mal à l'aise. Comme si j'étais montée dans une machine à remonter le temps. La dernière fois que je suis venue ici, j'étais une femme heureuse et enceinte. Mais était-ce vraiment le cas ? J'étais certainement enceinte et mariée, ce que je suis toujours. La question est de savoir si ce que j'ai ressenti en décembre était ce qu'on peut appeler du bonheur. Quelque chose me dit que pas vraiment. D'un côté, je regrette que mon histoire avec Massimo soit terminée, mais d'un autre je suis assise à côté de l'homme de mes rêves. Et c'est un autre doute qui me consume de l'intérieur : est-ce que je me méprends sur ce que je ressens ? Peut-être que c'est juste de la curiosité et de l'engouement et que j'ai détruit le merveilleux sentiment entre mon mari et moi...

– Laura, si tu ne veux pas être ici, on peut aller à l'hôtel, dit Nacho très sérieusement. Je sais que ce qui s'est passé ici la dernière fois est très douloureux, mais...

– Ça ne l'est pas, je réponds d'une voix confiante, en sortant de la voiture. On y va ?

Je n'ai pas envie de me souvenir, mon crâne va bientôt exploser tellement je me pose de questions. J'ai envie de boire, de m'amuser et de ne penser à rien. En même temps, je suis bien consciente que sur cette île je vais devoir affronter plus d'un souvenir désagréable.

Quand je rentre dans l'appartement, j'ai l'impression de revenir à la maison. Tout est exactement comme je me rappelle, à la différence près que, cette fois, je suis ici de mon plein gré.

Nacho se comporte comme si nous étions revenus dans cet appartement des milliers de fois. Il balance son sac par terre, ouvre le frigo pour prendre une bière et compose un numéro sur son portable. Je sais ne pas trop s'il me laisse le temps de m'acclimater ou s'il se sent juste très à l'aise. Comme je ne veux pas le déranger, je monte dans la chambre.

En ouvrant l'armoire, je suis étonnée de constater qu'elle est vide. Mais où est ma valise d'Ibiza ? Je suis certaine de l'avoir vue dans l'avion, mais il ne l'a pas mise dans la voiture. Je me demande ce que je vais faire sans aucune affaire pour me changer.

Nacho arrive derrière moi et m'enlace.

– Tu t'es trompée de chambre, c'est la première porte à droite, juste après les escaliers.

Je le suis, il ouvre la porte de sa chambre. Tout a changé, les meubles, les murs, le lit. Le vieux matelas a été remplacé par un superbe lit entouré de colonnes.

– Tes affaires sont dans le dressing. (Il ouvre une porte derrière laquelle j'aperçois une autre pièce.) Amelia t'a racheté des vêtements, elle a prétendu que si je le faisais moi-même, tu ne porterais que des tongs et des shorts, si tu as besoin...

– Tu veux m'attacher ? (Nacho tourne la tête vers moi, surpris.) Pourquoi est-ce qu'il y a des colonnes autour du lit ? Et pourquoi tu as changé la chambre ?

– C'est dans cette pièce que je t'ai menacée avec une arme, je ne voulais pas que tu l'associes à de mauvais souvenirs. Si tu veux, on peut déménager, je n'ai jamais investi dans l'immobilier, mais j'ai vérifié et il y a quelques endroits sympas à...

Je l'interromps à nouveau pour coller mes lèvres aux siennes. Je l'embrasse langoureusement. Nacho prend mon visage entre ses mains.

– Oui, je veux t'attacher, chuchote-t-il, pour que tu ne puisses plus me fuir. (Il sourit en regardant le lit.) Dans ces piliers, il y a des colonnes extensibles. Je ne planifie pas d'orgie, mais du bon son. (Il se retourne pour prendre une télécommande.) Je veux bien te regarder bouger tes fesses, avoue-t-il en appuyant sur un bouton.

Des enceintes noires sortent des colonnes et « Cry Me a River » de Justin Timberlake retentit dans la pièce. Je rigole, car je n'ai pas entendu cette chanson depuis très longtemps.

Quand on arrive au refrain, il danse en imitant le chanteur, je suis surprise de le voir faire un show tout seul au milieu de la pièce, ensuite il prend un chapeau et chante en le lançant de droite à gauche. Je suis sous le charme, amusée. Puis Nacho m'attrape la taille et nous dansons ensemble. Il est génial, il bouge habilement sur le rythme de la musique. Déjà, à Ibiza, j'étais certaine qu'il savait danser, mais je n'aurais jamais imaginé qu'il savait faire ça.

– Menteur, je siffle quand la chanson se termine et que les premières notes de celle d'après résonnent. Tu as dit que tu ne savais pas danser !

– Sur de la musique lente, n'oublie pas, les surfeurs ont un très bon équilibre.

Il me fait un clin d'œil se dirige vers la salle de bains en retirant son tee-shirt.

Je veux le suivre, mais je sais comment ça va se terminer. Une demi-heure de préliminaires et quelques heures de baise sous la douche, je laisse tomber.

C'est la première fois que je suis supposée me montrer à ses amis en tant que petite amie du chef, il est à la tête de la famille maintenant. Je commence à fouiller parmi les dizaines de cintres. Au bout d'un moment, je trouve, soulagée, de quoi m'habiller. Il n'y a pas de tee-shirts colorés ni de jeans, mais des robes, des tuniques et de belles chaussures.

– Merci, Amelia, je me dis en sortant d'autres tenues magnifiques.

Tout à coup, je réalise que s'il se met en short, j'aurai l'air ridicule. Je m'assieds sur le tapis et je reste là, immobile, les yeux dans le vide.

– Elle s'en est bien sortie, non ? demande Nacho en essuyant sa tête avec une serviette.

Mon Dieu, aidez-moi, je gémis quand il passe devant moi, ses fesses nues à quelques centimètres de mes yeux. Mon self-control m'étonne. Je le regarde prendre un pantalon en lin gris, mais je ne bouge pas.

– Baby girl, Amelia a bien choisi tes vêtements ? répète-t-il. (Je fais oui de la tête sans réfléchir.) C'est bien. Ce n'est pas une soirée officielle, mais tu sais... depuis que je suis le patron, je ne peux plus m'habiller comme un ado.

Il enfile le pantalon gris clair et je suis soulagée de voir ses fesses disparaître. Il prend une chemise bleu marine sur un cintre, la passe et retrousse les manches qui sont du même gris que le pantalon. Enfin, il choisit une jolie montre et des mocassins bleu marine.

– Chérie, on dirait que tu viens d'avoir un AVC et, attends... (Il s'approche plus près et essuie le coin de mes lèvres...) Tu baves !

Il rit en me relevant et en me mettant une petite fessée accompagnée d'un : « Allez ouste, va te préparer. »

Comme à mon habitude, je prends une douche froide pour me calmer, tout en veillant à ne pas me décoiffer. Nina a légèrement coupé mes cheveux et créé une coupe coiffée décoiffée naturelle et sexy. Je découvre que les tiroirs du lavabo sont remplis de cosmétiques. Amelia est vraiment gentille. Je me maquille les cils et mets un peu de poudre légèrement dorée. J'ai l'air fraîche et naturelle. Quand je retourne dans la chambre, Nacho n'y est plus, ce qui me permet de choisir sereinement ma tenue. Je prends une robe couleur sable à bretelles et dos nu, avec des sandales parfaitement assorties qui s'attachent autour de la cheville. J'ajoute une pochette bleu marine et une manchette dorée. Je suis prête.

Quand Nacho me voit arriver, il ferme son ordinateur et me regarde en souriant. La robe n'est pas moulante, mais elle tombe parfaitement sur mon corps.

– Tu seras à moi pour toujours.

– On verra.

Je passe les doigts dans mes cheveux en minaudant, Nacho rigole, il me prend dans ses bras pour me faire descendre la dernière marche avant de me poser par terre. Il effleure ma bouche entrouverte de sa langue.

– On y va ?

– Tu as bu, tu comptes conduire ?

– Baby girl, j'ai bu une bière, mais si tu veux, tu peux conduire.

– Et si la police nous arrête ?

– Tu sais quoi ? dit-il en caressant mon visage avec son nez. Si tu préfères, je peux nous faire escorter par la police. Je vais te le répéter, je suis Marcelo Nacho Matos, c'est mon île. (Il ouvre grand les bras, puis explose de rire.) Maintenant, si tu n'as plus de questions, allons-y, sinon Amelia va finir par vider ma batterie. Ah oui, à propos de téléphone – il sort un iPhone blanc de sa poche –, voici le tien avec la liste de tes contacts enregistrés et un numéro privé. Le reste, je ne vais pas pouvoir le récupérer, tes vêtements, ton ordinateur et ce qui est resté en Sicile.

– Ce ne sont que des affaires, j'ai des soucis un peu plus graves.

– Lesquels ? Que se passe-t-il ?

– Olga, son mariage, le divorce, ma société... Je continue ?

– J'ai des solutions pour la plupart, la seule chose que je ne peux pas planifier, c'est ta présence à son mariage, mais on en discutera plus tard, viens.

Quand nous arrivons à la résidence Matos, mon estomac me remonte à la gorge. Je ne pensais pas réagir de cette façon, je savais où on allait, mais là, j'ai juste envie de vomir. Je revois toutes les scènes de cette journée défiler devant mes yeux. Ce n'est qu'une maison, un bâtiment, je me répète en boucle.

– Chérie... (La voix du Canarien me sort de mes pensées.) On dirait que tu as encore eu un AVC ?

Il arrête la voiture et prend ma main.

– Je n'ai rien... ce n'est qu'une maison, mais je me rappelle quand il me frappait...

– Putain ! hurle-t-il, et ça me fait sursauter. Je pense tous les jours à ce qui s'est passé, à chaque fois, j'ai envie de me tirer une balle. Ce que tu as vécu à cause de moi... (Son visage devient froid, son regard haineux.) Baby girl, je vais te protéger du monde entier, je te le promets, mais je t'en supplie, pardonne-moi, ce n'est pas le moment d'en parler, mais on y reviendra.

Le cri d'Amelia interrompt le silence inconfortable qui s'est installé entre nous.

– Laura !

– Je n'attends aucune déclaration de ta part, j'en ai déjà entendu beaucoup dans le passé, dis-je en sortant.

Quasiment au même moment, la belle blonde se jette dans mes bras.

– Salut ma belle, tu es magnifique.

– Toi aussi ! (Elle crie de joie, puis attrape la main de son frère qui s'approche de nous.) Maintenant que vous êtes officiellement en couple, j'ai enfin une sœur, et Pablo une tante ?

Nous restons muets et nous regardons.

– Je sais ce que va me dire Marcelo, mais c'est ton avis qui m'intéresse le plus. Tu ne vas pas à nouveau me mentir ?

J'observe Amelia un moment, puis j'embrasse lentement et délicatement Nacho. Le Canarien ne me quitte pas du regard, le monde autour de nous n'existe plus, nous sommes hypnotisés l'un par l'autre.

– On va essayer, je réponds, les yeux dans ceux de Nacho, mais je ne garantis rien.

Ma réponse lui est destinée plutôt qu'à Amelia.

– Mon Dieu, vous êtes tellement amoureux, couine Amelia. Bon allez, ça suffit, allons boire un verre. Marcelo, Ivan veut te voir quand tu auras un moment.

En arrivant dans l'entrée, je suis étonnée. Dans mes souvenirs, l'intérieur était différent. Je n'ai pas passé beaucoup de temps ici, mais le lieu de mon calvaire reste fortement imprimé dans ma mémoire. Nous marchons le long des couloirs, Nacho, les mains dans les poches, m'observe en souriant. Je lâche la main de sa sœur pour prendre mon homme par la taille et le serrer contre moi.

– Vous avez changé des choses ici ? Je me rappelle que c'était moins moderne et...

– Tout, affirme-t-il avec un sourire. Toute la maison a été refaite, même si tu n'en avais vu qu'une petite partie. Juste après l'accident (il fait un signe de tête pour me rappeler qu'Amelia n'est pas au courant de ce qui s'est réellement passé ici), j'ai demandé à ce que toute la résidence soit rénovée. Tout était vieillot et j'y avais de mauvais souvenirs.

– Marcelo est le chef maintenant, la famille va enfin entrer dans une nouvelle ère.

– Amelia, ne te mêle pas trop de choses qui ne te concernent pas, d'accord ? (Il la rappelle à l'ordre d'une voix sérieuse, elle lève les yeux au ciel.) Occupe-toi d'élever ton fils. D'ailleurs, où est mon filleul ?

– Dans sa chambre avec sa nounou, ses chiens, ses chats. Marcelo pense que les enfants qui sont élevés avec des animaux deviennent de meilleures personnes, c'est lui le chef, ajoute-t-elle en souriant.

– Exactement ! s'écrie-t-il en me serrant contre lui. Et ne l'oubliez pas, toutes les deux !

Au bout du labyrinthe de couloirs, j'aperçois la partie arrière du jardin. Une immense piscine à trois étages coule le long de la pente rocheuse. Autour d'elle, il y a des tonnelles en bois, des baldaquins, des transats et des fauteuils. Plus loin, des canapés disposés en carré avec un feu de camp au milieu. À côté, il y a un très beau bar illuminé et quelques mètres plus loin, sur un sol en béton au milieu de l'herbe, une table pour une trentaine de personnes. Je compte bien plus de monde que ça, il y a principalement des hommes et quelques filles qui jouent dans l'eau ou boivent des verres. Tout le monde est jeune et détendu. Ils ne ressemblent pas à des gangsters.

– Holà ! crie Nacho en levant les bras, et tout le groupe se tourne vers nous.

Ils se mettent à siffler, à applaudir. Le Canarien me serre contre lui et salue la foule qui se tait progressivement. La musique s'arrête, Amelia tend un micro à son frère.

– Je vais parler en anglais, car la femme de ma vie commence seulement à apprendre l'espagnol, explique-t-il, et je baisse la tête, gênée que tous les regards se posent sur moi. Merci à tous d'être venus jusqu'ici, j'espère que la quantité d'alcool compensera votre fatigue. (Les invités se remettent à siffler et à applaudir.) Maintenant, je souhaite vous présenter Laura qui, je suis désolée Mesdames, a conquis mon cœur. Merci pour votre attention et je vous souhaite une bonne soirée.

Il se débarrasse du micro et colle ses lèvres chaudes aux miennes.

Tout le monde lève son verre, des applaudissements et des cris s'élèvent à nouveau.

Mon Dieu, que je suis gênée ! Il n'avait pas besoin d'en faire autant, mais c'était tellement naturel que je ne lui en veux pas. La langue de Nacho se balade dans ma bouche, son baiser dure encore. La musique reprend enfin et les invités retournent à leurs conversations.

– Tu étais obligée ? je demande lorsqu'il me quitte lentement.

– Tu es bien trop belle aujourd'hui, il fallait que je marque mon territoire, sinon un de mes amis t'aurait rapidement repérée et j'aurais été obligé de le tuer.

– Ils n'ont pas l'air bien dangereux.

– Parce que tout le monde ne l'est pas. Certains d'entre eux sont des surfeurs, certains sont des amis d'Amelia, il y a juste un petit groupe qui travaille pour moi.

– Mais tout le monde sait qui tu es ? (Il acquiesce.) Alors, aucun mec ne va vouloir me parler ?

– Sauf s'il est poli ou très courageux !

Il m'entraîne vers Amelia qui se balance nerveusement d'une jambe sur l'autre.

– Buvons un verre.

J'observe Nacho dans son milieu et suis heureuse de voir qu'il se comporte de la même manière avec moi qu'avec les autres. Il ne fait pas semblant, il rigole, il blague, il sourit. Petit à petit, je commence à faire la différence entre ses employés et ses amis, même si ce n'est pas si évident. Le chauve s'entoure de personnes qui lui ressemblent. Les surfeurs ont des cheveux longs, des tatouages et sont bronzés. Les employés, eux, ressemblent à de gros taureaux, certains sont maigres et ont des regards louches. Cependant, ils ont tous l'air de gens tout à fait normaux, décontractés, qui se connaissent bien et passent un bon moment. Nacho, comme à son habitude, boit de la bière et, moi, je sirote mon champagne préféré. Je ne veux pas trop boire, d'autant plus qu'Olga n'est pas là. Elle est ma bouée de sécurité à des fêtes comme ça. Je me sens triste en pensant à elle. Amelia va être une très bonne amie, mais Olga est irremplaçable. Je devrais l'appeler, je me dis en m'éloignant.

Nacho me rattrape :

– Qu'est-ce qui se passe ?

– J'ai envie de parler à Olga.

– Invite-la.

Sa réponse fait décoller une nuée de papillons dans mon ventre.

– Si Domenico le lui permet, elle peut même venir dès demain, je vais m'occuper de tout.

Il m'embrasse et mon regard reste planté sur lui.

Bam ! Je viens de tomber amoureuse. Tous les doutes sur mes sentiments pour cet homme ont disparu. Il discute avec ses uis incapable de bouger. Quelque chose vient moi. J'attrape les bords de sa chemise et, sans l'interrompre, je le tire pour que sa bouche retrouve la mienne. Les hommes autour de nous explosent de rire quand je l'embrasse un peu trop intensément. Il attrape d'une main mes fesses et, de l'autre, mon cou. Il est parfait, excellent, génial et à moi.

– Merci, je chuchote en me décollant de lui.

Un sourire de petit garçon reste collé sur son visage.

– Qu'est-ce que j'avais dit ?

Quand il retrouve ses amis et que je m'éloigne, il me donne une petite tape sur les fesses. Je rentre dans la maison, m'installe sur un canapé puis choisis le bon numéro.

– Salut, dis-je lorsqu'Olga répond.

– Tu n'as rien ? demande-t-elle en chuchotant.

– Non, pourquoi ?

– Putain, Laura, quand Massimo est rentré à la maison, il a failli tuer tout le monde. Domenico m'a raconté ce qui s'est passé, il est bien taré, ton Nacho. Si j'ai bien compris, il a tiré sur Don ?

– Non, Olga, il n'a pas tiré sur lui, mais sur le sucrier.

J'explose de rire en réalisant l'absurdité de ma phrase.

– Il voulait lui faire peur et il a réussi.

– Il a réussi à l'énerver. Bon, ok, je suis sortie de la maison, parce que je ne sais jamais qui m'écoute. Raconte.

– Tu viens ? Je suis à Tenerife, je te promets de ne pas te présenter un nouvel amour. S'il te plaît… j'insiste sur un ton désespéré, mais je sais que c'est la seule manière de la motiver pour qu'elle en parle à Domenico.

– Tu sais que je me marie dans deux semaines ?

– Exactement ! Et tu devrais passer un peu de temps avec ta demoiselle d'honneur pour tout organiser ? Regarde, la robe, tu l'as déjà, et puis il faut qu'on parle de l'entreprise, même si je ne sais pas si elle est encore à moi... de toute manière, on doit en parler et au téléphone ça ne sert à rien. Domenico comprendra.

Je grimace en m'entendant, si j'étais à sa place, je ne la laisserais jamais partir.

– Putain, tu me fais toujours faire des folies, toi ! Bon d'accord, je lui parlerai demain.

J'hésite un moment. Est-ce que je pose la question qui me brûle la langue ? Ma curiosité prend le dessus.

– Et il va comment ?

– Massimo ? Je ne sais pas. Après avoir vidé son chargeur sur un jet ski jusqu'à le faire exploser, il a disparu. Même Domenico a dit qu'il ne voulait pas rester avec lui. Nous sommes rentrés en Sicile, je crois qu'il est resté à Ibiza. Je te raconterai tout ça en arrivant parce que là, je vois le regard de braise de Domenico et je vais devoir le sucer pour me sortir de là.

– Je t'aime.

– Moi aussi, appelle-moi demain soir ou envoie-moi ton numéro, comme ça, je t'appelle une fois que je lui aurai parlé.

Quand je retourne dans le jardin, j'entends à nouveau des cris et des applaudissements. Je vois Nacho sur la scène, il calme le public avec ses mains.

– Vous me faites toujours ça, dit-il en rigolant. Bon d'accord, comme vous êtes venus de loin, je vais jouer un morceau, mais un seul.

Jouer ? Est-ce qu'il joue d'un instrument ? Je m'arrête sur le rebord en pierre, devant la porte, pour observer. Nacho me repère de loin et me fixe de ses yeux verts.

– Ça va être un peu banal. (Il fait semblant d'être gêné en regardant ses pieds.) Il y a quelque temps, une auteure a écrit *50 nuances de Grey*, ensuite le roman a été adapté au cinéma. Une histoire idiote sur un connard autoritaire, accro au sexe et au pouvoir. Mais bon, chacun d'entre nous connaît quelqu'un de ce genre ! (Son regard me transperce à nouveau.) Personnellement, j'en connais un. (Je secoue la tête en lui faisant un sourire narquois.) Mais les Italiens ont bien le droit d'exister, eux aussi. (La foule explose de rire et applaudit.) Désolé, Marco, toi tu sors du lot. Pour en revenir à la musique (Amelia lui tend un violon), il y a un type qui s'appelle Robert Mendoza qui a composé une version au violon de « Love Me Like You Do ». (Il pose l'instrument sur son épaule.) C'est mon côté sentimental.

Tout le monde applaudit à nouveau. Le DJ envoie un fond musical et Nacho commence à jouer sans me quitter du regard. Je n'en reviens pas, ce type sait tout faire ! Il passe subtilement d'une note à l'autre, il ressent la mélodie, son corps se balance au rythme de la musique, pendant que ses doigts glissent sur les cordes. Son archet danse dans sa main droite. Mon homme est heureux.

À un moment donné, je commence à avancer vers lui, il faut que je le sente près de moi. Il continue à jouer en me regardant m'approcher de lui. Le violon est relié à un câble électrique, il ne peut donc pas bouger, mais ça m'est égal. Comme le fait qu'une centaine d'étrangers me fixent comme si j'étais une sorcière marchant vers le bûcher. Je suis aspirée par son regard, quand je suis à moins d'un mètre de lui, il se tourne vers moi sans arrêter de jouer. Je suis émerveillée, confuse et totalement étourdie. Le refrain reprend et je souris. C'est la seule chose que je puisse faire, je suis heureuse. Mon homme joue pour moi. Nacho joue sans précipitation sa dernière note, pose son violon, son archet, puis attend. La foule attend elle aussi. Je saute dans ses bras et il me serre contre lui. Tonnerre d'applaudissements. J'ai bien peur que ma robe ne me couvre plus les fesses, mais lorsque Nacho m'embrasse de cette façon, je pourrais même être nue, je ne pense plus à rien.

– Tu sais jouer du violon ?

Il sourit joyeusement en me tenant toujours dans ses bras.

– Tu sais faire quoi d'autre ? Ou peut-être que tu devrais me dire ce que tu ne sais pas faire ?

– Je n'arrive pas à te faire tomber amoureuse de moi et je ne peux pas contrôler mes érections quand je tiens tes fesses dans mes mains. Il faut que je te pose maintenant. Tout le monde nous regarde et j'ai peur qu'ils s'aperçoivent de mon état.

Il me pose délicatement devant lui, puis lève un bras pour saluer la foule.

Son spectacle est fini, le DJ enchaîne avec une nouvelle chanson et tout le monde recommence à s'amuser.

– Viens !

Je le tire vers la maison, il rigole en me suivant.

– Tu sais où tu vas ?

– Non, mais je sais ce que je veux faire.

Nacho m'attrape et me jette sur son épaule en partant dans la direction opposée. Je ne proteste pas. Il grimpe des escaliers monumentaux, ouvre une des nombreuses portes et la referme avec le pied. Il fait très sombre.

– Je veux faire l'amour.

Il caresse mes lèvres tout en serrant fermement mes poignets qu'il tient dans ses deux mains. Il m'excite, mais l'alcool qui coule dans mes veines me pousse dans une direction opposée à la soumission.

Je sais qu'il va être doux et subtil, mais j'ai envie d'autre chose. Je lui mords la lèvre. Il s'arrête et recule.

– On ne va pas faire l'amour.

– Non ?

Je me décale, puis le plaque contre la porte fermée.

– Non, je confirme en déboutonnant sa chemise.

Il fait noir dans la chambre, mais je sais exactement ce que j'ai devant les yeux. La poitrine tatouée de Nacho se soulève de plus en plus rapidement, mes mains glissent vers le bas. L'odeur de son chewing-gum me provoque. Certaines femmes sentent les phéromones, d'autres l'eau de toilette, moi, ce qui m'excite chez cet homme, c'est l'odeur de la menthe. J'embrasse chaque partie de son corps, il sent l'océan et le soleil. Je lui mords le téton et il émet un bruit que je n'avais encore jamais entendu. Un grognement mêlé à un soupir. Je sais que je lui procure du plaisir. Il place ses mains sur mon cou.

– Baby girl, ne me provoque pas, s'il te plaît.

Sa voix est basse, mais menaçante.

Je passe à son deuxième téton, en l'ignorant complètement. J'y insère mes dents encore plus profondément, ses mains se resserrent sur mon cou. Je mordille son ventre, en descendant de plus en plus bas, jusqu'à m'agenouiller. J'ouvre sa braguette.

– Je veux te sucer.

– Tu es vulgaire.

– Pas encore, je réponds en l'avalant en entier.

Nacho soupire comme s'il était enfin soulagé. Je sais qu'il est excité et que je lui fais du bien. Je le suce fort, profondément et très vite, impatiente de découvrir son goût. Nacho me rend la tâche plus difficile en essayant de ralentir la cadence. Sa résistance et tout l'alcool que j'ai bu me donnent envie d'être agressive. Je retire ses mains de mon cou et les plaque contre la porte. Ensuite, je le branle pour lubrifier tout son sexe tendu et le reprends dans ma bouche.

– Ne bouge pas, Marcelo.

– Je déteste quand tu m'appelles comme ça.

Je le suce vigoureusement, les premières gouttes de transpiration coulent sur son ventre. Il marmonne en espagnol, en polonais et en allemand, je crois. Je profite de chaque instant et plante mes ongles dans ses fesses tatouées. Il crie, puis frappe la surface en bois. J'accélère à nouveau, il a du mal à respirer.

Soudain, je suis éblouie par la lumière. Je m'arrête, son sexe toujours dans ma bouche.

Les yeux sombres de Nacho sont plantés sur moi. Sa main quitte l'interrupteur sur lequel il vient d'appuyer.

– Il faut que je te voie, il faut...

Ce qu'il a à dire ne m'intéresse pas et, sans le quitter des yeux, je reprends mon rythme effréné. Je le lèche, je le mords. Je le couve du regard le plus sauvage possible. Il tente de décoller ses mains de la porte, mais dès qu'il essaie, j'arrête de le sucer. De désespoir, il frappe à nouveau sur la porte. Je suis certaine que je ne vais tarder à sentir les premières gouttes de sperme sur ma langue, mais il m'attrape et me relève.

– Il faut que je te prenne.

– Ne bouge pas, je grogne.

Je l'attrape par le cou, puis je plaque sa tête contre la porte.

– Non, dit-il en attrapant mon cou à son tour.

Nous nous défions du regard. Le Canarien fait un pas en avant et, même si j'essaie de m'y opposer, il est plus fort que moi et me pousse vers le fond de la pièce. Mes fesses touchent quelque chose de mou. Nacho lâche mon cou, m'attrape les épaules puis me plaque contre le lit énorme. Avant même que mon dos ne touche le matelas, il s'agrippe à mes cuisses et les tire de façon à ce que mes pieds touchent le sol. Il s'écroule sur les genoux, puis se colle à ma chatte mouillée. Sa langue est partout, il n'a même pas pris la peine de me retirer ma culotte. Sa langue me pénètre de plus en plus profondément.

– Je veux te goûter, je gémis lorsque les doigts habiles de Nacho se glissent en moi.

– Et tu me goûteras, je te le promets.

Sa langue me procure un plaisir intense, je suis presque au sommet de mon plaisir. Soudain, il me retourne sur le ventre, m'enlève mon petit string. Je suis étonnée, car il n'a jamais utilisé sa force avec moi auparavant. Il se colle à moi, nu, et entrelace ses doigts avec les miens. Je suis agenouillée, mon ventre repose sur le matelas. Nacho écarte mes cuisses et plante ses dents dans mes épaules.

– Laura, tu sais qui je suis ?

– Oui.

– Alors, cherches-tu à me rendre brutal ? Tu veux que je te prouve que je suis capable de te prendre avec force ?

– Je veux…

Il attrape mes cheveux, les enroule autour de son poignet, puis tire dessus violemment. Un cri m'échappe quand il se plante en moi d'un coup sec. Je ne le connaissais pas comme ça, il est transformé, j'ai l'impression que c'est Massimo qui est derrière moi. J'ai envie de lui demander d'arrêter, mais je suis incapable de parler. Il me baise et me frappe les fesses de sa main libre sans ralentir pour autant son va-et-vient. Douleur et plaisir se mélangent. C'est étrange, il me baise exactement comme j'aime, mais ça me rappelle trop ce que j'ai récemment vécu.

Tout à coup, Nacho lâche mes cheveux, comme s'il avait senti que quelque chose n'allait pas. Il m'embrasse délicatement mais passionnément, me pénètre à nouveau, mais cette fois très tendrement.

– C'est ce que tu veux vraiment, baby girl ? Je peux être comme tu le souhaites, mais il faut que je sache que tu me fais confiance. Il faut que tu me dises quand c'est trop. Je ne veux pas te faire de mal, j'adore chaque partie de ton corps. Si tu as besoin de sentir de la douleur, je peux te la donner, mais je le fais uniquement par amour. Je t'aime... et maintenant tu vas jouir pour moi.

Ses mouvements deviennent de plus en plus rapides et forts. Il sait que j'y suis presque. Je ne sais pas comment il fait, mais il devine quand je m'approche de l'orgasme. Ses yeux verts, ses tatouages, sa tendresse et sa brutalité... chaque facette de ce mec m'excite.

– Allez, baby girl, viens pour moi.

Je sens que je perds tout contrôle sur mon corps.

– Mon Dieu, Nacho, je murmure quand l'orgasme arrive.

Le Canarien m'embrasse intensément. Quand je pense que c'est terminé, il accélère encore et je jouis à nouveau en hurlant.

– C'est tellement bon, dit-il en riant.

Heureusement que je n'avais pas une coiffure élaborée, sinon j'aurais l'air de quelqu'un qui vient de se faire rouler dessus par un tracteur.

– Je n'ai pas fini, le voulais que tu respires un coup, viens me voir.

Il s'allonge le long de mon corps, les pieds à côté de ma tête.

– Finis ce que tu as commencé.

Un soixante-neuf... maintenant ?

Je le regarde, étonnée. Comme je ne bouge pas, il saisit mes hanches et m'assied sur son visage. Sa langue se glisse entre mes lèvres et sur mon clitoris à intervalles réguliers. J'avale son sexe, ce qui le fait gémir. Je me tiens sur les coudes, je le suce et je le branle rapidement, et lui continue de me torturer avec sa langue.

Enfin, sa semence coule dans ma gorge, sucrée, formidable. Il hurle en jouissant et en mordant ma cuisse. La seule chose que je regrette, c'est de ne pas pouvoir le regarder dans les yeux.

– Contente ? Est-ce que la femme de ma vie a enfin eu ce qu'elle voulait ?

Je me relève pour m'asseoir à califourchon sur son ventre.

– Maintenant oui, tu m'as fait attendre longtemps.

– Toi plus longtemps encore, je veux te rendre heureuse. (Les longs doigts de Nacho caressent mon dos.) Mais parfois, j'ai peur de te faire mal.

Je relève les yeux, je ne comprends pas exactement ce qu'il veut dire. Il semble inquiet et triste.

– Tu parles de Massimo ? Nacho, c'était complètement différent avec lui...

– Tu ne m'as jamais raconté ce qui s'est vraiment passé.

– Parce que je sais que je ne veux pas l'entendre, et en plus, je n'ai pas spécialement envie de parler de ce qui s'est passé.

J'essaie de me lever, mais il m'en empêche.

– Eh, tu vas où ? Je ne te lâcherai pas tant que tu ne te seras pas libérée de ça, parle.

– Tu m'obliges à parler de quelque chose que je préférerais oublier, juste après avoir fait l'amour avec toi. Lâche-moi ! Putain, Marcelo ! je hurle.

Surpris par ma réaction, il me lâche, je me lève et attrape ma robe. Je suis furieuse. Le Canarien appuie sa tête sur son coude, attendant toujours une réponse. En réalité, je ne sais pas trop pourquoi je suis énervée. Il s'inquiète, et moi j'en fais toute une scène. Mais je ne veux pas en parler, et encore moins y penser. Je me rhabille.

– On y va ? je demande en me recoiffant devant le miroir accroché au mur.

– Non, on va parler, maintenant !

Son ton me surprend, j'avais oublié à qui j'avais affaire.

– Tu ne peux pas me forcer à parler. En plus j'ai bu, je ne veux pas parler quand j'ai bu.

– Tu n'es plus bourrée.

Il se rhabille à son tour.

Je n'en crois pas mes oreilles, mon homme tendre et délicat se transforme en mafieux dominant. Je me demande quoi faire. Il s'inquiète pour moi, mais il me force à faire quelque chose dont je n'ai pas envie.

– Marcelo...

– Ne m'appelle pas comme ça. Tu m'appelles comme ça quand tu es énervée, et tu n'as pas le droit de l'être.

Je soupire et me dirige vers la porte, elle est fermée. Je tape du pied, les bras croisés sur la poitrine. Le bruit retentit dans toute la pièce, mais ça n'a aucun effet sur Nacho. Je fais quelques pas pour me placer face à lui.

– Alors ?

– Il m'a violentée ! Tu es content ?

Je pense que mon hurlement s'entend dans toute la maison.

– C'est ce que tu voulais entendre ?

Des larmes incontrôlées coulent le long de mes joues.

Le Canarien s'approche de moi, ouvre grand les bras, mais je lève les miens pour lui faire comprendre que je ne veux pas qu'il me touche. Je suis en pleine crise d'hystérie.

Nacho reste planté devant moi, les poings serrés, muet. Nous sommes l'un et l'autre en prise avec nos émotions.

Alors qu'il y a quelques minutes, on se souriait après avoir fait l'amour.

– Viens, ici toutes les portes sont bloquées. Pour sortir, il faut appuyer sur ce bouton.

Il me traîne le long du couloir, j'ai du mal à le suivre tellement il marche vite. Je libère mon poignet pour enlever mes chaussures. Nacho les ramasse et continue sa course folle en me tenant à nouveau par la main.

Nous passons devant des gens qui tentent de l'arrêter pour discuter, Nacho les ignore. Nous descendons deux étages plus bas, je sens ma claustrophobie se réveiller. Le couloir qui serpente me fait tourner la tête. Ma respiration se bloque. Je fixe le sol pour m'accrocher à quelque chose qui me calme. Le chauve me regarde et me soulève dans ses bras, il passe une porte et me repose. Je lève les yeux et découvre, étonnée, une salle de tir.

Nacho s'approche d'un des stands, me tend un casque. Ensuite, il ouvre un placard dans lequel sont rangées toutes sortes d'armes différentes. Je n'en ai jamais vu autant. Des fusils, des pistolets, même quelque chose qui ressemble à un petit canon.

– J'en veux une.

Il réfléchit un instant et, voyant ma détermination, me tend une arme avec une crosse couleur framboise.

– C'est une Hammerli X Esse calibre vingt-deux, il devrait te plaire. C'est une semi-automatique double action, le canon est réglable verticalement et horizontalement. Il a une réserve de dix balles, il est chargé. Tiens.

Je le prends, retire la sécurité, m'approche du stand et me mets en position.

Nacho semble heureux de me voir comme ça, il sort une autre arme et se place à mes côtés.

– Quand tu veux, dit-il, puis il éloigne nos cibles à la distance nécessaire.

Je respire et revois la scène que je viens de raconter à Nacho. Cette nuit au Portugal. Je rentre à l'appartement après l'avoir embrassé pour la première fois. Je trouve Massimo bourré. Je ressens une douleur dans ma poitrine, puis des larmes dans mes yeux, la fureur s'empare de moi et mes coups de feu fendent l'air. Comme si tirer allait m'aider à me débarrasser de ces souvenirs.

– Une recharge, j'ai besoin d'une recharge.

Nacho est surpris, mais il obtempère et pose une boîte devant moi.

Les mains tremblantes, je recharge mon arme et me défoule à nouveau sur ma cible. Je pose mon arme, la recharge et recommence.

– Baby girl… (Un chuchotement doux me sort de ma crise de nerfs.) Ça suffit, chérie, dit-il en posant ses mains sur les miennes pour récupérer l'arme. Je vois que tu en avais plus besoin que moi. Allez viens, je vais te coucher.

Je baisse la tête et le laisse me prendre dans ses bras et me porter jusqu'à la chambre.

Je suis allongée en boule sur le lit, j'attends que Nacho termine de prendre sa douche. Depuis une heure, je ne lui ai plus adressé la parole, je fixe le mur, un peu comme quand il m'a sauvé la vie et m'a emmenée dans la maison sur la plage.

– Laura, dit-il en s'asseyant sur le lit. Je sais que c'est un sujet difficile pour toi, mais je veux en terminer une bonne fois pour toutes, je veux tuer Massimo. Mais je ne le ferai que si tu me le permets. J'ai toujours exécuté pour de l'argent, jamais pour des motifs personnels, mais cette fois-ci, j'ai juste envie de lui retirer la vie. (Il pose les mains des deux côtés de mon visage, puis se penche vers moi.) Dis-moi juste « oui » et l'homme qui t'a blessée disparaîtra.

– Non, je chuchote en lui tournant le dos. Si quelqu'un doit le tuer, c'est moi. (J'enfonce mon visage dans mon oreiller et je ferme les yeux.) J'ai souvent eu l'opportunité et des raisons de le faire, mais je ne veux pas être comme lui. Et je ne veux pas non plus être avec quelqu'un qui me fait penser à lui.

Nacho ne répond pas, il se lève et sort en fermant la porte derrière lui. Et je m'endors.

Chapitre 15

Ce matin, je me réveille avec un mal de tête affreux, ce n'est pas dû à la gueule de bois mais au surplus d'émotions que j'ai eues hier soir. Je regarde autour de moi, je réalise que j'ai dormi seule cette nuit. Ça recommence, je soupire. J'attrape la bouteille d'eau posée sur ma table de chevet et j'observe la chambre que je n'ai pas eu le loisir de découvrir hier soir. Les meubles sont modernes et sombres, tout est carré, il y a beaucoup de miroirs et énormément de photos. Du verre mélangé à du métal, du cuir et de la pierre. La grande fenêtre d'un seul tenant donne sur l'océan et une falaise. Devant la fenêtre il y a des canapés rectangulaires, la vue remplace aisément la télé que je ne vois nulle part.

Je m'approche de la fenêtre et aperçois quelque chose qui me coupe le souffle. Dans le jardin, Nacho joue avec un enfant. Allongé sur un transat, vêtu d'un jean troué, il le lance en l'air. Pablo grimpe sur lui en le tirant par les oreilles, le nez, et lui met les mains dans la bouche.

– Mon Dieu, je gémis en m'appuyant sur le rebord de la fenêtre.

Il est magnifique, parfait. Je suis très émue de voir Nacho avec un enfant, je le désire d'autant plus. Je me souviens des événements d'hier soir et je cogne ma tête sur la paroi en verre dure et froide. Je deviens idiote quand je bois, et maintenant que je suis sobre, je vois les choses différemment et j'ai honte. Je fais des histoires alors qu'il veut juste me protéger et je l'ai comparé à l'homme qu'il déteste le plus au monde.

Je prends la douche la plus rapide au monde et enfile une des chemises de Nacho pour descendre rapidement les rejoindre dans le jardin. En passant dans le hall, je récupère mes lunettes de soleil. Nacho ne me voit pas arriver, il me tourne le dos, mais dès que je pose un pied sur la pelouse, il tourne la tête. Je m'approche très calmement, la tête basse, comme pour indiquer que je suis désolée.

– Je sens toujours quand tu es là, me dit-il avec un grand sourire. Voici Pablo, l'enfant qui a bouleversé ma vie.

Le petit garçon aux cheveux clairs tend les bras vers moi et je le prends instinctivement dans les miens. Il me fait un câlin en s'agrippant à mes cheveux encore mouillés.

– Mon Dieu, je veux avoir des enfants avec toi.

– Arrête. (Je lui tourne le dos, puis je marche vers la table chargée de victuailles.) Je divorce, je vais devoir affronter ma meilleure amie, mon amoureux veut tuer mon mari et, toi, tu me parles d'enfant, dis-je, amusée, en asseyant Pablo sur sa chaise haute.

– Tu as dit « mon amoureux », m'interrompt-il alors que je ne faisais que commencer mon monologue. Ça veut dire que nous sommes officiellement en couple ?

Il m'enlève mes lunettes de soleil pour me regarder dans les yeux.

– Officiellement, tu es l'amant d'une femme mariée, j'affirme en riant.

– Pas du tout, il n'a jamais été ton mari. (Il mord délicatement mon nez et sourit.) Moi, je le serai. Je suis désolé pour hier soir, je n'aurais jamais dû insister à ce point.

– C'est la dernière fois, Marcelo Nacho Matos, que tu dors dans un lit autre que celui dans lequel je me trouve, sinon je demande le divorce avant même que tu aies demandé ma main.

– Alors, tu es d'accord avec moi ?

– À quel sujet ?

– Pour devenir ma femme !

– Nacho, je t'en supplie, laisse-moi d'abord divorcer, apprendre à te connaître, et repose-moi la question dans quelque temps. Je meurs de faim. Où est Amelia ?

– Tu ne veux pas être avec moi ?

– Écoute, homme tatoué, je veux vivre avec toi, tomber amoureuse de toi et voir comment ça se passe. C'est possible ?

– Je sais que tu es déjà amoureuse de moi, affirme-t-il avec son grand sourire. Tu es très sexy dans ma chemise, tu ne devrais porter que ça.

Il glisse ses mains sous la chemise et attrape mes seins.

– Vous vous tripotez à côté d'un enfant ? (La voix d'Amelia est cinglante. Nacho retire doucement ses mains.) Pauvre Pablo, dit-elle en blaguant et en prenant son fils dans ses bras. Et pauvre maman de Pablo, car personne ne la touche.

– Ne m'énerve pas, sœurette ! Occupe-toi de ton enfant et de la maison, ou de ce que tu veux, mais que je ne te prenne pas à regarder un mec ou je devrai le tuer.

Amelia lève les yeux au ciel, puis attrape le biberon du petit.

– Marcelo, tu ne ferais pas mal à une mouche, tu te prends un peu trop pour un gangster.

Le Canarien s'apprête à répliquer, mais je pose la main sur sa cuisse pour l'en empêcher. Il se sert des œufs brouillés puis, tout en fixant sa sœur, commence à manger.

– Tu la contrôles trop, dis-je en polonais en buvant mon thé au lait.

– Je ne la contrôle pas du tout. Je ne veux pas qu'elle tombe à nouveau amoureuse d'un débile. Elle doit se concentrer sur son enfant, sur elle et sur la résidence, pas chercher des sensations. Elle a traversé beaucoup de choses très dures récemment, il faut qu'elle reprenne ses esprits.

– Tu es si sexy quand tu es sérieux ! (Je mords ma lèvre et m'approche de lui.) J'aimerais bien te sucer sous la table.

Instantanément, son sexe grossit dans son jean.

– Laura, tu deviens vulgaire, Nous avons un programme tendu aujourd'hui, donc ne pense pas à des conneries et mange.

– C'est autre chose qui est tendu, je souris en caressant la bosse de plus en plus dure.

– Vous recommencez et, en plus, vous parlez polonais pour que je ne comprenne pas ! (Amelia lève les yeux au ciel.) Dégagez ! Et puis, je tenais à vous signaler que j'ai une gueule de bois d'enfer et que ma libido est en feu, donc...

– Ça suffit ! (Nacho tape du poing sur la table.) J'ai vu ce con se coller à toi hier et je te jure que si je ne faisais pas de business avec son père, il serait déjà mort.

Amelia ne semble absolument pas affectée par la déclaration explosive de son frère, elle continue à donner à manger à son enfant pendant que son frère fulmine.

– Tu exagères, je l'ai embrassé une fois ou deux il y a quelques années, et toi, tu en fais toute une histoire. Allez, viens,

Pablo, on y va, sinon ton oncle va vomir son petit déjeuner d'énervement.

En passant, elle se baisse pour que Nacho puisse embrasser le petit et me fait un clin d'œil.

– Je n'aime pas quand tu es comme ça.

– N'importe quoi ! (Il prend un morceau de pain sans même me regarder.) Tu adores quand je suis comme ça. Et maintenant que nous sommes seuls, tu peux passer sous la table.

– Je vais me dépêcher, je te promets, dis-je en l'avalant tout entier.

Je me suis en effet dépêchée, un membre du personnel a failli nous interrompre à deux reprises ! Heureusement, Nacho a su garder sa contenance à chaque fois. Il a même réussi à terminer son petit déjeuner.

Une fois ma petite affaire terminée, je m'installe pour prendre mon repas.

– Tu es impossible.

– On fait quoi aujourd'hui ?

– On baise.

– Pardon ?

– On va à Teide, rigole-t-il en remettant ses lunettes de soleil qui étaient posées sur la table. Et là-bas, on va baiser. (Il lève ses sourcils en souriant.) Je vais régler quelque chose et toi, appelle Olga, demande-lui si Domenico la laisse venir.

Au moment où Nacho se lève, un membre du personnel arrive, un paquet à la main. L'homme lui dit quelque chose en espagnol, puis lui tend la boîte. Le regard de Matos passe de moi au paquet, il se rassied.

– Ce paquet est pour toi, je ne sais pas d'où il vient, mais je sais de qui. Baby girl, tu devrais me laisser l'ouvrir.

– Nacho, il ne veut pas me tuer. (Je lui prends le paquet des mains et commence à déchirer le papier.) Il n'est pas le psychopathe que tu crois.

Je vois une boîte avec le logo Givenchy.

– Des chaussures ?

En découvrant ce qu'il y a à l'intérieur, tout mon petit déjeuner me remonte à la gorge. J'ai à peine le temps de quitter la table avant de vomir sur l'herbe. Je m'écroule à genoux, secouée de convulsions, je n'arrive plus à respirer ni à m'arrêter de vomir. Nacho s'agenouille à côté de moi, il me tient les cheveux et me tend une serviette en lin et un verre d'eau.

– Ce n'est pas un psychopathe ? Je t'ai dit qu'il fallait que je l'ouvre.

Je tremble, je ne peux pas croire ce que j'ai vu dans la boîte. Mon chien, ma petite boule blanche. Comment est-ce qu'on peut être aussi horrible et torturer un être aussi innocent ? Je pleure tellement que j'ai du mal à respirer.

J'entends Nacho déchirer un papier, il tient une carte entre les mains.

– Putain !

Je tends ma main, il me regarde, hésitant, puis me tend la feuille froissée. « *Tu as fait la même chose avec moi...* », je lis. Je vomis à nouveau.

– Laura, je t'emmène dans la chambre, je vais appeler un médecin.

Je n'arrive même pas à répondre, il me prend dans ses bras et me porte dans la maison.

Je suis sous la couette, Nacho ferme les rideaux et allume les lampes de chevet.

– Je ne veux pas voir de médecin, je gémis en me tournant sur le côté et en essuyant mes larmes. Je n'ai rien... (J'enfonce mon visage dans l'oreiller, il est assis à côté de moi et me caresse les cheveux.) C'était supposé être quoi ça ? Dans votre monde, on envoie des têtes de chevaux, pas des chiens déchiquetés !

– Dans mon monde, il y a l'océan, le calme et les planches, soupire-t-il. Chérie, je vais répéter ce que j'ai dit hier. Je peux le...

– Non ! (Mon ton est si ferme que Nacho baisse la tête, résigné.) Cet animal était totalement innocent. Je n'arrive pas à croire qu'il soit capable de faire quelque chose d'aussi atroce.

– Je pensais que, comme il était violent, tu savais à qui tu avais affaire... Mon Dieu, je suis désolé.

Je le regarde un moment, puis je me lève pour aller dans le dressing.

– Chérie... (Il commence, mais je lève un bras pour l'arrêter.) Laura, je... bégaye-t-il pendant que je mets un short et une chemise. Baby girl, attends !

Il m'attrape par les épaules, je retire tout de suite ses mains.

– Laisse... moi... tranquille... putain, et ne me touche pas, sinon je vais perdre le contrôle, je hurle. Pourquoi est-ce je t'ai dit ça, putain ? (Je me tape le front avec la main.) Tu vas m'en parler tout le temps...

J'enfile des baskets et prends un sac à main.

– Donne-moi une voiture.

– Mais chérie, tu ne connais pas l'île, tu es énervée, tu ne devrais pas conduire.

– Donne-moi des clés, je crie, tremblante de colère.

Nacho sort et je le suis. Nous descendons au garage où il y a toutes sortes de voitures. Nacho tape un code sur une petite armoire, puis me regarde.

– Une petite ou grande ?

– Je m'en fous.

– D'accord, viens. Je vais enregistrer l'adresse de la maison dans le GPS pour que tu puisses rentrer.

Il prend des clés, traverse le garage jusqu'à une immense Cadillac escalade.

– Maison 1, c'est l'appartement et maison 2, c'est la résidence. Tu veux que je mette une autre adresse ?

Je n'ai aucune idée de ce que je veux. Peut-être qu'il ne me laisse pas partir. Ou peut-être qu'il me baise pour que j'oublie les trente dernières minutes. Comme je ne sais pas moi-même ce que je veux, comment pourrait-il le deviner ?

– Si tu as besoin d'aide, appelle Ivan.

– Bordel ! je marmonne en m'asseyant dans ce monstre.

Je démarre, manque tamponner quelques voitures en sortant. Je suis enfin dans l'allée.

Je me sens bizarre, car je sais que personne ne me suit, ne me surveille, ne me protège. Je ne me sens pas spécialement en danger, mais les images de ce matin restent très présentes. Je grimpe de plus en plus haut en suivant les panneaux « Teide ». J'ai besoin d'être seule. Rejoindre le volcan me semble la meilleure idée possible.

Il me faut une dizaine de minutes pour arriver au-dessus des nuages. Je me gare et contemple le sommet de la montagne enneigée. La vue est cosmique : des rochers, de la nature sauvage, de la neige et un cratère au milieu de l'île chaude.

Je sors mon téléphone pour appeler Olga.

– Tu sais ce que ce putain de Massimo a fait ?

– Tu es sur haut-parleur, Domenico est avec moi.

– Parfait ! Est-ce que ton psychopathe de frère peut me laisser tranquille ? Il m'a envoyé mon chien déchiqueté en morceaux dans la boîte de mes chaussures préférées...

– Putain ! grogne Domenico. Laura, je n'ai aucun contrôle sur lui, je ne sais même pas où il est. Il a laissé tous ses hommes et est parti.

– Domenico, j'ai vraiment besoin d'Olga, je soupire. Ce qui s'est passé aujourd'hui... ce qui s'est passé ces derniers jours... Il faut qu'elle soit à mes côtés, sinon je vais perdre la tête.

Un sanglot incontrôlé s'échappe de ma gorge.

– Tu sais dans quelle position tu me mets ? demande-t-il d'une voix douce. J'imagine exactement la tête de Massimo quand il apprendra que je l'ai laissée partir, il va devenir fou.

– J'en ai rien à foutre ! hurle Olga. Domenico, mon amie a besoin de moi, donc je vais y aller. Tu devrais déjà être content que je te demande ton avis parce que je n'en ai strictement rien à faire de ton frère.

– Putain, et j'ai quelque chose à dire dans tout ça ? souffle le Sicilien. Je la mets dans un avion demain, préviens ton... Marcelo que l'avion atterrira à Tenerife. Mais Laura, n'oublie pas, elle a un fiancé et elle n'a pas besoin d'une autre aventure.

Olga explose de rire, je l'entends marmonner quelque chose, puis l'embrasser.

– Ça marche comme ça, Laura, je vais raccrocher, il faut que je calme mon futur mari avec une bonne baise.

Après avoir parlé à mon amie, ma colère disparaît. Je me sens triste de m'être disputée avec Nacho. Je compose son numéro, ça sonne, mais personne ne répond. Est-ce qu'il est fâché ? Je redémarre et sélectionne « maison 2 ».

Je me gare devant la résidence et pars à la recherche du Canarien. Malheureusement, je ne connais pas bien les lieux et je me perds. J'appelle Amelia pour lui demander de l'aide. Après une conversation courte, j'apprends qu'elle n'est pas loin et elle me rejoint très vite.

– Tu sais où est ton frère ?

– Vous vous êtes disputés, c'est ce que je me suis dit quand je l'ai vu faire les cent pas dans la maison et que je ne te trouvais nulle part. Je pense qu'il est à la maison de la plage.

C'est en partie grâce aux merveilleux moments qu'on a passés dans cette maison que je suis à Tenerife aujourd'hui.

– Amelia, tu peux mettre l'adresse dans le GPS ?

– Bien sûr, viens.

Dix minutes plus tard, je suis à nouveau au volant, mais cette fois je descends. Le GPS indique que j'arriverai à destination dans plus d'une heure. J'ai le temps de bien réfléchir à ce que je vais dire à Nacho. Je ne sais pas trop quoi faire. Est-ce que je lui demande pardon ? Mais pourquoi ? En réalité, j'avais des raisons de m'énerver, même si j'ai probablement surréagi. Comme à mon habitude, j'ai fui devant une situation difficile, je me promets de ne plus jamais le faire et d'affronter mes démons.

Après une route assez longue, j'arrive enfin à la plage. Mon cœur s'emballe, la dernière fois que je suis venue ici, j'étais pétrifiée et, ensuite, très triste de quitter ce paradis. C'est ici que mon kidnappeur m'a embrassée pour la première fois. C'est ici que je suis tombée amoureuse de lui. Tout est exactement comme dans mes souvenirs. La maison en bois et le gril de la véranda sur lequel il m'avait préparé à dîner. J'aperçois une moto appuyée contre un palmier. Mon homme ne doit pas être loin. Je monte les escaliers, attrape la poignée en me disant qu'il faut que je rentre sans m'excuser, sans attente particulière, juste entrer et voir ce qui se passe.

Je passe d'une pièce à l'autre, je ne le trouve nulle part. Il y a son téléphone et une bière ouverte sur la table. Je pense qu'elle y est depuis un certain temps. Je soupire et ressors m'asseoir sur les escaliers en me demandant quand il va revenir. J'ai une révélation, comme je suis supposée me réconcilier avec mon mec, je vais lui faire une surprise.

Je retourne à l'intérieur. Après une douche rapide, je m'enroule dans une couverture et me rassieds sur les escaliers. Je contemple l'océan, les vagues sont formées. Je commence à avoir des idées noires sur ce qui a pu lui arriver. C'est sûrement aujourd'hui, après toutes ces années de surf, qu'il a décidé de se noyer. Je secoue la tête pour en sortir ces conneries. J'attends, les minutes, les heures passent, et mes yeux se ferment.

Je sens des mains humides écarter la couverture avec laquelle je me suis couverte. Effrayée, car je suis encore à moitié endormie, j'essaie de me relever. Les mains posées sur moi m'en empêchent, me retiennent. Je m'aperçois qu'il fait nuit et je soupire de soulagement quand je sens l'odeur de son chewing-gum. L'homme qui me caresse les lèvres est bien Nacho.

– Je t'ai attendu.

– J'aime bien quand tu m'attends, répond-il en m'embrassant.

Je gémis en lui attrapant les fesses, ravie de découvrir qu'il est nu. Il est mouillé et salé, ses muscles sont tendus et durs. Il a dû surfer très longtemps.

– Baby girl, je suis désolé, je suis un imbécile, mais je vais apprendre.

– Et moi, je ne m'enfuirai plus, mais parfois j'ai besoin de réfléchir et je le fais mieux seule.

– Vraiment ? Alors, on a encore plus en commun que je le pensais. (Il m'embrasse passionnément à nouveau.) Je vais te casser le dos si je te fais l'amour sur ce sol.

– J'espère que ce n'est pas la seule chose que tu vas faire ?

– Peut-être aussi les genoux. (Il me retourne sur le ventre pour que je sois à quatre pattes.) Ou... je vais te mettre debout pour épargner ton corps délicat.

Il me pose à côté de la colonne qui tient le toit.

– Tu es si petite, mais je vais trouver une solution.

Il me donne une fessée, puis revient rapidement après.

– C'est une caisse de bière ? C'est original.

– Non, de ton vin. (Il recommence à m'embrasser les épaules.) J'ai demandé qu'on remplisse la cave. (Les mains du Canarien attrapent mes seins.) Le frigo... (Je sens sa bite dure sur mes fesses.) La salle de bains...

– Du vin dans la salle de bains ?

– Dans la salle de bains, j'ai demandé qu'on mette des cosmétiques, dans les armoires, des vêtements et de l'Internet rapide dans la maison pour qu'on puisse rester ici pour toujours. Je t'ai aussi acheté un cadeau, mais tu ne l'auras que si tu es sage et si tu te cambres bien. Tiens-toi bien, chérie.

Il plaque mes doigts autour du poteau.

– Tu as de si belles fesses, chuchote-t-il en les écartant légèrement. Chaque fois que j'entre en toi, j'ai envie de jouir instantanément.

À la fin de sa phrase, son pénis se glisse doucement en moi.

Le Canarien gémit, puis s'agrippe à moi, mes mains s'accrochent au bois. Après m'avoir fait l'amour un certain temps, il augmente sa cadence. L'acte se transforme en baise sauvage. Les bruits qui sortent de nos gorges couvrent celui des vagues. Il me domine, mais le fait de manière tendre et amoureuse. Je ne peux plus me battre contre mon orgasme.

– Il faut que je te voie.

Il me porte jusqu'à une pièce à peine éclairée et me dépose sur le canapé, à côté de la cheminée. Il s'agenouille devant moi tout en me tirant légèrement vers le bas pour pouvoir à nouveau entrer en moi, sans me quitter des yeux.

– Mon Dieu, plus fort !

Je soulève mes hanches, mon orgasme est là.

Je crie si fort que je n'entends rien d'autre que mon propre hurlement.

Nacho écrase ses lèvres sur ma bouche pour atténuer le bruit. Rapidement après, il jouit également. Nos lèvres se joignent pour un baiser passionné. Je ne sais pas combien de temps on s'embrasse, mais je n'arrive plus à respirer.

Quand enfin nos bouches se séparent, je peux à peine ouvrir les yeux.

– Dors, baby girl, dit-il en me portant jusqu'à la chambre.

– J'aime bien me réconcilier avec toi, mais je n'aime pas me disputer, donc il faut qu'on trouve une autre raison pour se réconcilier.

Je ne le vois pas, mais je sais qu'il sourit.

– Je t'aime.

Il me couvre avec la couette et se colle à moi.

– Je sais.

J'attrape sa main, je le sens... j'embrasse ses doigts, et m'endors.

Chapitre 16

Je trépigne au terminal VIP en attendant Olga. Il fait très chaud dehors et je porte un short, des tongs et un tee-shirt microscopique. Ma peau est toute dorée. Des bras tatoués s'enroulent autour de moi, je pose ma tête sur Nacho. Après une nuit où il ne m'a pas laissée dormir et une matinée passée à surfer, je suis épuisée. Les lèvres du Canarien glissent sur ma joue pour m'embrasser.

– Tu m'as fait venir ici pour que je te regarde échanger ta salive ? dit Olga en rigolant.

Je m'éloigne du beau gosse et tourne la tête. Mon amie est belle à couper le souffle, elle porte un pantalon en lin large, un petit haut assorti et des talons aiguilles légèrement ouverts sur le devant. Ses cheveux sont attachés en chignon haut élégant et elle tient un sac Chanel à la main. Elle est très sexy.

– Je t'ai fait venir parce qu'il faut qu'on parle. (Je fais un pas pour la serrer dans mes bras.) Je suis contente que tu sois là.

– Je commence à m'habituer que tu me trimbales partout dans le monde. (Elle tend la main vers le Canarien.) Salut, Marcelo. Ou Nacho ? Je t'appelle comment ?

– Comme tu préfères, répond-il en l'embrassant sur la joue. Je suis content de te voir sur mon île. Merci d'être venue.

– Tu sais, je n'ai pas vraiment eu le choix, ta copine est une championne du chantage émotionnel. En plus, je vais bientôt me marier et il faut qu'on règle quelques trucs.

Le Canarien ouvre la porte de la voiture en nous invitant à monter.

On passe l'après-midi tous les trois. Je veux qu'Olga apprenne à connaître Nacho pour qu'elle comprenne ma décision. Nous buvons du vin en le regardant surfer. Nous déjeunons dans un restaurant charmant au milieu de nulle part, puis nous rentrons à la résidence.

Nacho montre sa chambre à Olga. Il m'embrasse et me dit qu'il est temps qu'il travaille et que je passe un peu de temps avec mon amie. J'adore qu'il nous laisse de la place en respectant mes besoins et ma vie.

Je suis folle de joie en découvrant qu'il a demandé qu'on nous prépare une pyjama party. Nous allons passer la soirée et la nuit toutes les deux. La chambre a été décorée de ballons avec le logo des meilleures marques du monde imprimé dessus. Sur le lit, on trouve des survêtements Chanel. Du champagne rosé refroidit dans d'énormes vasques et les tables regorgent de choses délicieuses à manger. Il y a même un jukebox et un karaoké. Comme si ce n'était pas assez, nous découvrons un jacuzzi sur la terrasse de la chambre et, à côté, deux tables de massage avec des télécommandes pour appeler des masseuses.

Olga se gratte la tête, elle a du mal à croire ce qu'elle voit.

– Quand il surfait aujourd'hui et que ses beaux muscles se tendaient, je pensais qu'il s'agissait de la baise, ensuite quand il m'a fait pleurer de rire avec ses aventures aux Caraïbes, j'étais convaincue que c'était son humour, mais là, je ne sais plus quoi dire et j'ai l'impression qu'il est juste parfait. Mais n'oublie pas, Laura, il y a forcément quelque chose qui cloche chez lui.

– Baaaaah, peut-être qu'il est à la tête d'une famille de mafieux et que c'est un tueur à gages. Ou le fait qu'il a aussi des tatouages sur les fesses.

– Tu te fous de moi ! Pourquoi tu me dis tout ça ?

– Pour le moment, je ne sais pas grand-chose de son côté sombre. Il me traite comme un joyau précieux tout en me laissant ma liberté. Je n'ai pas de gardes du corps, ou en tout cas je ne les vois pas. Je peux faire de la moto, surfer. Je suis certaine que si je lui disais que je voulais sauter en parachute, il serait d'accord. Il ne m'interdit rien, ne m'oblige à rien. Il n'est autoritaire qu'avec sa petite sœur, mais elle s'en fout complètement.

– Massimo aussi était comme ça avant.

Je soupire et lui tends son jogging rose.

– Pas vraiment... l'homme en noir était superbe, mais trop dominant, et il voulait tout le temps avoir le contrôle. Je ne dis pas que je n'étais pas bien avec lui, jusqu'au nouvel an c'était parfait. Mais il me forçait à faire la plupart des choses. Regarde, le mariage, l'enfant, tous nos voyages... tout ce qu'on faisait. Je n'avais jamais rien à dire. (Je m'assieds et prends un verre.) Maintenant, je suis libre et le mec à côté de moi me donne l'impression d'avoir à nouveau seize ans.

– Exactement comme avec Domenico.

Olga, déjà en pyjama, s'assied en face de moi.

– Tout l'affecte énormément : le fait que tu sois parti, la disparition de son frère. Il s'occupe de tout maintenant avec Mario. La maison est comme hantée, j'ai envie de déménager et Domenico n'a rien contre, donc...

Elle s'arrête pour boire une gorgée.

– Et la société ? je demande, résignée.

– Tout va très bien, Emi s'occupe de tout. La collection est en cours de fabrication comme prévu. Rien n'a changé, à vrai dire, mais il faut penser à l'avenir.

Je hoche la tête, ne sachant pas quoi dire.

– Parlons plutôt du mariage.

L'idée que je sois obligée d'aller en Sicile me fait remonter l'estomac dans la gorge.

– Parce que, tu sais, tu es la demoiselle d'honneur, et Massimo...

– Je sais, je sais.

– Tu ne peux pas me faire ça, Laura ! Ton Canarien doit penser à quelque chose. Je m'en fous, mais il faut que tu sois là. De toute façon, je ne sais même pas si Massimo reviendra à temps. Domenico dit qu'il fait la fête dans des bordels mexicains, donc il va sûrement mourir d'une maladie vénérienne.

Elle hausse les sourcils en rigolant.

En entendant ça, je ressens une brûlure étrange dans le sternum. Je n'avais encore jamais pensé à ce qu'il faisait avec d'autres femmes. C'est peut-être très hypocrite de ma part, mais je ne peux pas nier que je sens une pointe de jalousie.

– Buvons un coup, je propose en levant mon verre.

– Non, chérie, défonçons-nous !

Après deux heures et quatre bouteilles, nous sommes tellement saoules que nous sommes incapables de bouger pour changer la chanson qui sort du jukebox, écroulées de rire sur le tapis en évoquant nos souvenirs. Olga essaie de se lever, elle s'appuie sur la table qui s'effondre avec tout ce qu'il y a dessus, la lampe y compris. Le bruit du verre qui se casse nous secoue un peu, mais pas assez pour nous pousser à nous relever.

Quelques secondes plus tard, Nacho déboule dans la chambre. Il porte un jogging et tient des pistolets dans les mains. Quand il constate l'état dans lequel nous sommes, il sourit.

– Vous faites des bêtises, les filles.

Nous essayons de paraître dignes, mais les bouteilles qui nous entourent et les restes de nourriture éparpillés au sol ne plaident pas en notre faveur.

– Je peux vous aider à vous relever ?

Nous hochons la tête. Il s'approche d'abord d'Olga, la soulève puis l'allonge sur le lit. Vient mon tour, il me prend dans ses bras et s'assied sur le deuxième lit.

– Alors, bande d'alcoolos ? (Il m'embrasse sur le front en nous regardant.) Demain, vous allez mourir, vous le savez ?

– Je crois que je vais vomir, annonce mon amie.

– Je te porte à la salle de bains ou tu veux un seau ?

Nacho me glisse sous la couette avec un grand sourire.

– Un seau, marmonne-t-elle en se tournant sur le côté.

Nacho apporte tout ce qui pourrait être utile à Olga. Un seau, de l'eau, une serviette. Quand il s'aperçoit qu'elle s'est endormie, il s'assied à côté de moi, puis me demande, en dégageant les cheveux de mon visage :

– Et toi, tu te sens bien ?

J'acquiesce, car j'ai peur de vomir si j'ouvre la bouche.

– La prochaine fois, vous aurez des jus de fruits et de légumes, car je vois que vous aimez bien vous mettre cher.

Je ne sais pas combien de temps il reste, je sens ses mains me caresser les cheveux en m'endormant.

La voix cassée d'Olga me réveille.

– J'ai envie de mourir.

Quant à moi, j'ai l'impression que quelqu'un me cogne sur la tête avec un marteau.

– Putain, je gémis en attrapant une bouteille d'eau. Quelle idée à la con de se mettre dans un état pareil !

– Oh un seau ! remarque Olga, je ne sais plus très bien comment il s'est retrouvé là.

– C'est Nacho qui te l'a apporté, je lui rappelle en essayant de bouger. Tu t'en souviens ?

Elle gémit, puis fait non de la tête.

– Je crois qu'on a fait des bêtises.

Je regarde le tas formé par ce qui reste de la table, la lampe et la nourriture qui se trouvait dessus.

– Je suis certaine qu'on a démoli quelque chose, et lui a déboulé ici avec des armes pour nous sauver. Et il nous a sauvées, juste en nous soulevant du sol et en nous couchant.

– Brave homme, balance-t-elle, puis elle commence à boire de l'eau. Eh, il y a un babyphone à côté de moi. (Je regarde et suis surprise de découvrir qu'elle a raison.) Ton mec nous écoute !

– Tu sais quoi, je pense que s'il voulait nous espionner, on ne le saurait pas.

Nous mettons une bonne heure à sortir du lit, avec l'idée de prendre une douche. Mais finalement nous abandonnons, enfilons nos lunettes de soleil et, toujours habillées de nos survêtements roses, nous descendons dans le jardin. Nacho est là, avec Pablo dans les bras. C'est toujours aussi émouvant. Il tient le petit sur sa poitrine d'une main, de l'autre son téléphone.

– Laura, je crois que je suis tombée amoureuse, gémit Olga tout bas en bavant légèrement.

– Je sais, il s'occupe très sérieusement de cet enfant.

Nous avançons vers la table, de la démarche peu assurée de deux gonzesses encore bourrées. Le chauve termine sa conversation, puis pose délicatement le petit dans son siège quelques mètres plus loin, à l'ombre.

– Il s'est enfin endormi. Passons à table.

Il y a des gélules sur nos assiettes et des verres contenant de la purée verte.

– Mesdames, je vous conseille de tout boire, sauf si vous préférez les intraveineuses ? Ce sont des minéraux et du glucose mélangés à quelque chose de dégueulasse, mais le médecin m'a certifié que c'était très efficace.

– C'est quoi, ça ? demande Olga en posant le babyphone à côté de son verre.

– C'est à Pablo. Olga, tu es tombée du lit trois fois, dit-il en se servant du jus puis en en buvant une gorgée. Et chaque fois que j'entendais du bruit dans votre chambre, je pensais que quelque chose de grave se passait, donc je me précipitais tel... Rambo. (Il explose de rire.) J'ai donc décidé de me faciliter la tâche et d'écouter ce qui se passait pendant que vous dormiez sagement.

– Putain, quelle honte ! gémit Olga en essayant d'avaler toutes ses gélules d'un coup.

– Tu exagères. À Lagos, c'était la honte quand vous avez essayé de sortir du restaurant totalement ivres. Je me sentais mal pour vous, mais je ne pouvais pas vous aider car tu sais... je n'étais qu'un rêve ce soir-là.

Il me fait un clin d'œil.

– Mon Dieu, tu étais là aussi ? (Je sais qu'Olga lève les yeux au ciel derrière ses lunettes.) Tu dois avoir une drôle d'opinion de nous.

– L'attitude de ton amie m'en apprend beaucoup sur vous deux, dit-il à Olga sans me quitter du regard. Vous êtes jeunes, vous aimez bien vous amuser, il n'y a rien de mal à ça. Je dois avouer que voir une fille en survêtement rose vomir est même assez drôle.

Olga prend un mini-pancake et le jette sur son crâne chauve.

– Je l'aime bien, dit-elle en polonais en se tournant vers moi. Je l'aime vraiment bien, sourit-elle.

– Merci, répond Nacho dans notre langue.

Olga se tape la tête de sa main ouverte, toujours aussi étonnée que Nacho comprenne notre langue.

– Moi aussi, je t'aime bien. Et maintenant, la boisson verte vous attend, cul sec, Mesdames. Le seau est là-bas, au cas où.

Olga reste quelques jours avec moi, elle fait la connaissance d'Amelia qu'elle adore tout de suite. Nous buvons même du vin avec elle en cachette de son frère. Un jour, il nous a surprises, mais je l'ai vite occupé en le suçant dans la salle de tir. C'est une adulte et elle devrait avoir le droit de tout faire, mais Nacho la traite comme une enfant. Il lui interdit tout ce qui est amusant.

J'apprends à surfer, Olga se plaint que la combinaison la serre, que la planche est trop grande, trop lourde, et qu'elle a mal aux bras. Elle n'a donc essayé qu'une seule fois. Quand j'étais dans l'eau, elle tenait compagnie à Amelia et Pablo. J'ai tout ce dont j'ai besoin ici : mon amie adorée, le soleil et un mec qui occupe une place de plus en plus importante dans mon cœur. Je n'ai pas intention de le lui dire, bien sûr. J'ai peur que s'il apprend combien je tiens à lui, il arrête de faire autant d'efforts.

Le dernier soir, nous dînons dans un restaurant en bord de mer. Amelia reste avec Pablo, mais je savais que Nacho voulait qu'on discute car c'est lui qui lui a demandé de rester à la maison. Après le dessert, il soupire lourdement.

– Bon, parlons de ce qui va se passer dans une semaine. Je ne vais pas vous cacher que je préférerais que Laura n'aille pas en Sicile, mais je ne peux pas le lui interdire. (Je pose ma main sur sa cuisse, et je le regarde avec reconnaissance.) J'aimerais bien discuter de sa sécurité avec Domenico. Je n'imagine pas la laisser partir sans mes hommes, c'est-à-dire au moins huit personnes. Et zéro alcool, ajoute-t-il en me regardant. Je comprends que c'est ton mariage, Olga, mais je veux garantir sa sécurité. Vous pourrez refaire une autre fête ici ou n'importe où dans le monde, mais pas là-bas.

Sa voix est douce, mais très décidée.

– Et pourquoi tu ne viens pas avec elle comme un de mes invités ? demande Olga en posant son verre.

– Ce n'est pas si simple, Nous sommes des groupes criminels, mais nous avons nos propres lois qu'il faut qu'on respecte. Je travaille avec beaucoup de familles qui travaillent, elles aussi, avec Massimo. Ma présence en Sicile serait un gros manque de respect envers les Torricelli. Les autres familles le prendraient comme un affront, une déclaration de guerre. Je lui ai déjà volé sa femme et je ne pense pas que ce soit passé inaperçu. Appelle ton fiancé, et demande-lui s'il veut bien en discuter avec moi.

Il s'excuse, puis part vers la plage.

– Tu lui as dit que Massimo va sûrement venir au mariage ? demande Olga en buvant son vin.

– Oui, et ça ne l'a pas spécialement rassuré. En plus, ce n'est pas sûr. Tu m'as dit que même Domenico ne savait pas si son frère reviendrait à temps. Mais Nacho préfère prendre ses précautions.

Vingt minutes plus tard, le Canarien revient et rend son téléphone à Olga.

– Tu n'as presque plus de batterie, lui dit-il en faisant signe au serveur de lui apporter une autre bière.

– Voilà comment ça va se passer, Laura. Tu te rendras en Sicile avec mon avion, mais je ne serai malheureusement pas le pilote. Tu habiteras dans la maison que j'ai achetée et tu seras protégée par quelques dizaines d'hommes. Ce n'est rien, comparé à l'armée des Torricelli. Chérie, je sais que ça ne va pas te plaire, mais tu ne pourras ni boire ni manger au mariage. Tu ne pourras manger que ce que te donnera ton garde du corps. (Il s'adresse à Olga.) Je fais confiance à Domenico et je sais qu'il ne lui fera rien de mal, mais ses hommes peuvent avoir des ordres complètement différents. On ne veut pas que l'enfer se déchaîne (il baisse la tête), comprenez-moi, s'il vous plaît.

Je lui caresse le dos, puis je lui embrasse la tempe. Je sais que toute cette situation est difficile pour lui.

– J'aimerais que tu sois de retour à Tenerife dimanche matin.

– Bon d'accord, balance Olga. Mais elle pourra aider pour les préparatifs ?

– Oui, mais j'ai établi avec Domenico que ce sera dans un lieu neutre, pas à la résidence comme ça avait été planifié initialement. C'est un compromis, Olga, nous devons tous être flexibles.

– Et tout ça, c'est à cause de moi. Parce que j'ai voulu changer de vie et, du coup, celle de tous ceux qui m'entourent, et peut-être...

– Ne commence même pas, il ne va rien se passer. Sinon, je serai veuve le jour de mon mariage, car je tuerai Domenico s'il ne s'assure pas que tout se passe bien. Bon, maintenant, appelons le serveur pour qu'il nous apporte une autre bouteille.

Je suis triste. En réalité, je suis rongée par la culpabilité que même l'alcool ne parvient pas à apaiser. Les deux personnes les plus importantes pour moi sont là et discutent tranquillement et, moi, je suis au bord des larmes. Le Canarien tente de me rassurer de temps à autre car il sent que je ne vais pas bien. Une fois que nous avons tout mis au point, il se lève et va voir le serveur. Nous l'observons, étonnées.

Quand il monte sur la petite scène, le violon à la main, un grand sourire apparaît sur mon visage. Nacho le remarque, me fait un clin d'œil puis pose son menton sur l'instrument.

– Ne me dis pas qu'il va jouer ! gémit Olga.

Les premières notes retentissent. Tout le monde se tait et regarde la scène. John Legend, « All of Me ». Nacho essaie encore une fois de me faire comprendre quelque chose à travers une chanson. Cette fois, il me fait une déclaration d'amour. Olga est hypnotisée. Il joue en ne regardant que moi. Quand il monte dans les notes hautes du refrain, je suis incapable de retenir mes larmes, je les laisse couler. Nacho continue à jouer, la fin du morceau approche, il n'a duré que quelques minutes, c'est bien trop court. Tout le monde applaudit, le Canarien s'incline, puis rend le violon au serveur en lui tapant sur le dos.

– « Car tout mon être, aime tout de toi. »

Il cite le début du refrain, puis m'embrasse tendrement.

– Tu veux du vin, Olga ? demande-t-il en levant la bouteille.

Mon amie fait un oui nerveux de la tête.

Le lendemain, sur le tarmac de l'aéroport, je lui dis au revoir comme si c'était un adieu. Nous pleurons toutes les deux pendant que Nacho essaie de me faire entrer dans le terminal. Il finit par réussir à m'entraîner vers son extravagante voiture.

– Il faut que j'aille au Caire, j'aimerais bien que tu viennes avec moi.

– Pourquoi tu dois aller là-bas ?

– J'ai une mission, répond-il comme s'il venait de commander une pizza.

– Ahah, je réponds sans réfléchir.

– On ne restera pas longtemps, deux jours maximum.

– Il te faut deux jours pour tuer quelqu'un ?

– Chérie, les préparatifs prennent beaucoup plus de temps. J'y vais juste pour m'assurer que tout se passe comme il faut et appuyer sur la gâchette. Même si, cette fois-ci je pense aussi appuyer sur quelques boutons.

– Je ne comprends pas comment tu peux sourire à l'idée de tuer un homme.

Nacho ralentit, puis se gare au bord de la route. Je le regarde, très surprise.

– Baby girl, si tu ne veux pas connaître les réponses à certaines questions, ne les pose pas. D'ailleurs, n'essaie pas de comprendre, c'est inutile. C'est mon travail, c'est tout. Je vais y aller et faire ce qu'il faut. Je vais juste te le dire pour te rassurer, ce ne sont pas de bonnes personnes. Alors, on va nager ?

Ce changement de sujet si rapide me surprend. Imaginer des personnes mortes n'est pas quelque chose de commun pour moi mais, d'un autre côté, qu'est-ce que je suis supposée faire ? Je sais depuis le début que Nacho n'est ni comptable ni architecte.

Mon Dieu, j'ai du mal à réaliser que c'est ma nouvelle façon de penser, mais depuis que je vis avec des personnes comme

Massimo et Nacho, ma manière de voir les choses a beaucoup changé.

Je reconnais que nous prenons la route vers notre refuge.

L'océan est extrêmement agité aujourd'hui, mais Nacho pense que je peux me débrouiller. J'ai toujours une planche qui fait deux fois la taille de la sienne. Je lui fais confiance quand il me dit qu'il n'est pas encore temps de passer à une plus petite. J'adore quand il m'apprend des choses, mais j'aime encore plus le voir faire le beau devant moi. Après ce que j'ai entendu plus tôt, je ne suis pas d'une humeur de rêve. Je passe un peu de temps à le regarder, puis je me dirige vers l'endroit où les vagues se cassent. Je me tourne et guette attentivement l'océan. J'aperçois une vague parfaite, je me lance. Je me lève sur ma planche, j'entends Nacho crier quelque chose, mais je ne comprends rien, je suis juste contente de tenir debout sur mes jambes. Soudain, une autre vague me fait perdre l'équilibre, je tombe dans l'eau. Je tente de retrouver la surface, mais la corde avec laquelle je suis attachée à ma planche s'emmêle. Une autre vague me projette à nouveau. Je ne sais plus où je suis, où est le haut, où est le bas. Je commence à paniquer, ma planche me cogne la tête. J'entends un sifflement dans mes oreilles, je n'arrive plus trop à respirer. Au même moment, des bras puissants m'attrapent, me tirent vers le haut et me jettent sur une planche. Nacho se penche au-dessus de moi, puis détache la corde qui bloque mes mouvements.

– Tu n'as rien ? demande-t-il essoufflé, examinant chaque partie de mon corps. Chérie, il faut que tu fasses attention à la corde, elle est longue et peut s'emmêler.

– Sans blague ! je réponds en crachant de l'eau.

– Ça suffit pour aujourd'hui. Viens, je vais te faire à manger.

Il nous ramène sur la plage.

– Je n'ai pas faim, je viens de boire un coup.

Il me donne une petite tape sur les fesses, je me sens en sécurité avec lui.

Nacho allume le gril. Il est habillé exactement comme il y a de nombreux mois quand il faisait à manger au même endroit. Je contemple son torse nu et ses fesses qui dépassent légèrement de son jean.

– La dernière fois, tu m'as dit que tu voulais juste me baiser, pourquoi ?

– Qu'est-ce que tu voulais que je te dise ? J'étais tombé amoureux de toi et j'espérais qu'en te faisant mal, tu t'éloignerais de moi et que je ne gâcherais ni ta vie ni la mienne. En plus, en sortant, je t'ai entendu dire que j'étais un con. Tu sais, c'était la première fois qu'une femme me rejetait. Je ne savais pas trop quoi faire.

Il se redresse, puis prend une gorgée de bière.

– Ah oui, d'ailleurs, on n'a jamais parlé de ton passé. Je t'écoute, Monsieur Matos, à quoi ressemblait votre vie amoureuse ?

– Il y a quelque chose qui brûle sur le gril, dit-il en se précipitant vers la nourriture.

– Oh non ! (Je me lève et le suis.) Il n'y a rien qui brûle, à part le sol sous tes pieds. Raconte.

– Je n'ai jamais été en couple, si c'est ce que tu veux savoir. (Je me colle contre son dos pendant qu'il retourne la nourriture sur le gril.) Je t'avais dit en décembre que je voulais une femme différente de toutes les autres. (Il se tourne face à moi et me prend dans ses bras.) Je l'ai enfin trouvée. On devrait parler de ce qui s'est passé cette fois-là.

– Mais je n'ai plus rien à dire, Nacho. (Je pose ma joue contre sa poitrine.) Tout ce qui s'est passé était une pure coïncidence. Si tu veux savoir si je t'en veux, alors, la réponse est non. J'estime que c'est comme ça que ça devait se passer.

Je me tais un moment en écoutant le battement de son cœur.

– Est-ce que je regrette de ne pas avoir d'enfant ? Je ne sais pas ce que c'est d'en avoir, mais je sais que dans la vie tout se passe pour une raison. (Je lève la tête pour regarder ses yeux verts.) Comme on n'a pas de machine à remonter le temps, pourquoi se demander ce qui se serait passé si... Je peux juste te dire ce que je pense maintenant.

Les yeux de Nacho deviennent grands et brillants.

– Maintenant, je suis heureuse et je ne veux rien changer. J'aime être avec toi, je me sens en sécurité et...

Je m'interromps, je ne veux pas en dire trop.

– Et... ?

Il ne lâche pas le morceau.

– Et maintenant, je crois que le poisson brûle vraiment.

Nous dînons en silence. En nous regardant et en nous souriant de temps à autre. Nous n'avons pas besoin de mots, nos gestes suffisent. Quand il me met de la nourriture dans la bouche et me caresse délicatement les lèvres, un frisson me traverse. C'est magique, romantique et très nouveau.

Je pose ma fourchette et remarque que j'ai terminé la bouteille de vin. Je suis un peu étourdie, mais pas ivre, donc je me lève pour aller en chercher une autre. Le Canarien m'attrape par le bras et m'entraîne vers la plage. Je le suis dans l'obscurité, guidée par le bruit des vagues.

Nous nous retrouvons dans un endroit très sombre, Nacho lâche mon poignet puis commence à ouvrir sa braguette et à se déshabiller. Il s'agenouille devant moi pour m'enlever ma robe et ma culotte. Quand je suis nue, il me prend à nouveau par le bras, puis me tire vers l'eau. J'ai peur, mais je sais qu'il est avec moi, il sait ce qu'il fait. Quand l'eau devient plus profonde, il m'assied sur lui et s'arrête.

– Je veux passer le reste de mes jours avec toi, je sais ce que tu vas dire, mais j'ai juste envie que tu le saches. (Il achève sa déclaration par un baiser langoureux.) Tu n'es pas obligée de dire ce que tu ressens. (Son odeur de menthe me paralyse.) Je te sens, Laura. Deux mondes que j'aime, l'océan et toi.

Sa main attrape mes fesses et il me pénètre.

Dans l'eau, j'ai l'impression que mon corps est en apesanteur. Il peut faire ce qu'il veut de moi. Je regarde le ciel étoilé, c'est magnifique, mais ce n'est rien comparé à ce que je ressens en ce moment. Mon Dieu, comme c'est bon de le sentir en moi. On dirait même qu'il a programmé ce ciel magnifique.

Il s'éloigne légèrement de moi et me pose sur l'océan tout plat. Il caresse à tour de rôle mes seins et mon clitoris. Ses yeux brillants plantés sur moi me rendent complètement folle.

Je sens que je vais jouir, mais il me soulève, me retourne et me pénètre à nouveau. Ses lèvres caressent mes épaules, mon cou, mes bras. Il ondule à la même vitesse que l'océan. Je sens qu'un orgasme se réveille dans mon ventre. Je pose ma tête contre les épaules de Nacho. Il sait très bien ce qui ne va pas tarder à arriver, donc il me pénètre de plus en plus fort.

– Détends-toi, laisse-moi te donner du plaisir.

Ces mots provoquent une explosion en moi.

– Il faut que je te voie, baby girl, gémit-il en m'embrassant passionnément à nouveau.

Je suis submergée par mes émotions, excitée comme jamais. Je commence à jouir et il se joint à moi.

Nous restons comme ça un certain temps, les yeux dans les yeux. Je prie pour que ce putain de mariage, Massimo et tout le reste de la mafia ne gâchent pas ce qu'on partage.

Nacho commence à marcher vers le rivage.

– Non, je gémis en me serrant encore plus contre lui.

Il s'arrête.

– Je ne veux pas tout ça, restons ici. Je ne veux pas que quelque chose de mal arrive et, si nous restons ici, rien ne peut nous arriver.

Nacho me regarde droit dans les yeux pour comprendre ce qui se passe dans mon âme.

– Je serai toujours là, petite, n'aie pas peur.

Il me plaque contre lui, puis nous sortons de l'eau.

Sur la véranda, il m'enveloppe dans une énorme serviette puis me reprend dans ses bras pour me porter jusqu'à la douche. Nous nous rinçons, puis il me passe un tee-shirt et nous nous glissons sous la couette, Il s'endort, le visage dans mes cheveux mouillés.

Je m'étire, puis tends le bras sur le côté pour faire un câlin à mon homme. Mais il n'est pas là. Sa place est vide. J'ouvre les yeux, effrayée. Je vois un téléphone sur son oreiller avec une carte à côté : « Appelle-moi. »

Il répond à la première sonnerie.

– Habille-toi et viens sur la plage.

Je n'ai pas envie de me lever, mais sa voix est si convaincante... Je m'étire à nouveau et me lève. Je me brosse les dents, puis enfile un short microscopique et un débardeur blanc sans soutien-gorge. Je me sens très à l'aise ici, c'est notre refuge, je peux même me balader toute nue. J'attache mes cheveux en un chignon décoiffé, j'enfile des lunettes de soleil et ouvre la porte.

Je vois Nacho avec deux chevaux noirs.

– Tu les as volés ? je demande, amusée, en m'approchant pour l'embrasser.

– Je te présente Tempête et Tonnerre, ils sont à nous.

– À nous ? je répète, étonnée. On en a d'autres ?

– Oui… Vingt-trois de plus, vingt-cinq en réalité, mais d'autres vont bientôt arriver. (Il tape tendrement sur le flanc de la bête qui pose son museau sur son épaule.) C'est un frison, des chevaux hollandais au sang froid. Ils sont très puissants, ils étaient utilisés pour le combat dans le temps. On peut aussi les atteler à des calèches, mais aujourd'hui on ne fait que les monter. Viens.

Le grand cheval noir a une crinière longue et une queue incroyablement épaisse. On dirait un cheval de rêve.

– Comment tu sais que je sais monter ? je demande en attrapant les rênes.

Il lève les sourcils en rigolant.

– Je le sens dans la façon dont tu bouges.

Je mets un pied dans l'étrier, puis je me repousse énergiquement du sol et atterris sur la selle. Nacho est impressionné, moi aussi, je suis surprise de ne pas avoir eu besoin d'aide. Je n'ai pas monté depuis très longtemps, mais apparemment c'est comme avec le vélo, on ne l'oublie jamais. J'attrape fermement les rênes, puis je fais un bruit de langue.

– Tu veux vérifier si je sais bien trotter ?

Je bouge les rênes, je crie et je me lance à plein galop sur la plage.

Elle est déserte, elle m'appartient. Quand je tourne la tête, je vois le Canarien sauter sur sa selle et me suivre. Je ne fuis pas, je veux juste lui prouver quelque chose.

Je repasse au trot pour qu'il puisse me rattraper et je contemple la vue.

– Eh bien, dit-il avec admiration en arrivant au même niveau que moi. Je ne savais pas ça de toi.

– Quoi… tu pensais que tu allais encore m'apprendre quelque chose ?

– Pour être honnête, oui, mais je vois que c'est plutôt toi qui vas m'apprendre.

On avance doucement sur le sable mouillé. Les sabots des cheveux s'enfoncent dans le sol. Je ne sais même pas quelle heure il est parce que j'ai oublié de regarder ma montre en me levant. Il ne doit pas être tard, car il ne fait pas encore très chaud.

– J'avais dix ans environ lorsque mon père m'a emmenée à l'écurie. Ma mère, l'hystérique, était persuadée que faire monter une petite fille à cheval, c'était dangereux et le meilleur moyen de finir handicapée. Mon père l'a ignorée et m'a offert des cours d'équitation. C'est comme ça que, depuis presque vingt ans, je monte ces magnifiques animaux. (Je tapote sur l'épaule de la jument sur laquelle je suis sagement assise.) Tu as un élevage ?

– Oui, ils me détendent, ma mère les aimait énormément. Contrairement à toi, c'est elle qui m'a poussé à monter. Après sa mort, je ne suis plus retourné à l'écurie pendant longtemps, mais quand mon père a dit qu'il voulait la vendre, j'ai protesté et j'ai dit que j'allais m'en occuper. Il s'est avéré que ça rapporte pas mal et même lui a été convaincu de garder les chevaux.

Nacho n'est pas un homme fermé et mystérieux. Il suffit de lui poser une question pour qu'il réponde. Pourtant, je sens qu'il cache ses émotions. Ses deux parties de sa personnalité font de lui la personne la plus unique que j'aie jamais rencontrée. Je souris en pensant qu'il m'appartient. Je fonce au galop derrière lui.

Chapitre 17

Nous passons trois jours au Caire. Heureusement que le séjour n'est pas censé durer plus longtemps, je n'ai jamais eu aussi chaud. Nacho doit « travailler », j'ai donc beaucoup de temps pour moi. En Égypte, le Canarien ne me laisse pas me déplacer sans garde du corps. Ivan me suit partout. Il n'est pas particulièrement bavard, mais il répond à toutes mes questions et il est patient. Je visite les pyramides, de l'extérieur, car ma claustrophobie ne me permet pas de faire autrement. On va à la mosquée Al-Azhar, au Musée égyptien et, bien évidemment, faire du shopping. Le pauvre Ivan doit faire preuve de tolérance. Je le récompense en choisissant de passer les après-midi au bord de la piscine.

Après quelques jours au Caire et ses environs, j'en arrive à la conclusion que l'Égypte n'est pas un pays adapté pour une femme comme moi. Le mot « femme » ici est le mot clé. L'islam auquel adhère la majorité de la population limite trop leurs droits, à mon goût. La plupart des femmes sont voilées, Nacho me supplie pendant une heure de couvrir mes épaules et mes genoux pour ne pas choquer les autochtones, j'accepte pour avoir la paix. Il n'y aurait pas eu de problème si nous étions dans une station balnéaire mais, en ville, c'est une tout autre histoire. La météo est merveilleuse, je n'ai pas vu un seul nuage. Je suis toute dorée après un après-midi au soleil. La piscine de l'hôtel Four Seasons est fraîche et le personnel n'est pas dérangé par la vue de mes seins nus microscopiques. La robe que je dois porter au mariage d'Olga est très décolletée, donc il faut que je bronze topless.

Bien évidemment, Ivan n'est pas convaincu par cet argument, il m'impose une visio avec Nacho qui est en train de courir en plein désert. Je lui dis de s'occuper de ses affaires, lui promets une nuit pleine de sensations et retourne rapidement à mon bronzage. Je suis soulagée qu'il ne déboule pas ici, tout transpirant de colère, pour me demander de me rhabiller.

Quand nous rentrons à Tenerife, je réalise que je repars dans deux jours. J'ai la nausée à l'idée de revoir tout ce que j'ai laissé derrière moi. D'un autre côté, je suis contente de pouvoir récupérer certaines de mes affaires. Olga m'a promis qu'elle emballerait au moins les vêtements que j'ai apportés de Pologne et qu'elle essaierait de trouver mon ordi.

Depuis vendredi matin, Nacho fait les cent pas dans l'appartement. Je ne l'ai jamais vu aussi nerveux, il claque la porte du frigo, crie sur des gens au téléphone. Je ne veux pas le déranger, je prépare ma petite valise et la descends.

– Bordel, hurle-t-il en arrivant devant moi. Écoute, je ne peux pas te laisser aller là-bas, je viens de tirer sur cet homme, et, maintenant, je dois te laisser partir sur son île ? Olga comprendra, j'en suis certain, elle te pardonnera. Je n'arrive pas à retrouver ce fils de pute.

– Chéri, elle n'a pas d'autres amies, je suis sa demoiselle d'honneur. Il ne va rien m'arriver, ne t'inquiète pas. Nous avons tout organisé comme tu l'as demandé, je vais habiter dans ta maison, avec tes gardes. Nous passerons son enterrement de vie de jeune fille en sécurité, enfermées entre quatre murs, et le jour du mariage, nous nous préparerons sous haute surveillance, elle se marie et je rentre, d'accord ?

Il soupire, laisse tomber ses bras le long de son corps puis plante son regard dans le sol. Ça me fait mal au cœur de le voir dans cet état. Je ne sais pas comment le rassurer, mais je sais que je ne peux pas abandonner ma meilleure amie.

Je soulève son menton pour le forcer à me regarder.

– Nacho, tout va bien se passer, tu comprends ? Je suis en contact quotidien avec Olga et Domenico, Massimo a disparu. Les hommes de confiance de Domenico vont surveiller le mariage. Quelques hommes à toi seront là aussi, arrête de te ronger les sangs.

Je m'approche de lui pour l'embrasser, mais il n'est pas d'humeur. Ça fait deux jours qu'il ne m'a pas touchée, il est donc hors de question que je parte sans avoir eu le droit à une baise décente. Je le plaque contre le mur, il me regarde, étonné, descendre le long de son corps jusqu'à sa braguette.

– Je ne veux pas, dit-il en essayant de m'arrêter.

– Je sais, mais lui, il veut.

J'effleure sa braguette gonflée.

Au même moment, il me soulève et me porte jusqu'à l'îlot de la cuisine. Il n'est pas délicat, il me déshabille avec des gestes secs, ensuite, il m'attrape les cuisses, me fait glisser sur la table tout en libérant son sexe.

– C'est ce que tu veux ?

– Oui.

Cette fois-ci, mon homme n'est pas tendre, mais passionné, brutal, impitoyable, parfait. Il me prend aussi fort qu'il en a envie. Il me saute dans toutes les positions possibles et exactement comme j'avais besoin qu'il le fasse.

Sur le tarmac de l'aéroport, il ne veut pas me laisser partir. Il tient mon visage entre ses mains, me fixe de ses yeux verts en m'embrassant de temps à autre. Il ne dit rien, mais ce n'est pas la peine, je sais exactement ce qu'il a dans la tête.

– Je reviens dans deux jours.

– Baby girl... si quelque chose ne se passe pas comme prévu...

Je pose mon doigt sur ses lèvres pour qu'il se taise. Je l'embrasse et il me soulève dans ses bras.

– Je sais, n'oublie pas, je ne suis qu'à toi.

Il finit par me lâcher et je monte les quelques marches de l'avion. Je sais que si je me retourne, je vais courir vers lui et rester. Olga me tuerait.

À bord, j'avale tout de suite un calmant, je regarde l'homme que j'aime à travers le hublot, il semble si triste, si seul, les mains dans les poches de son jean. J'ai tellement envie de descendre et de me jeter dans ses bras. Je rêve de me comporter comme une égoïste et de rester auprès de lui. Mais il s'agit d'Olga, elle a toujours tout fait pour moi, je lui dois bien ça.

L'hôtesse de l'air me sert une coupe de champagne que j'avale cul sec. Je sais, l'alcool et les médicaments ne font pas bon ménage, mais là, je m'en fous.

J'arrive en Sicile, en fin de journée. Je monte dans une voiture qui est certainement blindée. Il y a une voiture devant et deux derrière, le cortège du président des États-Unis ne doit pas être moins impressionnant. Dès que je réactive mon téléphone, il sonne et j'entends la douce voix de Nacho qui m'accompagne pendant tout le trajet jusqu'à la maison. Nous parlons de tout et de rien, et ça me permet d'oublier où je suis. Quand je vois l'Etna fumant, je suis tout de même un peu troublée, nous sommes sur la route de Taormine. Heureusement, nous prenons une sortie d'autoroute que je ne connais pas et nous longeons les flancs du volcan. Quelques minutes plus tard, nous nous arrêtons devant un immense mur. J'ouvre les yeux, surprise de découvrir une forteresse.

– Chéri, c'est quoi ce château fort ?

– Ah ! Donc, vous êtes arrivés. Je sais, on dirait un peu une base militaire, mais au moins la maison est facile à sécuriser. Mes hommes sont des spécialistes, ils connaissent très bien le terrain. Tu es plus en sécurité là-bas que dans un bunker. C'est Ivan qui conduit ?

Je confirme en souriant.

– S'il te plaît, baby girl, écoute-le, il sait comment prendre soin des choses précieuses.

– Ne deviens pas parano, le chauve !

– Le chauve ? Un jour, je vais me laisser pousser les cheveux et tu verras comme un homme peut être moche. Maintenant, va manger quelque chose, tu n'as rien avalé depuis ce matin, à part mon sexe bien sûr.

Il éclate de rire comme un petit garçon et je suis heureuse de le sentir plus détendu. Je suis contente qu'il ait retrouvé son humour.

– J'ai parlé à Domenico, Olga sera là dans une heure. Toute la résidence est à votre disposition, amusez-vous bien.

Je range mon téléphone. Mon Dieu, comment peut-on être aussi parfait ?

Ivan m'ouvre la porte. La maison est effectivement immense, il y a deux étages et elle est entourée d'un magnifique jardin. Les allées sont soignées et très arborées, les arbres magnifiques forment des arches. Je ne suis pas certaine que ce soit l'endroit le plus sûr au monde, mais si un tueur à gages me l'affirme, je ne vais pas le contredire. Ce qui est étonnant avec cette bâtisse, c'est que sa forme ultramoderne détonne complètement avec l'environnement, on dirait un cube, un cube tout blanc.

Tous les hommes descendent des voitures, je suis vraiment très entourée. Ils sont très nombreux, certains sortent de la maison, d'autres apparaissent de recoins cachés du jardin. Je me demande si tout ça est vraiment nécessaire, et puis je me rappelle où je suis et qui peut essayer de me rendre visite.

– N'aie pas peur, me dit Ivan en posant sa main sur mon dos. Marcelo aime voir les choses en grand.

L'intérieur de la maison est très moderne. Du verre, du métal et des formes rectangulaires. Au rez-de-chaussée, il y a un énorme salon avec une hauteur sous plafond impressionnante, à côté du canapé, une table avec douze chaises et des poufs en formes de boules. Plus loin, une magnifique vue de la terrasse. À droite, une énorme cuisine. Bien évidemment, mon mec qui aime cuisiner doit l'avoir équipée avec du matériel professionnel. La cheminée s'allume à l'aide d'une télécommande. Je monte les escaliers et découvre un grand espace avec des murs en verre. Et la vie privée, alors ? Au même moment, Ivan appuie sur un bouton et le verre devient opaque. La décoration des chambres est minimaliste, un lit moderne et une télé. Toutes possèdent une salle de bains et un dressing.

Accompagnée de mon garde, j'arrive au bout du couloir, il ouvre l'une des portes sur une pièce magnifique, accueillante et à la déco scandinave. Un grand lit blanc en bois, des fauteuils couleur crème et des tapis moelleux. C'est certainement la chambre de l'homme de la maison.

Sur une commode, je découvre des photos d'Amelia, de Pablo, de Nacho, et de moi aussi. J'en prends une dans les mains. Je suis blonde dessus et... enceinte. On dirait la capture d'écran d'une vidéo. Je suis assise au bar de la cuisine du Canarien et le regarde.

– Ça veut dire qu'on a des caméras dans la maison, je marmonne.

Je repose le cadre, puis j'attrape la photo de Nacho pour la poser à côté de mon lit.

C'est une sensation bizarre d'être en Sicile, mais d'avoir le cœur à Tenerife. Si quelqu'un m'avait dit il y a quelques mois que je serais ici aujourd'hui, j'aurais parié une main que c'était impossible.

– On va se mettre cher ! crie Olga en sortant d'une voiture. J'exagère en disant qu'on va se défoncer, mais on peut boire au moins un peu. Parce que, tu sais, il faut que je ressemble à quelque chose demain.

– Je sais, Nacho s'est assuré qu'on ait tout ce qu'il faut. Comment ça va, sinon ?

– Niveau organisation très bien, je n'ai rien à faire, j'ai des gens qui s'occupent de tout pour tout. Mais toi, tu es drôlement surveillée, Laura ! Quand je suis arrivée, ils ont fouillé toutes mes affaires, je m'attendais à ce qu'il vérifie ma culotte aussi.

Je hausse les épaules, désolée, puis l'entraîne dans la maison.

Effectivement, ce soir-là, nous buvons plus que de raison, mais seulement du champagne. Nous discutons, reparlant principalement des événements de l'année passée et du fait que nos vies ont complètement changé. Quand elle parle de Domenico, je sens qu'elle est sûre de sa décision. Elle l'aime énormément, ils s'entendent et s'amusent comme des amis, se disputent comme un couple marié et baisent comme des amants. Ils sont faits l'un pour l'autre.

Le samedi matin, nous partons à l'hôtel où nous devons nous préparer, toujours accompagnées de mon armée. Assise dans le fauteuil du coiffeur, je bois l'eau qu'Ivan m'a donnée. Nacho ne m'a pas appelée depuis que son rire tout doux m'a réveillée. Il en a profité pour me rappeler qu'on sera à nouveau ensemble demain. Je sais que s'il le pouvait, il ne raccrocherait jamais, mais il veut me donner un peu d'espace. Alors, il parle avec Ivan, qui n'a jamais dû voir son patron aussi parano. Le Canarien est perfectionniste, il préfère ne pas dormir deux jours que de laisser les choses déraper.

– Laura, putain, tu m'écoutes ?

La visagiste manque me crever un œil avec son pinceau.

– Ne crie pas, qu'est-ce que tu veux ?

– Est-ce que ce chignon n'est pas trop haut ? Et trop plat ? Je crois qu'il ne me plaît pas, il faut faire autre chose... (Olga passe d'un miroir à l'autre.) J'ai vraiment une sale gueule aujourd'hui, bon, je vais prendre une douche et on recommence à zéro. Et puis, je ne veux plus me marier ! Pourquoi est-ce que je devrais perdre ma liberté ? Il y a tellement de mecs dans le monde, après, il va me faire un enfant...

Des milliers de mots sortent de sa bouche, elle commence à devenir pâle, elle est en train de faire une crise de panique.

Je lève la main pour lui donner une bonne claque, elle se tait en me jetant un regard plein de haine. Le personnel ne bouge pas, attendant la suite.

– Tu en veux encore une ?

– Non merci, une fois m'a suffi ! (Elle se rassied en respirant un bon coup pour se calmer.) Bon d'accord, baissons ce chignon, et ce sera magnifique.

Une heure plus tard, Emi ajuste la robe d'Olga. La situation est assez bizarre car Olga lui a quand même volé son mec. Je suis contente qu'elles s'entendent bien, mon départ a dû les obliger à trouver une solution entre elles. Mon amie est prête, elle est sublime. J'ai du mal à retenir mes larmes. Elle porte une robe simple, sans manches, qui tombe parfaitement sur elle. Tout le tissu est brodé de pierreries qui scintillent. La robe doit peser au moins cent kilos, mais Olga n'en a rien à faire, elle voulait être une princesse et c'est réussi. Elle a même insisté pour porter un diadème.

Je suis émerveillée, j'adore les robes de mariée qui ne sont pas blanches. Celle-ci est vraiment spectaculaire, et très atypique malgré son apparence simple.

– Je vais vomir, dit Olga.

Je prends le seau à glace et le tiens devant elle.

– Vas-y.

– Toi, vraiment... tu n'as aucune compassion !

– On sait toutes les deux que si je commence à m'inquiéter, tu vas refaire une crise d'angoisse.

Devant l'entrée, il y a deux voitures de mes gardes et trois voitures des Torricelli. Nous devons monter dans l'une d'entre elles, les autres nous suivront avec les gardes du corps. Domenico a renâclé à l'idée que le chauffeur soit canarien, mais il a fini par accepter, à condition que les gardes du corps dans la voiture soient siciliens.

En arrivant à l'église Madonna della Rocca, j'ai la nausée. Je sais bien que le mariage ne pouvait pas avoir lieu ailleurs, les souvenirs que j'en ai sont bons, mais me retrouver à cet endroit est très perturbant.

Mario, le *consigliere* de Massimo, m'accueille avec un sourire un peu crispé en m'embrassant sur la joue.

– Je suis heureux de te revoir, Laura, même si beaucoup de choses ont changé.

Je ne sais pas trop quoi répondre, alors je me tourne vers le paysage à couper le souffle. Nous y sommes presque, me dis-je, en attendant devant l'église. Le père d'Olga arrive, tout est prêt, je me tourne vers la mariée et la prends dans mes bras.

– Je t'aime, C'est le plus beau jour de ta vie, tu verras.

Je prends le bras du Sicilen d'un certain âge que l'on m'a assigné.

Nous remontons la nef de l'église jusqu'à l'autel où Domenico, nous attend un grand sourire aux lèvres, il m'embrasse sur la joue. Je regarde autour moi, j'ai comme une impression de déjà-vu qui me met mal à l'aise. Les mêmes visages de gangsters tristes, le même climat étrange. La seule différence est que la magnifique mère d'Olga est là. Elle fait ce qu'elle peut pour contenir son émotion, sans grand succès.

« This I Love » de Guns N'Roses retentit dans l'église. Je sais que mon amie doit être en larmes, je me retourne pour la regarder faire son entrée. Quand elle apparaît, je crois que Domenico va avoir un malaise. Olga, sans même attendre que son père l'accompagne, marche droit vers son futur mari et se jette dans ses bras pour l'embrasser. Son père fait un petit geste de la main, puis rejoint sa femme déjà en larmes. Les fiancés, eux, se comportent comme s'ils étaient seuls au monde, heureusement que la musique s'arrête, sinon ils n'auraient pas cessé de s'embrasser.

Un peu essoufflés, ils se placent enfin devant l'autel. Le prêtre lève un doigt assez menaçant et commence à parler quand Massimo apparaît à l'entrée de la chapelle.

Mes jambes tremblent, Mario me soutient du mieux qu'il peut. Olga semble pétrifiée. L'homme en noir s'approche de moi, il est beau et bronzé dans son smoking. Il a l'air reposé, calme et sérieux.

– Je crois que ma place est là.

Mario se décale.

– Salut, bébé.

En entendant sa voix, j'ai envie de fuir, de vomir et de mourir en même temps. Mon cœur s'emballe, m'empêchant de respirer. Il est là, à côté de moi, son odeur, mon Dieu, son odeur. Je ferme les yeux pour me calmer. Les fiancés se tournent enfin vers l'autel, le prêtre commence la cérémonie.

– Tu es sublime, chuchote Massimo en se penchant légèrement vers moi.

Il pose sa main sur mon avant-bras et de l'électricité passe entre nous. Je regarde droit devant moi comme si quelqu'un venait de me brûler et j'éloigne mon bras pour qu'il ne puisse plus l'atteindre.

Ma poitrine, dans ma robe moulante et décolletée, monte et descend beaucoup trop vite, je ne peux pas ignorer la présence de mon mari à mes côtés. J'ai l'impression que la cérémonie dure un siècle. Je sais que le Canarien doit déjà être au courant du retour de l'homme en noir. Il doit se ronger les sangs.

Je regarde Massimo du coin de l'œil, il est concentré sur les mariés, je sais qu'il fait semblant car je sens son regard brûlant se poser sur moi régulièrement. Comment est-ce possible d'être aussi beau ? J'avais compris qu'il faisait la fête et se détruisait, mais il est métamorphosé. Sa barbe parfaitement taillée me rappelle combien j'adorais qu'elle me chatouille. Ses cheveux sont plus longs que d'habitude et soigneusement coiffés.

– Tu aimes ce que tu vois ? me demande-t-il soudain en me regardant.

Je n'arrive pas à détourner les yeux.

– Il ne t'excitera jamais à ce point-là.

J'ai envie de m'enfuir.

La messe se termine enfin, les invités sortent de l'église et nous allons signer les documents officiels. L'homme en noir embrasse tendrement les nouveaux mariés et les félicite, j'essaie de me tenir le plus loin possible de lui.

– Toi, je grogne en attrapant le coude de Domenico, tu avais dit qu'il ne serait pas là.

– J'ai dit que je ne savais pas où il était. Je ne peux pas lui interdire de venir à mon mariage. Tout se passe comme on l'a prévu avec les Espagnols, calme-toi...

– J'aimerais bien vous présenter Ewa.

Je tourne la tête et vois Massimo au bras d'une belle jeune femme aux yeux foncés. Elle sourit, radieuse, collée contre lui. Un sentiment de jalousie me transperce le corps.

C'est moi qui l'ai quitté, je ne peux pas lui en vouloir ni même ressentir de la jalousie, mais quand même, est-il sérieux ? La jolie fille aux cheveux longs et foncés me tend la main pour me dire bonjour. Je pense que je dois faire une drôle de tête. Ewa est grande, mais elle me ressemble énormément, elle est fine, élégante et délicate. Bon d'accord, elle ne me ressemble pas du tout !

– On s'est rencontrés au Brésil et...

– Et je suis tombée sous le charme de cet homme magnifique, termine-t-elle pour lui.

Olga et moi levons les yeux au ciel sans même essayer de nous cacher.

Je leur tourne le dos, je ne peux pas en supporter davantage.

– Ça, c'est fait, lance Olga en rigolant à côté de moi. Il a quelqu'un, tu as quelqu'un, maintenant le divorce, et la vie continue.

– Olga, il s'est trouvé une gonzesse en trois semaines. On est mariés, quand même.

– Tu es tellement hypocrite ! Au contraire, c'est une excellente nouvelle, il se peut que tout se termine très bien du coup.

– Mais comment...

Je m'arrête en me rendant compte de la bêtise que j'allais dire.

– Laura, écoute-moi, il faut que tu prennes une décision, le surfeur ou ton mari, tu ne peux pas avoir les deux. Je ne peux pas te donner de conseils, car je ne suis pas objective. Je préfère évidemment que tu restes à mes côtés. Mais c'est ta vie, fais le choix qui te rendra heureuse.

Je me place à côté d'Ivan en attendant qu'Olga et Domenico finissent de faire des photos. Ivan me tend son téléphone.

– Comment tu vas, petite ? demande Nacho, inquiet.

– Tout va bien chéri, il est là.

– Je sais, grogne le Canarien. Laura, je te le demande sérieusement, fais tout ce qu'on avait prévu.

– Il est avec une femme, je pense qu'il a tourné la page.

Je lève les yeux et vois Massimo accompagner sa nouvelle compagne à une voiture. Il lui ouvre la porte et l'embrasse tendrement. Ensuite, il fait le tour de la voiture et, juste avant de se glisser élégamment à l'intérieur, il plante ses yeux noirs sur moi. Je manque lâcher mon téléphone Le sourire narquois qu'il me lance me chamboule au point que j'oublie que je suis en ligne.

– Laura ! Qu'est-ce qui se passe, baby girl ? Parle-moi.

– Rien, j'étais perdue dans mes pensées, je me disais que j'avais envie d'être avec toi. Olga arrive, il faut que j'y aille, je t'appellerai une fois en route pour l'aéroport.

– Il fait semblant, dit Ivan en reprenant l'appareil. Torricelli fait semblant, méfie-toi, Laura.

Je ne vois pas de quoi il parle, j'acquiesce pourtant et j'entre dans la voiture. Ma robe moulante me compresse de plus en plus, j'ai l'impression que les pinces qui retiennent ma coiffure me transpercent le crâne.

– J'ai besoin de boire, on a de l'alcool ?

– Marcelo a interdit que tu boives, répond calmement Ivan.

– Je n'en ai rien à faire de ses interdictions ! On a de l'alcool ou pas ?

– Non.

Évidemment, sa réponse n'est pas pour me satisfaire.

Je pose la tête contre la vitre en essayant de digérer tout ce qui vient de se passer.

Devant l'entrée de la résidence où se déroule la fête, il y a des dizaines de gardes du corps, des voitures blindés et même la police. Domenico et Olga ne voulaient pas organiser leur fête dans un hôtel, ils rêvaient d'un mariage dans un jardin. Sur la pelouse, il y a une énorme tente magnifiquement décorée. J'attends les mariés tout en me sentant observée. Je connais bien cette sensation et je sais sur qui je vais tomber si je me retourne. Je relève légèrement la traîne de ma robe et me tourne vers la droite. Massimo se tient à quelques centimètres de moi, les mains dans les poches. Ses yeux froids et noirs sont plantés sur moi et il se mord la lèvre inférieure. Je connais ce regard et ces lèvres. Je connais aussi leur goût et ce qu'elles savent faire. Il avance d'un pas.

Ivan se racle la gorge et, avec cinq autres gars, s'approche de nous.

– Renvoie tes chiens, dit Massimo en regardant les six personnes derrière moi. J'ai plus de cent types à moi ici, c'est ridicule. Domenico et Olga se sont arrêtés dans les bois, on a du temps pour discuter. (Il me tend son bras que je prends, comme par réflexe.) Il n'y a qu'une seule sortie ici, crie-t-il aux gardes, celle devant laquelle vous êtes.

Ivan recule en me lançant un regard menaçant. Massimo m'entraîne vers le jardin. Nous marchons en silence dans les allées, j'ai l'impression d'avoir remonté le temps.

– L'entreprise est à toi, elle n'a jamais été à moi, donc tu peux la délocaliser aux Canaries et continuer à travailler. Je ne veux pas parler du divorce aujourd'hui, mais on en reparlera après le mariage. Si je comprends bien, tu es là pour quelques jours ?

Son regard doux me désarme.

– Je rentre à Tenerife ce soir.

– C'est dommage, je voulais profiter de ta présence pour tout régler, mais nous ferons ça une autre fois.

À l'ombre des palmiers, il y a un joli gazébo avec un banc. Nous nous asseyons et regardons la mer. Je n'arrive pas à croire combien il a changé.

– Tu m'as sauvé la vie, bébé, et après tu m'as tué, mais grâce à ça, j'ai rencontré Ewa, j'ai arrêté de me droguer et j'ai repris quelques entreprises très lucratives. En réalité, Laura, tu m'as protégé et sauvé de moi-même.

– Je suis heureuse pour toi. Mais ce que tu as fait au chien... (je m'arrête en sentant mon estomac se retourner à nouveau), je ne pensais pas que tu pouvais être un tel monstre.

– Pardon ? Le jour où tu es partie je l'ai envoyé à la résidence Matos.

– Je sais, j'ai reçu une boîte avec un chien déchiqueté à l'intérieur.

– Quoi ?

Il se lève subitement comme s'il ne comprenait pas de quoi je parle.

– Je l'ai déposé personnellement chez le transporteur, il était bien vivant. Je voulais qu'en le voyant tu penses à moi et que ça te fasse mal, mais...

– Tu n'as pas tué Prada ? Écoute, j'ai reçu un chien mort dans la boîte de mes chaussures préférées avec une carte.

– Bébé... (il s'agenouille devant moi en attrapant mes mains), je suis un monstre, c'est vrai, mais pourquoi est-ce que je ferais du mal à un chien ? Mon Dieu, mais tu penses vraiment que je l'ai tué ? J'aurais dû m'y attendre... Tu sais ce qu'il m'a dit quand tu es partie du restaurant à Ibiza ? Qu'il te prouverait à tout prix que je suis indigne des sentiments que tu m'as accordés. Je dois dire qu'il est malin, je l'admire.

Mes oreilles bourdonnent. Nacho ? Cet homme tatoué et délicat aurait tué un être si petit et innocent ? Je n'arrive pas à y croire.

L'homme en noir voit que je suis perdue dans mes pensées. Il sort son téléphone, dit quelques phrases en italien puis raccroche. Quelques minutes plus tard, je vois un homme immense apparaître.

– Sergio, qu'est-ce que tu as fait du chien que je t'ai demandé d'emmener à Tenerife ?

– Je l'ai déposé à la résidence des Matos. (L'homme nous regarde l'air inquiet.) Marcelo Matos a dit que Laura n'était pas là et qu'il allait le lui donner.

– Merci, Sergio, ce sera tout, grogne Massimo.

– Laura ! Viens.

Je me lève pour rejoindre Olga, j'ai la tête qui tourne et l'homme en noir approche pour me soutenir.

– Tout va bien ?

– Rien ne va !

Je lui arrache mon bras et pars rejoindre mon amie.

Quand nous arrivons devant l'entrée de la tente, Massimo me tend à nouveau son bras et attend. Je l'attrape délicatement, puis nous suivons Domenico et Olga sous la tente. Les invités crient et applaudissent, Domenico prend la parole, nous ressemblons à une famille heureuse. Les applaudissements cessent et les Siciliens nous accompagnent jusqu'à une table dressée sur une estrade.

Avant de m'asseoir, je fais signe au serveur et prends une coupe sur son plateau, que j'avale cul sec. Olga me regarde, étonnée, et Ivan fait un pas en avant. Je l'arrête d'un geste de main, puis lui indique de reculer, il s'exécute. Le serveur m'en propose une autre. Après cette seconde coupe, je me sens plus calme.

Un peu plus tard, Domenico attrape la main d'Olga et l'emmène sur la piste de danse pour ouvrir le bal.

Je fais à nouveau signe au serveur que mon verre est vide.

– Tu vas être ivre, me glisse Massimo en se penchant vers moi.

– C'est bien mon intention, ne t'inquiète pas pour moi, va occuper de ton Ewa.

L'homme en noir rigole, prend ma main et m'attire sur la piste.

– C'est toi que je vais occuper, sinon tu vas plus te relever.

Je passe devant six de mes gardes, Ivan secoue la tête en me voyant au bras de Massimo.

– Un tango, chuchote l'homme en noir en m'embrassant la clavicule. Ta robe est parfaite pour.

– J'ai une culotte, je peux faire des folies cette fois-ci.

L'alcool qui coule dans mes veines fait que c'est le meilleur tango de ma vie. Massimo, comme d'habitude, mène parfaitement. À la fin de la danse, tout le monde nous applaudit, y compris les jeunes mariés. Nous saluons et retournons à nos places.

– Laura, téléphone, dit Ivan en s'approchant de moi.

– Je n'ai pas envie de lui parler. Dis-lui que... non, en fait, passe-le-moi.

– Baby girl ?

– Comment as-tu pu ? Tu m'avais déjà, j'étais à toi, j'étais amoureuse de toi, mais toi, tu as préféré salir encore plus le mec que je fuyais. Et ça ne t'a pas suffi ? Tu as tué mon chien, putain, juste pour pouvoir blâmer Massimo. Comment as-tu pu ? Tu es allé trop loin Nacho ! je hurle, puis je jette téléphone contre un rocher.

Ivan s'approche de moi, inquiet.

– Je n'ai plus besoin de vous ici.

Je sens que le champagne ne passe pas.

Massimo apparaît avec ses hommes et me soutient pour que je garde mon équilibre.

– Messieurs, vous êtes libres, vous pouvez quitter la résidence.

Les deux camps s'affrontent du regard. Les Canariens savent qu'ils sont en infériorité et se retirent. J'entends des portes de voitures claquer, puis des pneus crisser.

– Mon Dieu, bébé, chuchote Massimo en me tendant un mouchoir. Viens te rafraîchir à la maison.

– Emmène Ewa plutôt.

– Ma femme est plus importante, et je ne crois pas en avoir une autre que toi.

Je n'ai pas la force de me battre et je le suis.

Chapitre 18

Le téléphone qui sonne me réveille. Je suis lovée dans des bras musclés, ça me fait sourire. Tout est terminé, je me dis en ouvrant les yeux. Le bras qui m'entoure n'a pas un seul tatouage. Soudain, je suis très bien réveillée. Je comprends enfin où je suis. Il faut que je me lève, mais une grande main me plaque sur le matelas.

– C'est pour toi, je pense.

Il me tend le téléphone, je lis « Olga » sur l'écran.

– Félicitations.

– Tu es en vie ! Vous avez disparu et je me suis demandé si tu n'étais pas partie sans dire au revoir. Après, je t'ai vue avec Massimo et j'ai compris que tu avais fait ton choix ? Je suis trop contente que tu reviennes...

Olga est surexcitée et ne me laisse pas en placer une.

– Tu nous déranges, occupe-toi de ton mari, dit Massimo en me prenant le téléphone des mains.

Il raccroche.

– Tu m'as manqué.

Il se rapproche et je sens son sexe sur ma cuisse.

– J'adore faire l'amour avec toi quand tu as bu, car tu n'as aucune limite.

Il m'embrasse pendant que j'essaie de me rappeler ce qui s'est passé hier soir, mais impossible, je ne me souviens de rien. Quand je remarque que nous sommes nus et que j'ai mal partout, je me cache le visage dans les mains.

– Eh, bébé, je suis ton mari, il ne s'est rien passé d'inhabituel. Oublions ces dernières semaines, je me suis comporté comme un con, tu avais le droit de fuir, de te sentir un peu libre. Mais tout va s'arranger maintenant, je vais m'en occuper.

– Massimo, s'il te plaît, je gémis en essayant de me dégager, il faut que j'aille aux toilettes.

L'homme en noir me libère. Enroulée dans un drap, je traverse la chambre. Je ne sais pas pourquoi je suis gênée de me montrer nue.

Mais qu'est-ce que je fais ? Je regarde mon maquillage qui dégouline et mes cheveux décoiffés dans le miroir : je me dégoûte. La dernière chose dont je me souvienne, c'est ma conversation avec Nacho, après... c'est le trou noir. Je ne sais donc pas ce que j'ai fait, mais ça ne devait pas être intelligent. Je soupire et ouvre l'eau pour prendre une douche.

Une fois sous l'eau chaude, j'essaie de me calmer et de réfléchir à quoi faire. Me remettre avec mon mari, discuter avec Nacho ou les quitter tous les deux et me concentrer sur moi ? Parce que j'ai une fâcheuse tendance à mettre ma vie sens dessus dessous pour les mecs.

Je rentre dans le dressing en jetant un coup d'œil à Massimo qui est appuyé, nu, contre le cadre de la porte et parle au téléphone. Ces fesses, le plus beau cul du monde ! Je pars vers ma partie du dressing et commence à fouiller dans mes affaires qui sont toujours bien rangées.

Je suis surprise de voir mes Givenchy par terre. Mon Dieu, elles ne sont pas dans leur boîte et Olga m'a dit qu'elle n'est jamais venue ici, car la porte était fermée à clé. Seul Massimo y a accès. Je fixe mes bottes claires à côté de mon armoire, sentant que quelqu'un me regarde.

– Oh, je ne pensais que tu allais venir ici aussi vite.

Je me tourne vers lui.

– Ce n'est pas grave, il fallait faire en sorte que tu renvoies tes gardes du corps et que tu me suives. Je t'avais dit que je ne te laisserais pas me quitter.

Je lui balance une claque monumentale et j'essaie de fuir, mais il me rattrape et me plaque sur le tapis. Il est assis sur moi et tient mes poignets.

– Mon bébé si naïf, tu as vraiment cru qu'Ewa comptait pour moi et que tu pourrais divorcer grâce à elle ? (Il m'embrasse les lèvres, je lui crache au visage.) Ah, mais je vois qu'on a atteint un autre niveau ! Nous discuterons des nouvelles règles quand je rentrerai de mon rendez-vous. Toi, pendant ce temps, tu vas rester allongée. (Il me jette sur le lit.) J'ai longtemps réfléchi à la meilleure manière de me venger de ce tatoué débile. (Il sort une chaîne du bord du lit.) Regarde ce que j'ai. (Il secoue une menotte devant mon visage.) J'ai demandé qu'on en installe dans toute la résidence, je sais que tu aimes jouer.

Je me débats sur le lit en essayant de l'empêcher de m'attacher, mais je n'ai pas assez de force.

Il s'habille en me regardant, entravée, sur le lit.

– J'adore cette vue, je te baiserais bien, mais je dois aller expliquer à Domenico et Olga que nous nous sommes retrouvés et que nous avons l'intention de prendre beaucoup de temps pour nous réconcilier comme il faut. Comme un bon mari, je vais t'apporter ton petit déjeuner. Si tu ne te comportes pas comme il faut, je ne vais pas pouvoir être aussi gentil. Repose-toi, je reviens vite.

J'entends qu'il ferme la porte et je fonds en larmes. Mon Dieu, qu'est-ce que j'ai fait ? Sous l'emprise de l'alcool, j'ai cru à tout, tout ce qu'il m'a raconté. J'ai même cru à son mensonge ridicule au sujet de mon mec qui a tué mon chien. Plus je réfléchis à ce qui s'est passé, plus je panique, j'ai trompé Nacho, je lui ai hurlé dessus, j'ai renvoyé ses hommes et je me suis laissé emprisonner comme une débile. Maintenant, le Canarien pense que je me suis remise avec Massimo, donc il n'y a aucune chance qu'il vienne me récupérer. Olga et Domenico vont croire à tout ce que dit ce tyran, d'autant plus que j'ai répondu à ce putain de téléphone ce matin et qu'à à l'église, j'ai dit que j'étais jalouse.

Je tape ma tête contre l'oreiller. C'est la seule chose que je peux bouger. Ce connard ne m'a même pas couverte avec une couette. Je suis nue et attachée, comme une esclave sexuelle qui attend son maître.

– Tu vois, ma chérie, dit l'homme en noir lorsqu'il revient enfin et regarde mon entrejambe. On est à nouveau ensemble, ton amie est folle de joie et mon frère est soulagé. Tu as fait plaisir à tout le monde en revenant. (Il tire la couette et me couvre.) Le médecin va bientôt venir pour te poser une perfusion.

– Pourquoi j'ai besoin d'une perfusion ? Détache-moi, putain !

– Ne sois pas vulgaire, une future mère ne peut pas se le permettre. Je t'ai donné des calmants hier. Il faut que je prenne soin de toi pour que tu sois en pleine forme pour retomber enceinte.

La panique est de plus en plus forte, je ne me suis jamais sentie aussi asservie. Massimo va me faire un enfant, et je ne verrai plus jamais le garçon tatoué. J'explose en sanglots.

– Pourquoi tu pleures, bébé ?

Mais est-ce qu'il est sérieux ? Je suis vide à l'intérieur, j'ai l'impression de m'éloigner de moi-même, comme si j'étais en train de m'endormir tout en voyant tout ce qui m'entoure. Je ne peux plus ni parler ni bouger et j'ai du mal à respirer.

Quelqu'un frappe à la porte. Le médecin entre et s'assied près de moi. Il n'a pas l'air surpris de ma position. Il a dû en voir des choses ici pour ne pas réagir.

– Le docteur va te donner des calmants qui te feront dormir. Quand tu te réveilleras, tout ira mieux.

Il quitte la pièce. Je regarde le médecin avec des yeux désespérés. Il m'ignore complètement, plante l'aiguille dans ma veine et je m'endors.

Les jours qui suivent se ressemblent tous, à la différence près que je me réveille détachée. Ça ne change pas grand-chose, car les médicaments que me donne Massimo me clouent au lit. Mon mari me nourrit, me lave et me saute comme une poupée. Ce qui est terrifiant, c'est que ça ne le dérange pas du tout que je ne participe pas, en général, je ne fais que pleurer.

Parfois je ferme les yeux et je pense à Nacho, ça me fait du bien, mais je ne veux pas que Massimo pense que je souris grâce à lui, alors dès qu'il est là, je m'éteins.

Chaque jour, je prie de mourir.

Un matin, je me réveille particulièrement lucide et reposée, ma tête me fait moins mal que les jours passés. Je me lève du lit, ce qui est un exploit, et m'assieds au bord du matelas.

– Ça fait plaisir de te voir en forme, dit l'homme en noir en sortant du dressing, Domenico et Olga sont partis en lune de miel pour deux semaines.

– Ils étaient là tout ce temps ?

– Bien sûr, mais ils pensaient que tu étais à Messine, là où on habite, tu te souviens ?

– Massimo, tu t'imagines quoi ? je demande, c'est la première fois depuis des jours que j'arrive à réfléchir de manière logique. De quoi tu vas me menacer cette fois ?

– De rien. Souviens-toi, la dernière fois, je t'ai menacée de tuer tes parents et tu es quand même tombée amoureuse de moi au bout de trois semaines. Tu ne penses pas pouvoir retomber amoureuse ? Je n'ai jamais changé, bébé...

– Mais moi si, je réponds calmement, c'est Nacho que j'aime, pas toi. Je pense à lui quand tu me baises, je rêve de lui quand je m'endors et je lui dis « bonjour » quand je me réveille. Tu as mon corps, Massimo, mais mon cœur est à Tenerife. Et je préfère me tuer que de porter ton enfant.

Il pète un câble, m'attrape fermement par le cou, me plaque contre le mur et me cogne la tête dessus. La fureur prend possession de lui. Après plus d'une semaine, je me sens très faible, incapable de me défendre.

– Laura !

– Tu ne peux pas m'empêcher de me suicider, je hurle, les larmes aux yeux, c'est la seule chose sur laquelle tu n'as aucune influence et ça t'énerve, ça, non ? Ne sois pas étonné si je ne tiens pas le coup longtemps.

Le visage de l'homme en noir devient triste, il s'éloigne. J'ai l'impression qu'il a enfin compris quelque chose.

– Massimo, je t'ai aimé et tu m'as apporté beaucoup de bonheur, mais nous nous sommes éloignés à un moment, c'est la vie. Tu peux me retenir ici et me faire ces choses horribles, mais à un moment, tu en auras marre de n'avoir qu'une poupée, tu voudras de la passion et je ne pourrai jamais te la donner. Tu veux baiser un corps inerte pendant longtemps ? Ce n'est pas même pas une question de baise, pourquoi as-tu besoin de moi ? Tu peux avoir toutes les femmes du monde, comme cette Ewa par exemple.

– C'est une pute, elle a reçu l'ordre de jouer un rôle et elle l'a fait.

– Tu as tué le chien toi-même ?

– Oui, bébé, je tue des gens en les regardant dans les yeux, donc tu peux bien imaginer que ce n'était pas très compliqué avec un animal.

Je suis toujours assise par terre. Je n'arrive pas à croire que je le connais si peu. Les souvenirs de nos premiers mois ensemble me paraissent n'être que mensonges. Le type assis devant moi est un monstre. Comment est-ce qu'il a pu faire semblant de m'aimer et d'être attaché à moi si longtemps ?

– Je vais t'expliquer comment vont se dérouler les deux prochaines semaines. Tu peux faire ce que tu veux, mais tu auras toujours un garde du corps avec toi. Tu n'iras ni sur le ponton ni en dehors de la résidence. Tu n'auras aucune chance de mettre fin à tes jours, ton garde du corps est entraîné pour te sauver la vie. Quelque chose est mort en moi au nouvel an, pardonne-moi.

Il m'embrasse délicatement les lèvres, puis sort.

Je suis très confuse, je ne comprends pas ses changements d'humeur. Je prends une douche, enfile un short et un tee-shirt et me rallonge sur le lit pour regarder la télé. Je connais bien la résidence, si Nacho a pu m'enlever malgré la présence des gardes, je dois pouvoir trouver un moyen de m'échapper.

Je demande qu'on me serve le petit déjeuner dans la chambre. Je n'ai pas envie de vérifier si Massimo était sérieux lorsqu'il a dit qu'un mec marcherait toujours derrière moi. Après avoir mangé, je me sens mieux, de meilleure humeur et l'espoir de m'enfuir renaît. Je pars faire mon repérage, la seule issue est la terrasse du deuxième étage. Je regarde en bas, un saut de cette hauteur serait sûrement mortel.

Je marche de long en large dans l'appartement. J'ai soudain une révélation, si Massimo a pu faire semblant, je le peux aussi. Dans un mois ou deux, il va baisser la garde et je pourrai m'enfuir. Mais est-ce que Nacho va m'attendre aussi longtemps ? Je recommence à pleurer et m'endors enroulée dans ma couette.

Quand je me réveille, il fait nuit. Massimo est assis dans le fauteuil.

– Salut, il est quelle heure ?

– Je voulais te réveiller, le dîner sera bientôt prêt et j'aimerais que tu dînes avec moi.

– D'accord, mais laisse-moi me préparer un peu.

– Je veux qu'on parle, on se retrouve dans le jardin dans une heure.

Il veut qu'on parle... Mais de quoi ? J'ai déjà reçu toutes ses instructions.

Mais ce dîner est une occasion parfaite pour mettre mon plan en route. Si Nacho ne veut plus me voir, j'irai chez mes parents, après je raconterai tout à Olga qui le dira à Domenico qui pourra peut-être faire quelque chose.

Je fouille dans mon armoire à la recherche de la robe noire presque transparente que je portais à notre premier dîner. J'ai bien évidemment mis de la lingerie rouge en dentelle et du maquillage foncé autour de mes yeux. J'attache mes cheveux en chignon et j'enfile des talons aiguilles très haut.

Je suis parfaite, habillée exactement comme mon mari l'aurait souhaité.

Je prends mon courage à deux mains et descends les escaliers. Dès que j'ouvre la porte de la chambre, un grand type baraqué me salue. Je marche le long du couloir, l'ogre sur mes pas.

– C'est mon mari qui t'a demandé de me suivre partout ?

– Oui.

– Il est où ?

– Dans le jardin, il vous attend.

Le bruit de mes talons annonce le cataclysme à venir, il veut jouer au Torricelli, je peux le faire mieux qu'il ne le pense.

Dehors, l'air chaud m'accueille, je ne suis pas sortie de la villa climatisée depuis longtemps, je ne savais même pas quel temps il faisait.

Je marche doucement, je sais qu'il va m'entendre arriver. La table est illuminée par de grands chandeliers. Quand je suis proche de ma cible, mon mari se lève et se tourne vers moi.

– Bonsoir, je chuchote en passant à côté de lui.

Il me suit pour m'aider à m'asseoir. Un serveur apparaît pour me servir une coupe de champagne. Massimo s'assied élégamment à côté. Même si je le déteste plus que tout au monde, je n'arrive pas à ignorer sa beauté. Son pantalon clair en lin, sa chemise déboutonnée et sa croix en argent. Quelle hypocrisie qu'un homme aussi horrible que lui porte un symbole de Dieu !

– Tu me provoques, bébé. (Sa voix grave me donne la chair de poule.) Comme avant... tu veux continuer à me défier ?

– Je ne fais que remuer des souvenirs, je réponds en relevant les sourcils.

Je prends un morceau de viande, je n'ai pas du tout faim, mais mon rôle implique que je me comporte normalement.

– Bébé, j'ai une proposition à te faire, dit-il en s'adossant à son siège. Donne-moi une nuit avec toi, mais vraiment avec toi comme quand nous étions ensemble. Après, je te libère.

– Je ne comprends pas, je marmonne, ahurie.

– J'aimerais sentir que tu es à nouveau à moi. Après, si tu le veux, tu pourras partir. (Il prend une gorgée de son verre.) Je ne peux pas t'emprisonner, je n'en ai pas envie. Tu sais pourquoi ? Parce que tu n'as jamais été ma délivrance. Je ne t'ai jamais vue dans des visions quand j'étais dans le coma, je t'ai rencontrée par hasard.

Je le regarde, stupéfaite.

– La Croatie, il y a plus de cinq ans, ça te dit quelque chose ?

Effectivement, on a été en Croatie avec Martin et Olga il y a quelques années. Mon cœur accélère.

– Tu as menti tout ce temps, ça te ressemble bien...

– Pas vraiment, je l'ai su par hasard. Quand nous avons perdu l'enfant, je n'arrivais plus à fonctionner normalement. Mario faisait tout son possible pour que je redevienne moi-même, il avait besoin de moi. Toutes les familles pensaient que j'avais tué Fernando. Mario a pensé à l'hypnose.

Je le regarde, de plus en plus surprise.

– Je sais que ça a l'air ridicule. La thérapie m'a rapidement aidé et, durant une des sessions, je l'ai tout simplement vue, la vraie toi.

– Comment je peux savoir que ce n'est pas une nouvelle invention ? je demande, faisant semblant d'être offensée par ses propos comme si je voulais être sa délivrance.

Une seconde après, je lève les yeux au ciel en réalisant ce que je viens de dire. Mais tout ça est si absurde que ça m'intrigue.

– Ça te rend triste ? Bébé, mon cœur aussi s'est brisé. J'ai compris que ce n'est pas le destin mais un simple hasard qui t'a fait entrer dans ma tête. Pardonne-moi. Tu étais à une fête dans un hôtel, tu dansais avec des filles et Martin. On sortait d'une réunion à l'étage au-dessus. Vous vous amusiez, c'était un week-end, et tu portais une robe blanche.

Je m'enfonce dans mon siège. Je me souviens parfaitement, c'était juste avant mon anniversaire, mais comment pouvait-il s'en souvenir après toutes ces années ?

– Il existe quelque chose dans l'hypnose qui s'appelle la régression. Ça te permet de remonter dans le temps. Moi, j'ai dû revivre le moment de ma mort et juste après t'avoir vue, je suis mort.

– Pourquoi tu me dis ça ?

– Pour t'expliquer pourquoi tu n'es pas si importante pour moi, tu es juste un rêve illusoire, une dernière image, un souvenir. (Il hausse les épaules.) Je vais te libérer car je n'ai plus besoin de toi. Mais avant ça, j'ai envie de te baiser pour la dernière fois comme ma femme. Pas par force, mais parce que toi, tu le veux. Après, tu seras libre. Tu décides.

Je réfléchis un moment. Je n'arrive pas à croire à ses promesses.

– Comment tu peux me garantir que ce n'est pas un autre de tes pièges ?

– Je vais signer les papiers du divorce avant et demander à tout le monde de partir. (Il me tend une enveloppe posée à côté de lui et sort son téléphone de sa poche.) Mario, emmène tout le monde à Messine. Faisons un tour, ajoute-t-il en se levant et en me tendant la main.

Je pose ma serviette et, en frissonnant, je prends sa main. Nous nous promenons dans le jardin, jusqu'à l'allée où je vois le personnel monter dans des bus. Mario s'incline devant moi et monte dans la Mercedes. Nous sommes seuls.

– Je ne sais toujours pas si ce n'est pas un piège ?

– Vérifions-le alors.

Je suis Massimo et nous mettons presque une heure à faire le tour de la propriété de Don. Effectivement, il n'y a personne.

Nous revenons à table, il me ressert du champagne.

– Bon d'accord. (J'ouvre l'enveloppe et en sors son contenu.) Si je dis oui, tu attends quoi de moi ?

Je feuillette les papiers rédigés en polonais et découvre avec soulagement qu'il ne ment pas.

– Je veux récupérer ma femme pour une nuit, celle qui m'aimait, je veux que tu m'embrasses avec amour et baise avec moi parce que tu en as envie. Tu te rappelles comment c'était quand nous prenions du plaisir ?

J'essaie d'avaler ma salive, mais ma bouche est de plus en plus sèche. Je pose les documents et le regarde, il est sérieux. Faire l'amour avec lui me fait peur, mais j'ai déjà fait tellement de choses avec lui qu'une nuit ne va rien changer. Encore quelques heures, et je vais disparaître d'ici à jamais. Une seule fois, des centaines de souvenirs, et je serai libre. Je me demande si je suis assez forte, si mes talents d'actrice vont me permettre de jouer ce rôle car, même si c'est un homme magnifique, il me dégoûte. La haine que je nourris aujourd'hui contre lui m'inciterait à le tuer plutôt qu'à avoir des gestes tendres envers lui. Mais la raison prend le dessus sur mon cœur, et mon plan sur mes émotions. Je peux le faire, je dois le faire.

– D'accord, dis-je calmement. Mais sans m'attacher, sans drogue et sans chaîne, et sans champagne.

– D'accord, mais je choisis les lieux.

Je remets mes chaussures et le suis dans la maison. Mon cœur bat la chamade. Nous marchons dans les couloirs et je sais exactement où on va en premier. J'ai envie de vomir, rien que de penser à ce qui va se passer.

Nous entrons dans la bibliothèque, il referme doucement la porte puis s'approche de la cheminée. Le stress monte en moi, comme si c'était la première fois. Je me sens comme une pute qui va se donner au client qu'elle déteste le plus.

Il prend délicatement mon visage entre ses mains, et attend ma permission. Je lèche mes lèvres sans m'en rendre compte et Massimo glisse sa langue dans ma bouche. Je sens de l'électricité passer dans nos corps. Je lui rends son baiser tout en luttant contre mes nausées. Il me retourne d'un geste sec, m'embrasse le cou et les épaules et glisse sa main sur ma cuisse en remontant vers ma culotte en dentelle.

– J'adore, chuchote-t-il en touchant délicatement le tissu.

Ses longs doigts se glissent sous ma culotte, il écarte mes lèvres, puis commence à caresser mon clitoris. Je gémis faussement, mais bruyamment, je sais qu'il sourit. Je fais semblant de ressentir le même plaisir qu'avant.

– Je veux te sentir, chuchote-t-il en me plaquant contre le canapé moelleux.

Il ouvre sa braguette et me pénètre. Je hurle en plantant mes doigts dans les coussins. Il attrape fermement mes hanches et commence à me sauter comme jamais. Je ferme les paupières, je ne peux pas supporter ce qu'il fait. Soudain, je vois le visage de Nacho, qui sourit, Je ressens une douleur inquiétante dans le bas-ventre, mais je continue à faire semblant d'être en pleine extase. Je ne peux pas ouvrir les yeux, sinon je vais fondre en larmes et mon plan sera foutu. Je sens son sexe dur me déchirer. Mon Dieu, quelle torture ! Je fonds en larmes.

Massimo s'arrête, mais il ne bouge pas d'un centimètre pendant un moment. Puis il se retire, se lève et ferme sa braguette.

– Va te coucher, notre accord vient d'être rompu !

J'ai du mal à me relever tellement je tremble, je quitte la pièce, traverse les nombreux couloirs et rentre dans notre appartement. J'enlève ma robe, enfile un tee-shirt et un pantalon en coton, me glisse sous la couette, toujours en larmes. J'ai honte, je me déteste, je suis bête et naïve. Je pensais que cet homme avait de l'honneur. Je ferme les yeux en me demandant quelle mort serait la plus douce.

Soudain, une grande main me couvre la bouche.

– Baby girl !

Cette voix me fait fondre en larmes à nouveau, mais de joie cette fois.

Nacho retire sa main de ma bouche. Il est là, je sens son haleine de menthe.

– Je suis désolée, je suis désolée, je suis désolée... je bégaye à travers mes larmes.

– Plus tard, chuchote-t-il si bas que je l'entends à peine. Laura, il faut qu'on sorte de là.

Je n'arrive pas à quitter ses bras, pas maintenant, pas quand il est enfin à mes côtés. Il essaie de me décoller de lui, mais je m'accroche, rien ne peut me détacher de Nacho à cet instant précis.

– Laura, il peut entrer à n'importe quel moment.

– Tout le monde est parti à Messine, on est seuls.

– Malheureusement pas. Tous les gardes sont à un kilomètre d'ici, on a seulement quelques minutes pour s'échapper. Il t'a à nouveau menti.

– Tu as tout entendu ? je demande en me rappelant jusqu'où je suis allée.

Mon cœur se brise en un millier de morceaux.

– Ce n'est pas important, baby girl, dépêche-toi.

Je n'allume pas la lumière, j'enfile des baskets et reviens aussi vite que possible dans la chambre. J'ai peur qu'il disparaisse.

Nacho me tire dans la salle de bains et ferme la porte. La lumière pâle qui éclaire la pièce me permet enfin de le voir. Il est habillé en commando, tout en noir avec du maquillage sur le visage.

– Il faut que tu sortes par la porte principale, le reste est bloqué. (Il me tend une arme dont il enlève la sécurité.) Si tu vois quelqu'un, tire, ne réfléchis pas, tire tout de suite. Tu comprends ? C'est la seule façon pour qu'on puisse sortir d'ici et rentrer à la maison.

– À la maison, je répète en explosant à nouveau en larmes.

– Laura, ce n'est pas le moment d'être hystérique. Je serai toujours avec toi.

Il m'embrasse. Son baiser stoppe net le ruisseau de mes larmes.

J'acquiesce, puis m'apprête à sortir de la chambre. J'ouvre la porte, personne. Collée contre le mur, j'avance le long du couloir en tendant l'oreille. Je continue à marcher en serrant fermement le pistolet dans mes mains. Je suis terrifiée à l'idée que je vais peut-être devoir l'utiliser.

Soulagée d'avoir atteint l'escalier principal sans avoir croisé personne, je continue ma progression et traverse le hall en courant. Je ne suis plus qu'à un pas de la liberté.

Au même moment, la porte de la bibliothèque s'ouvre. Massimo apparaît comme un fantôme à quelques mètres devant moi. Je tends les bras et le vise avec mon arme. L'homme en noir ne bouge pas, il me regarde furieux.

– On sait tous les deux que tu n'auras pas le courage.

Il fait un pas en avant, j'appuie sur la détente, un bruit sourd sort du silencieux. Le vase sur la table explose en mille morceaux. Don s'arrête net.

– Ne bouge pas, j'ai tellement de raisons de te tuer que je n'ai pas besoin d'une autre. Tu es un malade, un dégénéré, je te déteste. Si tu veux vivre, entre dans ta putain de bibliothèque et ferme la porte.

Il rigole en glissant les mains dans ses poches.

– C'est moi qui t'ai appris à tirer, tu ne me tueras pas, tu es trop faible.

Il fait un pas en avant, je ferme les yeux pour me préparer à tirer.

– Elle peut-être pas. (La voix de Nacho résonne juste derrière mon oreille, je sens son haleine à la menthe.) Mais moi oui, je le ferai avec plaisir.

Une arme apparaît au-dessus de mon épaule et, d'une main, Nacho me met à l'écart.

– Massimo, ça fait si longtemps que j'attends ça, je t'avais prévenu à Ibiza, maintenant, je compte tenir ma promesse.

Massimo est totalement immobile. Le chauve me tend la main, quand je l'attrape, il me pousse pour me faire avancer.

– Rentre là, dit-il en indiquant la direction à l'homme en noir, et ce dernier recule vers la pièce. Laura, cours jusqu'à l'allée, Ivan t'y attend. Ne te retourne pas.

Mes jambes refusent d'obéir. Je ne veux pas les laisser tous les deux.

– Cette semaine a été superbe, dit l'homme en noir en me regardant. Ça faisait longtemps que je n'avais pas autant baisé, j'adore ton cul.

– Laura, cours, grogne Nacho.

– Je la prenais comme un animal, Elle était inconsciente et, pourtant, elle gémissait et en demandait plus. Matos, s'il te plaît, on sait tous les deux que tu ne sortiras pas d'ici vivant.

Je n'en peux plus, je me lance et frappe Massimo au visage avec la crosse de mon arme. Il tombe en arrière dans la bibliothèque, il pisse le sang, je referme la porte.

– Soit je pars avec toi, soit je reste avec toi, je dis en attrapant le Canarien par le bras.

Nous nous mettons à courir et, quelques secondes plus tard, j'entends la porte de la bibliothèque s'ouvrir brutalement. On est déjà dans les escaliers, un premier coup de feu retentit. Marcelo court, j'essaie de ne pas le ralentir. Je vois la porte d'entrée quand Mario se dresse devant nous.

Nous nous arrêtons net. Nacho n'a pas le temps de pointer son arme, Mario nous tient déjà en joue.

– S'il te plaît, Mario, je ne veux pas être ici, je ne veux pas que ça continue... (Ma voix se brise, des larmes coulent sur mes joues, les pas de Massimo résonnent à l'étage.) C'est un monstre, j'ai peur de lui...

J'entends la respiration de Nacho et les pas qui s'approchent de plus en plus.

Mario soupire, baisse son arme et nous laisse passer.

– Si son père était en vie, on n'en serait pas là.

Le Canarien m'attrape à nouveau la main. Ivan arrive vers nous, il me jette sur son épaule et court vers le ponton.

Chapitre 19

J'ouvre très doucement les yeux, j'ai peur de ce que je vais pouvoir découvrir. Je ne me souviens plus très bien de la nuit passée. Je sais juste que j'ai quitté la résidence, après, plus rien. Peut-être que quelque chose s'est mal terminé, peut-être que je suis toujours là-bas et que Massimo va apparaître devant moi comme un cauchemar. Je prends mon courage à deux mains et regarde la chambre. Des larmes de soulagement et de joie m'envahissent.

Notre refuge, la maison sur la plage. Le soleil et l'odeur de l'océan pénètrent par la fenêtre ouverte.

Je tourne la tête et découvre Nacho assis dans un fauteuil. Il m'observe, mais ne dit rien.

– Je. Suis. Désolée.

Je prononce chaque mot séparément, et je compte les répéter jusqu'à la fin de ma vie.

– J'ai une proposition à te faire, n'en parlons jamais. (Il avale bruyamment sa salive et fronce les sourcils.) Je peux imaginer ce que tu as vécu, donc si tu ne veux toujours pas que je le tue, n'en parlons plus jamais. Sauf si tu as changé d'avis ?

– Si j'avais changé d'avis, je lui aurais tiré dans la tête hier soir. Nacho, tout ce qui s'est passé en Sicile est de ma faute. J'ai cru aux mensonges de Massimo et je t'ai mis en danger. Je comprendrais si tu ne veux plus me voir.

– Tu as dit que tu étais amoureuse de moi.

– Pardon ?

– Le jour du mariage d'Olga, quand tu me hurlais dessus au téléphone, tu as dit que tu étais amoureuse de moi.

Je ne sais pas quoi répondre, je viens de perdre ma dernière arme. L'homme à côté de moi me confronte à mes propres mensonges. Je ne veux pas être amoureuse de lui et ce qui me terrifie le plus, c'est qu'il puisse le découvrir.

– Baby girl… dit Nacho en s'asseyant sur le lit.

Il relève mon menton d'un doigt.

– J'étais bourrée et sous calmants.

Le Canarien est à la fois amusé et étonné.

– Donc, ce n'était pas vrai ?

– Mon Dieu, je chuchote.

J'essaie à nouveau de baisser la tête, mais il la retient pour que je ne puisse pas fuir son regard.

– Alors ?

– J'essaie de m'excuser d'être tombée amoureuse de toi comme une débile et, toi, tu me demandes si je suis amoureuse de toi ? Tu es idiot si tu n'as pas encore remarqué ce que je ressens.

– Bien sûr que je l'ai remarqué, mais j'ai envie de te l'entendre dire.

Il glisse sa main sur ma joue en la caressant délicatement.

– Marcelo Nacho Matos, depuis un moment, peut-être quelques semaines, je suis follement et infiniment amoureuse de toi.

Le sourire qui apparaît sur le visage du Canarien est encore plus grand que tous ceux qu'il m'a jamais offerts.

– Et le pire, c'est que je tombe de plus en plus amoureuse de toi à chaque jour qui passe. Je ne peux rien y faire, c'est de ta faute.

Ses mains tatouées attrapent mes chevilles et les tirent vers le bas pour que ma tête se retrouve sur les coussins. Il est à quelques centimètres au-dessus de moi, ses yeux verts observent mon visage.

– J'ai très envie de toi, mais il faut qu'un médecin t'examine d'abord.

Ce qu'il dit me rappelle les événements des jours passés. J'essaie de ne pas pleurer, mais les larmes coulent sans que je puisse les retenir. Plus j'y pense, plus je me sens coupable, Massimo a fait tout ça avec un objectif précis et, moi, je ne prenais pas la pilule. La peur qui apparaît sur mon visage pousse Nacho à se lever et à s'asseoir à côté de moi.

– Qu'est-ce qui se passe ?

– Mon Dieu.

– Dis-moi.

– Il se peut que je sois enceinte, Nacho.

Je vois que je lui fais mal physiquement. Il resserre la mâchoire, puis plante son regard au sol. Ensuite, il se lève et quitte la chambre. Je reste allongée, effrayée par mes propres paroles, quand la porte s'ouvre à nouveau, il est en maillot.

– Je vais nager.

Il claque la porte avec une telle force qu'il manque la casser.

Est-ce que ça va se terminer un jour ? Je me cache sous la couette. Malheureusement, je ne peux pas me cacher de mes propres pensées, qu'est-ce qui va se passer si... ? Je n'ai qu'une seule réponse à cette question : je ne veux plus être liée à ce monstre.

Je prends le téléphone que Nacho a laissé et surfe sur Internet pour trouver du secours. Après quelques minutes de lecture, il s'avère qu'il y a un espoir, il existe des médicaments qui peuvent régler l'affaire. Je soupire et repose le portable du Canarien sur la table de chevet.

L'océan est démonté, j'attache la ligne de vie à ma cheville et commence à pagayer.

Quand j'arrive à l'endroit où la vague se casse, je m'assieds et j'attends. Je sais que Nacho me voit, mais je veux qu'il décide lui-même de venir me rejoindre ou pas. Quelques minutes plus tard, il est déjà à mes côtés.

– Je suis désolée.

– Tu peux arrêter ? Laura, comprends que je ne veux plus y penser. Chaque fois que tu t'excuses, tout me revient.

– Parlons-en, Marcelo.

– Ne m'appelle pas comme ça, putain ! hurle-t-il, ce qui me fait sursauter, je tombe presque dans l'eau.

Sa réaction violente me fait craquer. Pour éviter de me disputer, je repars vers la plage.

– Laura, je suis désolé.

Je n'ai aucune intention de m'arrêter. Je balance ma planche sur le sable et cours vers la maison. J'arrive dans la cuisine, essoufflée et énervée, marmonnant des insultes. De grandes mains m'attrapent et me collent contre le frigo.

– Quand tu as balancé le téléphone, je pensais que mon monde allait s'écrouler, je n'arrivais plus à respirer, plus à réfléchir. Après, quand Ivan m'a appelé et m'a raconté ce qui s'était passé, j'étais d'autant plus inquiet. Il a dit que tu étais bourrée et sûrement droguée, que tu ne voulais pas écouter et que Torricelli t'avait emmenée dans la résidence. J'ai pensé pendant un moment que tu voulais réellement te remettre avec lui. Ne me regarde pas comme ça, tu as cru que j'avais tué ton chien. Je suis venu en Sicile, mais cette maison est un putain de bunker et l'armée qu'il y avait dedans m'a rendu la tâche compliquée. (Il s'assied sur l'îlot et continue.) Ça m'a donc pris un peu plus de temps que d'habitude pour tout préparer. Et puis, le comportement de Domenico et Olga m'étonnait, ils étaient calmes et normaux. Ensuite ils sont partis, et j'ai pu écouter une conversation de Massimo. Tout est devenu clair et j'ai tout organisé en un jour pour venir te récupérer.

– Tu as entendu notre conversation dans le jardin ? Tu as entendu ? je hurle quand il ne répond pas.

– J'ai entendu.

– Nacho, c'était la seule façon pour qu'il me libère. Je ne l'ai pas fait pour le plaisir. J'ai peur, j'ai peur qu'après tout ça tu t'éloignes de moi, tu aurais le droit, je comprendrais, Nacho, vraiment.

Je commence à partir vers la chambre pour me changer, il me rattrape.

– Tu es amoureuse de moi ou pas, alors ?

– Putain, mais je dois te le dire combien de fois ?

– Jusqu'à ce que tu dises « je t'aime ». Je vais te faire l'amour ici, si tu veux bien.

Il sourit et m'embrasse délicatement.

– Je rêve de ça tous les jours. (J'enlève mon tee-shirt mouillé d'un seul geste.) Pas une seconde ne passait sans que je pense à toi.

J'attrape la tête du chauve, puis je le colle contre moi en me plongeant dans son baiser.

Sa langue chaude au goût de menthe danse avec la mienne. Ses mains tatouées glissent vers son maillot humide, il l'enlève sans arrêter de m'embrasser. Je vois du coin de l'œil qu'il est plus que prêt.

– Je vois que tu es content de me voir, dis-je, amusée.

– Ouvre la bouche... s'il te plaît.

Je m'installe confortablement et fais sagement ce qu'il me demande. Nacho s'agenouille, s'approche de moi et me laisse embrasser son sexe. Il m'a tellement manqué que je le gobe tout entier. Il recule.

– Doucement, chuchote-t-il en revenant dans ma bouche. Je peux aller plus loin ? demande-t-il avec un sourire coquin.

Je hoche la tête, il se glisse un peu plus profondément.

J'attrape ses fesses, puis le rapproche de moi, pour que son pénis touche ma gorge.

– Enlève tes jolies mains.

Mon désir me dévore de l'intérieur, je veux le sentir encore plus. Nacho gémit, il rentre son sexe jusqu'au bout, puis s'arrête. J'essaie d'avaler ma salive, mais je n'y arrive pas.

– Respire par le nez, baby girl, conseille-t-il, amusé, quand il voit que je m'étouffe. Ne bouge pas.

Avec une agilité surprenante, il se retourne sans sortir sa queue de ma bouche. Rapidement, il glisse sa langue entre mes cuisses. Il me domine dans cette position, exactement comme la première fois que je l'ai sucé, sauf que je suis en dessous cette fois-ci.

Ses doigts agiles attrapent les bords de mon string pour le retirer. J'ai hâte de sentir sa langue. Il continue à m'enlever ma lingerie à son rythme, les cuisses, les genoux et les chevilles.

Quand il se débarrasse enfin de ma culotte, il écarte mes cuisses autant que possible et colle ses lèvres sur mon clitoris.

Sa langue fouille chaque recoin de ma chatte et ses dents mordillent mon clitoris. Mon Dieu, sa bouche est parfaite. Il entre deux doigts en moi, je relève les hanches. Le tourbillon que j'aime tant arrive dans mon bas-ventre. Il commence à tourner en moi. Mon homme est en train de me conduire au sommet de mon plaisir. C'est la seule chose sur laquelle je peux me concentrer, je vais jouir. Les mouvements entre mes jambes s'arrêtent, il se tourne vers moi.

– Tu te déconcentres.

– Si tu ne recommences pas tout de suite ce que tu étais en train de faire, je vais devenir agressive. (Il rigole, puis se dégage de moi.) Nacho !

Il s'installe entre mes jambes.

– Je vais jouir, chuchote-t-il en me pénétrant, toi aussi d'ailleurs. (Il commence à bouger et je m'envole.) Ouvre les yeux, tu sais très bien qu'il faut que je te voie.

Il m'embrasse, puis commence à me sauter à un rythme effréné.

Il attrape ma cheville, la pose sur son épaule, je le sens encore mieux. Il embrasse mon pied et mon mollet. Il n'émane de lui que du désir et de l'amour.

Son sexe se retrouve à un endroit qui appuie sur un de mes points préférés, c'est ce que j'attendais. Je jouis en lui attrapant la tête et en entrant ma langue aussi loin que je peux dans sa bouche. Son corps continue à battre contre le mien et je sens un flux chaud se déverser dans mon corps. Nous ne formons plus qu'un.

Nous reprenons nos esprits progressivement. Il embrasse ma clavicule, puis cache sa tête dans mon cou.

– Tu m'as manqué.

– Je sais, toi aussi.

– J'ai un cadeau pour toi, il est à la résidence. (Il se relève sans sortir de moi et me regarde, tout joyeux.) À moins que tu préfères rester ici.

– Oui, je veux rester ici, je veux profiter du bruit des vagues.

Nous restons quelques jours dans notre refuge. Nacho ne travaille pas, il ne fait rien à part s'occuper de moi. Il cuisine, me fait l'amour, m'apprend à surfer et joue du violon. On bronze, on discute et on joue comme des enfants. Nous allons même aux écuries, où je l'observe s'occuper des chevaux, les brosser, leur parler. Ils lui font des câlins en retour de l'attention qu'il leur porte.

Un matin arrive où je me réveille seule. Je le retrouve dans la cuisine, assis devant l'îlot. Dès qu'il lève les yeux sur moi, je comprends que notre isolement va prendre fin. Je ne m'énerve pas, je sais qu'il a des obligations.

Nous allons nager une dernière fois. Ensuite, je m'habille sagement et je rentre dans sa voiture fantaisiste.

Quand nous arrivons à la résidence, Nacho attrape ma main. L'expression enfantine qui apparaît sur son visage me prouve qu'il mijote quelque chose.

– Le cadeau t'attend dans notre chambre, et comme tu ne sais pas où elle est, je vais t'y accompagner, avant que ma sœur apprenne que tu es là et qu'elle se colle à toi.

Nous passons la grande porte d'entrée, j'essaie de prendre des repères pour pouvoir au moins retrouver notre chambre.

Nous montons, un, puis deux, puis trois étages. Le palace de la famille Matos est imposant, mais ce que je vois dans le grenier me dépasse.

Un mur entier de verre donne sur les rochers, au bord de l'océan. C'est extraordinaire. La pièce est gigantesque, elle doit faire deux cents, peut-être même trois cents mètres carrés. Les murs et le plafond sont couverts de bois clair. Les canapés d'angle couleur crème sont reliés entre eux pour former un grand carré. Au centre, une table basse blanche et brillante, à plusieurs niveaux. Des lampes hautes noires dépassent de part et d'autre des canapés. Plus loin, une table de salle à manger avec six chaises. Un bouquet de lilas blancs magnifiques est posé dessus. Dans le fond, une mezzanine avec un énorme lit. Derrière moi, un mur en verre opaque, la salle de bains. Heureusement, les toilettes sont derrière un mur normal avec une vraie porte.

Je contemple ce qui m'entoure en me détendant, j'entends un bruit bizarre. Je ne crois pas ce que je vois, Nacho marche vers moi avec un bull-terrier blanc en laisse.

– Ton cadeau, dit-il en souriant comme un enfant. En réalité, c'est mon second, mon garde et mon ami. (Il lève les sourcils.) Je sais que ce n'est pas une petite boule blanche, mais les bull-terriers ont leurs atouts. (Il s'assied par terre à côté du chien qui lui saute sur les genoux et commence à lui lécher le visage.) Dis quelque chose, sinon je vais croire qu'il ne te plaît pas. Chérie, ajoute-t-il d'une voix douce, je me suis dit que c'est comme ça qu'on pouvait apprendre à se connaître, en s'occupant ensemble d'un être vivant dont on est responsable.

Je m'approche de lui et m'assieds par terre aussi. Le petit maladroit tout blanc descend des genoux du Canarien et vient vers moi, il lèche d'abord ma main puis me saute dessus et me lèche le visage.

– C'est une fille ou un garçon ?

– Un garçon bien sûr, il est fort, grand, méchant... (Le chien se jette sur lui pour le lécher en remuant la queue.) Enfin, il sera comme ça un jour !

– Tu sais que les chiens deviennent comme leurs maîtres ? C'est un cadeau pour quelle occasion ?

– Ah ! Parce que tu vois, ma chérie, dans exactement trente jours, c'est ton anniversaire, sourit-il, tes trente ans. Cette année a été difficile pour toi, je vais faire en sorte qu'elle se termine comme un rêve. Maintenant, allons voir Amelia parce que je sens que mon portable va bientôt exploser tellement il vibre.

Nous prenons un déjeuner tardif tous ensemble, l'ambiance est détendue. Je n'arrête pas de penser à ce qu'a dit Nacho, mon année se termine, c'est incroyable. Ces trois cent soixante-cinq jours sont passés si vite. Je me rappelle le jour, ou plutôt la nuit, où je me suis fait enlever. Je souris tristement en y pensant. Je n'aurais jamais pu imaginer comment tout allait se passer par la suite. Je me souviens de la première fois où j'ai vu Massimo, si beau, si puissant et dangereux. Après, on était allés faire du shopping à Taormine. Nous nous draguions, tout ce jeu me paraissait si innocent. Le voyage à Rome et l'incident dans la boîte où j'ai failli laisser ma vie. Je regarde le Canarien qui raconte quelque chose à ses copains en mangeant une banane. Ce jour-là, je n'aurais jamais pu deviner que le destin me lierait avec un homme aussi merveilleux. Je grignote mon jambon en pensant que j'ai quand même été très heureuse. La première fois que j'ai fait l'amour avec l'homme en noir. Puis l'enfant. Cette pensée me donne un peu la nausée, je pose instinctivement mes mains sur mon ventre. Peut-être que je le porte à nouveau en moi ? La main du Canarien se resserre sur la mienne.

– Qu'est-ce qui se passe ? Tu ne te sens pas bien ?

– Je me sens un peu faible, je réponds sans même le regarder. Je crois que je ne supporte pas très bien ce retour à la réalité. Je vais aller m'allonger.

Je me lève, embrasse son crâne chauve et prends congé des invités.

Je rentre dans la chambre, attrape le téléphone de Nacho sur lequel je tape le numéro d'Olga. Je sais que sa lune de miel touche à sa fin et que je ne devrais pas lui gâcher ses derniers instants, mais j'ai vraiment besoin d'elle. Je raccroche au moins une dizaine de fois, car je n'ose pas la déranger. Finalement, je range le téléphone et je pars prendre une douche.

Les jours suivants, je me bats contre moi-même. J'ai envie d'aller chez le médecin, mais j'ai si peur que je n'arrive pas à bouger. Nacho a peut-être oublié notre conversation à ce sujet, car il ne m'en a pas reparlé.

Je me décide enfin et prends rendez-vous. Habillée d'un short et d'un tee-shirt, j'arrive dans l'allée où m'attend mon petit tank. Au même moment, mon sac vibre.

– Qu'est-ce qui s'est encore passé putain ? demande Olga dès que je réponds. Ce taré est venu chercher Domenico dans l'avion, depuis ils ont disparu. Tu es où ? Vous vous êtes encore disputés ?

– Olga, tout est parti en vrille, on ne s'est jamais réconciliés avec Massimo. Il avait tout planifié et m'a à nouveau enlevée.

– Quoi ? Putain, raconte !

Je lui raconte toute l'histoire en lui épargnant certains détails. Je ne veux pas qu'elle se sente coupable.

– Quel putain de manipulateur ! Laura, j'étais persuadée que vous étiez réconciliés, ça m'a un peu surprise. Mais au mariage, entre ta jalousie et ce que tu as dit aux Canariens, qu'est-ce que je devais penser ? En plus, tu ne répondais pas au téléphone et lui est descendu tout content et joyeux. J'imaginais que tout était revenu comme avant. Tu te rappelles quand je t'ai dit que Nacho était peut-être un autre de tes caprices ? Je me suis dit que tu l'avais réalisé quand tu as vu Massimo avec Ewa. Tu sais entre le mariage, Taormine, cette église, tes souvenirs...

– Bon d'accord, dis-moi juste une chose, est-ce que Massimo était avec Mario ?

– Oui, pourquoi ?

– Je ne t'ai pas dit le plus important, c'est Mario qui nous a laissés nous échapper. (Je pose ma tête sur le volant.) J'ai peur que Massimo le tue.

– Il ne l'a pas fait, pas aujourd'hui en tout cas. Mais tu sais quoi, je vais demander à Domenico ce qui se passe et je te dirai. Comment ça se passe avec Nacho ?

– Très bien, en réalité. Sa copine s'est donnée à un autre après avoir bu, donc il n'en est pas ravi, mais il sait que j'étais droguée, même si ça ne change pas le fait que je l'ai trompé.

– Ce n'est pas vrai ! Laura, ne commence pas avec ça. Je sais très bien comment ça va se terminer. Tu te caches dans ton lit et tu te sens coupable en créant d'autres problèmes. Écoute, occupe-toi la tête avec quelque chose. Tiens, occupe-toi de la boîte, par exemple. Contacte Emi, il y a énormément de travail.

– Pour le moment, je vais chez le médecin, je suis peut-être enceinte.

– Mais non ! Alors, ton enfant ne sera pas seul, je suis enceinte aussi, Laura.

– Mon Dieu. (Des larmes me montent aux yeux.) Et tu ne me dis ça que maintenant ?

– Je l'ai su par hasard quand on était aux Seychelles.

– Je suis très heureuse pour toi, ma chérie.

– Bah moi aussi, mais je pensais te le dire en face.

– Olga, je vais avorter. Je ne veux plus aucun lien avec ce psychopathe.

– Réfléchis-y encore, chérie. Renseigne-toi d'abord pour savoir si tu dois prendre une décision tout de suite ou si tu peux attendre un peu. Tiens-moi au courant.

Quelqu'un frappe à la vitre, je sursaute et mon portable tombe. Nacho est là, devant la voiture, l'air surpris. Je reprends le téléphone et je dis au revoir à Olga. Ensuite, j'appuie sur le bouton pour baisser la vitre.

– Salut, baby girl, tu vas où ?

– Acheter quelque chose pour le tueur, je réponds en montrant le chien qui se frotte aux jambes de Nacho, et puis j'avais envie de faire un tour.

– Tout va bien ?

– Je discutais avec Olga, ils sont rentrés des Seychelles et…

– Et… ?

– Ils ont passé des moments magiques, mais le retour à la réalité les a un peu surpris. Cela dit, elle est bronzée, reposée et amoureuse, comme moi. Maintenant, j'y vais chéri, sauf si tu veux venir avec moi ?

– Il faut que je voie Ivan, on part en Russie dans une semaine. (Il passe la tête par la vitre pour m'embrasser.) N'oublie pas que c'est un mâle puissant, un assassin et un chef de meute, pas de rose, de ruban ou de bonbons colorés. De la force et de la puissance, des têtes de mort et des pistolets !

– T'es con !

J'explose de rire, puis j'enfile mes lunettes de soleil.

– Quand tu reviens, tu me diras ce que le médecin a dit, crie-t-il en s'éloignant.

Putain, putain, putain… Il sait, il savait, pendant que je mentais comme une débile. Je suis en train de briser mon couple avant même qu'on puisse l'appeler comme ça. En colère contre moi-même, je passe la première et je démarre.

Chapitre 20

Je suis assise sur le canapé de la salle d'attente d'une clinique privée, et je me ronge les ongles. Je suis tellement stressée que je pourrais même m'arracher les cheveux. Mais bon, ce serait dommage ! Après avoir discuté avec le médecin, il m'a demandé de faire une prise de sang. Les résultats seront prêts dans deux heures. Je n'ai pas la force de conduire ni même de réfléchir, j'attends donc sur place en fixant le mur devant moi.

– Laura Torricelli ?

Tout mon corps se tend en entendant ce nom de famille.

– Putain, c'est la première chose que je vais faire demain. Recommencer à utiliser mon nom de jeune fille, je marmonne en marchant vers le cabinet.

Le jeune médecin analyse les résultats. Il soupire, secoue la tête, ensuite, il regarde son ordinateur. Il enlève enfin ses lunettes, joint les mains et se tourne vers moi :

– Madame Laura, les résultats montrent clairement que vous êtes enceinte.

Mon cœur bat si fort que j'ai l'impression qu'il va sortir de ma poitrine, mon estomac aussi fait des siennes. Le médecin voit que je ne vais pas tarder à m'évanouir. Il appelle l'infirmière et ils me portent à deux jusqu'à la table de soin, puis me relèvent les jambes. J'ai envie de mourir, le plus vite possible. C'est ce que je me répète en boucle en essayant de revenir à moi. Le docteur me parle, mais je n'entends que mon sang qui pulse dans ma tête.

– Je veux arrêter cette grossesse le plus rapidement possible. J'ai lu qu'il y a des médicaments que je peux prendre et qui vont me débarrasser de ce problème.

– Ce problème ? répète-t-il, étonné. Madame, peut-être faudrait-il d'abord en parler avec le père de l'enfant ? Ou à un psychologue ? Je vous déconseille de faire quelque chose comme ça dans la précipitation.

– Docteur ! Je vais avorter avec votre aide ou sans, mais vu l'intervention que j'ai subie en début d'année, il serait tout de même mieux que je le fasse en présence d'un médecin.

– Ce que vous me demandez n'est pas une chose à prendre à la légère.

– Pour vous rassurer, je vais juste dire que l'enfant est le fruit d'un viol. Je ne veux pas être liée à un violeur, surtout par un enfant. Et avant que vous me disiez que je devrais porter plainte, moi, je vais vous dire que je ne peux pas le faire. Alors, est-ce que vous allez m'aider ou pas ?

Le jeune médecin s'assied et réfléchit. Je sens qu'il bataille avec ses pensées.

– D'accord, revenez demain, vous resterez ici un ou deux jours. On va vous donner les médicaments adaptés et on vous opérera si besoin.

Je le remercie chaleureusement et je sors.

Dès que je monte dans ma voiture, je fonds en larmes. J'allume le moteur et je fonce droit devant moi, je n'ai aucune idée d'où je veux aller. Je longe la promenade, j'ai un réel besoin de solitude. Exactement comme la dernière fois que j'ai appris que j'étais enceinte. J'avais eu besoin de contempler la mer de la même façon.

Je me gare pas loin des surfeurs, chausse mes lunettes de soleil et marche vers l'eau. Je m'assieds sur le sable pour pleurer à nouveau, les yeux rivés sur l'océan. J'ai vraiment envie de mourir. Je ne sais pas comment dire tout ça à Nacho. J'ai peur qu'il ne puisse plus jamais me regarder.

– Baby girl, parlons-en.

– Je ne veux pas ! je grogne en essayant de me lever, mais il m'oblige à rester assise. Qu'est-ce que tu fais là, d'ailleurs ?

– Je ne vais pas te cacher le fait que les voitures ont un GPS et qu'après ton comportement bizarre à la maison, j'ai voulu vérifier où tu allais. Qu'est-ce que le médecin a dit ?

Sa voix se brise en posant cette question. Je pense qu'il connaît déjà la réponse, vu l'état dans lequel je suis.

– Je retourne à la clinique demain, il faut qu'on m'enlève quelque chose.

– Tu es enceinte ? (Sa voix est calme, mais très inquiète.) Laura, parle-moi, putain ! (Il hurle tout d'un coup.) Je suis ton homme et je ne compte pas te regarder souffrir seule. Si tu ne veux pas que je t'aide, je le ferai sans ta permission. Laura, si tu ne m'expliques pas tout de suite, j'appelle le médecin et il va tout me raconter lui-même.

– Je suis enceinte, Nacho. (Il me prend dans ses bras.) Et je te jure que je ne le voulais pas. Je suis désolée.

Il me serre fort contre lui, je me sens tellement en sécurité entre ses bras tatoués. Je sais que je peux arrêter d'avoir peur, car il ne m'abandonnera pas.

– Je m'en occupe demain et, dans deux jours, ce sera terminé.

– On va s'en occuper.

– Nacho, laisse-moi faire ça toute seule. Je ne veux pas que tu viennes avec moi, même si je sais c'est une chose horrible à dire. Je t'en supplie, plus tu t'engages dans toute cette situation, plus je me sens coupable. Je veux que ce soit fait et, après, on n'en parlera plus.

Il hoche la tête.

– Comme tu veux, ma chérie, mais arrête de pleurer.

À la maison, j'essaie de me comporter normalement, mais je n'y arrive pas très bien. Je me cache tout le temps quelque part pour pleurer. Le plus simple serait que je parte quelques jours et que je revienne une fois que ce sera fait. Le Canarien me voit agitée, il essaie de ne pas montrer que ça l'affecte, il joue son rôle aussi mal que moi. Heureusement que la journée se termine rapidement et que la longue balade avec le chien m'aide beaucoup.

Le lendemain, je me réveille très tôt, surprise de découvrir que Nacho n'est plus au lit. Je me suis endormie dans ses bras. C'est bizarre, quand nous sommes ensemble, c'est comme si Massimo était entre nous et nous éloignait.

Je prends une douche, m'habille rapidement sans me préoccuper de savoir à quoi je ressemble. Je veux juste me réveiller dans deux jours et être soulagée. Je prépare un petit sac avec des choses essentielles et descends pour le petit déjeuner. Je n'y trouve pas mon mec malheureusement, ni le chien, ni Amelia. Je m'assieds, résignée, à la grande table. J'ai la nausée en voyant toute la nourriture étalée. Je préfère affamer la petite créature innocente en moi que laisser le fruit de ces événements terribles me gâcher la vie. Je frissonne rien qu'en y pensant. Même mon thé ne passe pas.

Lors de ma grossesse précédente, les vomissements ont commencé bien plus tard que cette fois. Ou peut-être que le simple fait de le savoir maintenant me fait vomir.

Une heure plus tard, je suis dans la voiture, en route vers la clinique. Mon téléphone ne sonne pas et je n'ai pas envie d'appeler Nacho. Il est très certainement dans notre refuge, il fait du surf, boit de la bière, s'occupe des chevaux et s'énerve tout seul. Je suis triste qu'il soit obligé d'en passer par là à cause de moi, mais je ne peux rien y faire. Amelia ne sait rien, mais Olga ! Je ne lui ai encore rien dit. Avec toutes ces émotions, j'ai totalement oublié de l'appeler hier.

– Enfin ! Alors ?

– Je suis en route pour la clinique, demain, tout sera réglé normalement.

– Tu t'es décidée du coup ? Chérie, je suis vraiment désolée.

– Arrête, Olga, n'aie pas pitié de moi, de toute façon, je ne veux pas en parler. Dis-moi plutôt ce que tu as découvert.

– Mario est en vie et va très bien. Massimo ignorait totalement qu'il était dans la maison. Ne t'inquiète plus pour lui. L'homme en noir a le nez cassé, apparemment, tu l'as frappé avec un pistolet ? Et tu as bien fait, il fallait lui en mettre une autre dans les couilles, bien fort. En tout cas, il n'a plus intention de te chercher. Domenico l'a convaincu que c'était inutile et que ce serait déplacé pour un chef de famille. Mais tu sais comment c'est avec lui, on ne peut jamais savoir s'il a vraiment lâché l'affaire.

– Au moins voilà une bonne nouvelle ! j'affirme en arrivant dans le parking. Olga, il faut que j'y aille. Pense à moi. J'espère que tu viendras me voir pour que je puisse te faire un câlin, ma grosse. Tu te sens comment d'ailleurs ?

– Ça va, la baise est incroyable. Domenico me fait l'amour encore plus qu'avant, il me porte presque partout dans ses bras, j'ai maigri, mes seins ont grossi. Que du positif ! (Sa voix est joyeuse.) Laura, je viendrai mais plutôt au moment de ton anniversaire.

– Putain, mon anniversaire, je gémis en me garant. J'ai eu un chien.

– Encore ?

– Oui, mais cette fois-ci c'est vraiment un chien, un bull-terrier. J'ai eu d'autres cadeaux aussi, très différents les uns des autres : un go-kart avec une piste de course, une planche de surf, une formation pour pouvoir piloter un hélico. Olga, je t'aime, on se parle d'ici deux jours.

– Moi aussi, je t'aime.

– Prends soin de toi.

Je range mon téléphone, respire un bon coup et me dirige vers la clinique, mon sac à la main. Le médecin me fait une échographie, il tient quelque chose qui ressemble à un vibro et le rentre dans ma chatte. Ce n'est pas la chose la plus agréable au monde, mais je n'ai pas trop le choix. Je ne regarde même pas l'écran, je ne veux ressentir aucune émotion. Il continue à bouger le tube en moi, puis me dit :

– Bon d'accord, Madame Laura, je vais vous donner la pilule, vous allez commencer à saigner. (Il fixe l'écran.) Après, on verra s'il faut vous opérer ou non. (Je regarde le plafond sans penser à rien.) La grossesse est assez avancée, vous êtes à la septième semaine, mais on verra comment votre organisme va réagir.

Je l'écoute à peine, car ce qu'il a à me dire ne m'intéresse pas, mais ça, je l'ai entendu.

– Pardon ? je demande, étonnée. Quelle semaine ?

– La septième à peu près, c'est ce qu'il me semble.

Il appuie sur les touches de son ordinateur pour mesurer quelque chose.

– Mais, Docteur, ce n'est possible parce que j'ai été...

J'ai soudain une révélation ! L'enfant n'est pas de Massimo, mais de Nacho !

Je donne presque un coup de pied à la machine d'échographie en me relevant comme une folle. Le médecin m'observe, totalement confus.

– Docteur, vous êtes certain que l'enfant n'a pas trois semaines ?

Toujours aussi étonné, il acquiesce.

– À cent pour cent. La grossesse est plus avancée et votre taux d'hormone dans le sang montre que...

Je ne l'écoute plus, mon Dieu ce n'est pas l'enfant d'un tyran ! C'est le fruit de ma rencontre avec le garçon tatoué, qui va devenir papa. Je souris joyeusement, le médecin est totalement perdu.

– Merci, Docteur. Pas d'opération, pas de médicament, je n'en ai plus besoin. L'enfant va bien ? Est-ce que je pourrais avoir un compte rendu et des photos ?

Je sors de la clinique en courant et j'appelle Nacho dans la foulée. Il ne répond pas, il doit être dans l'eau, j'inscris l'adresse de notre refuge dans le GPS et je démarre.

Mon humeur a radicalement changé. Des larmes coulent à nouveau sur mes joues, mais de joie cette fois. Je ne sais pas si c'est le bon moment pour avoir un enfant, nous nous connaissons depuis si peu de temps... mais le plus important, c'est que c'est le sien. Je vois comme il aime Pablo, le petit garçon va avoir un cousin maintenant, ils vont grandir ensemble. Et il y aura l'enfant d'Olga aussi...

– Putain mais oui ! je hurle, et j'appelle tout de suite mon amie, elle répond à la deuxième sonnerie. Olga, je suis enceinte ! je crie joyeusement.

Elle marque un temps.

– Putain, mais il se passe quoi… Laura, tu te sens bien ? Ils t'ont donné des médicaments ? Qu'est-ce que tu as ?

– C'est l'enfant de Nacho ! Massimo pouvait essayer autant qu'il voulait, j'étais déjà enceinte.

– Mon Dieu, Laura. (Elle pleure.) On va devenir mamans !

– Oui ! Et nos enfants auront le même âge. C'est trop bien !

– Nacho le sait ?

– Je vais le rejoindre justement, je te rappelle demain, une fois que je me serai calmée.

Je fonce comme une folle, j'aimerais pouvoir me téléporter.

J'arrive sur la plage, sa moto est appuyée contre le palmier, il est là. Comment est-ce que je vais le lui dire, de manière directe ou plus subtile ? Et peut-être qu'il ne veut pas du tout d'enfant ? Je vais le mettre devant le fait accompli, et ça risque de tout détruire.

Et puis, je me souviens qu'au bord de la piscine à Tagomago il m'avait dit ne pas avoir peur d'une éventuelle grossesse, car il estimait qu'« il était temps à son âge ». Je lui posais des questions au sujet de ma pilule et lui me poussait à me mettre en maillot le plus vite possible. Je commence à courir, rassurée par ce souvenir.

Je déboule dans la maison, il est assis par terre, adossé aux tiroirs de la cuisine. Il se lève, étonné de me voir, manquant renverser la bouteille de vodka qu'il tient à la main.

– Qu'est-ce que tu fais ici ? Ton rendez-vous ?

– Je ne peux pas le faire… cet enfant… je commence, mais il part dans la direction opposée.

– Putain de sa race ! hurle-t-il et il jette la bouteille contre le mur. Je ne pourrais pas le supporter, Laura.

Il sort de la maison en courant.

Du moins, il essaie. Il est tellement bourré qu'il arrive à peine à avancer. Ma voix se coince dans ma gorge.

– C'est ton enfant ! je hurle à mon tour. C'est ton enfant, Nacho !

Un vent chaud souffle dans mes cheveux pendant que je fonce en cabriolet le long de la côte. J'écoute « Break Free » d'Ariana Grande qui décrit parfaitement mon état. *If you want it, take it,* chante-t-elle. J'acquiesce à chaque mot et j'augmente le volume.

Aujourd'hui, c'est mon anniversaire, j'ai un an de plus qu'hier, je devrais être déprimée, en réalité, je ne me suis jamais sentie aussi vivante.

Lorsque je m'arrête aux feux, le refrain commence. Les basses explosent autour de moi, ma superbe humeur me pousse à chanter avec elle.

– *This is... the part... when I say I don't want ya... I'm stronger than I've been before...* je hurle avec Ariana en gesticulant dans tous les sens.

Un jeune homme stoppe à côté de moi, il me sourit tout en tapant sur son volant au rythme de la musique. Mon comportement l'amuse, je pense que ma tenue attire également son attention, il est vrai que je ne porte pas grand-chose aujourd'hui.

Mon bikini noir est parfaitement assorti à ma Plymouth Prowler mauve qui est tout simplement géniale. Cette magnifique et très atypique voiture est mon cadeau d'anniversaire. Je sais bien que mon homme ne va pas s'arrêter là, mais j'aime bien penser que c'est peut-être le dernier.

Tout a commencé il y a un mois : chaque jour j'ai reçu un cadeau. Trente ans, trente cadeaux, c'est comme ça qu'il voit les choses. Je lève les yeux au ciel, rien que d'y penser, et le feu passe au vert.

Je me gare, attrape mon sac et me dirige vers la plage. La journée est chaude, c'est le plein été et, tout en sirotant un thé glacé, je marche dans le sable chaud.

– Joyeux anniversaire, ma vieille ! crie mon homme.

Quand je me tourne vers lui, je reçois une fontaine de champagne Moët rosé dans la figure. J'essaie de l'éviter en riant.

– Qu'est-ce que tu fais ?

Il continue à vider la bouteille de champagne et quand elle est vide, il se jette sur moi et me plaque sur le sable.

– Joyeux anniversaire, je t'aime.

Sa langue pénètre sans précipitation dans ma bouche, elle bouge doucement. Je gémis en attrapant son cou et j'écarte les jambes pour qu'il s'installe confortablement

Il prend mes mains dans les siennes, recule et me regarde, amusé.

– J'ai quelque chose pour toi, dit-il en jouant des sourcils.

– Encore, je marmonne sur un ton faussement désabusé, en levant les yeux au ciel.

Il retire mes lunettes de soleil et semble tout à coup hésitant.

– J'aimerais...

Il prend une grande inspiration, met un genou à terre et me tend une petite boîte.

– Épouse-moi, dit Nacho, tout sourire. J'aimerais bien dire quelque chose d'intelligent, de romantique, mais ce que j'aimerais plus que tout, c'est te convaincre.

Quand il voit que je m'apprête à prendre la parole, il lève une main pour me faire taire.

– Avant que tu ne dises quoi que ce soit, réfléchis. Une demande en mariage, ce n'est pas encore un mariage, et un mariage, ce n'est pas une finalité. (Il me donne un léger coup dans le ventre avec la boîte.) N'oublie pas, je ne veux pas te forcer, je ne t'oblige à rien, tu diras « oui » si tu en as envie.

Il se tait en attendant une réponse, et comme je ne dis rien, il continue.

– Si tu refuses, je t'envoie Amelia qui va te saouler à mort. D'accord, je vois que cet argument n'est pas assez convaincant ! (Il regarde l'océan puis repose ses yeux verts sur moi.) Alors, dis oui pour lui. (Il embrasse mon ventre, puis y pose son front.) N'oublie pas, une famille se compose de trois personnes. (Il lève les yeux vers mon visage.) Mais ça ne veut pas dire qu'on doit s'arrêter là.

Il sourit et attrape ma main.

– Je t'aime, je chuchote. Je voulais dire oui dès que tu l'as demandé, mais comme tu m'as coupée, je t'ai laissé parler. Oui, je vais t'épouser !

Épilogue

– Mais bordel, Luca ! (Olga se lève du transat, sa course attire le regard de toute la plage.) Espèce de petit monstre, viens ici !

Elle s'agenouille, le beau garçon aux yeux foncés se jette dans mes bras.

Je l'enroule dans une serviette, puis je le pose sur mes genoux pour lui sécher les cheveux.

– Il fait semblant de ne pas comprendre le polonais, grogne-t-elle en s'allongeant et en attrapant une bouteille d'eau. Dès que je parle italien, il réagit, n'est-ce pas ?

Elle jette quelque chose sur le petit ange qui gigote sur moi.

– Arrête de t'énerver, ce n'est pas conseillé quand on est enceinte, je dis en rigolant et en regardant Olga. Va voir maman, je chuchote à l'oreille de Luca.

Il se jette sur elle pour lui faire un câlin. Le garçon rigole, puis il essaie de se libérer, elle finit par le lâcher et il court vers l'eau en ignorant les cris de sa mère.

– Il est exactement comme Domenico, il n'écoute rien de ce que je dis. Je n'arrive pas à croire qu'il est déjà si grand. Je me rappelle quand j'ai accouché.

On sent de la nostalgie dans sa voix.

– Moi aussi ! j'ajoute en me souvenant qu'elle voulait tous nous tuer.

Malheureusement, je n'avais pas pu venir ce jour-là, elle a tout de même demandé à Domenico de m'appeler en visio. Il a placé son ordinateur à côté d'elle pour que j'assiste à la naissance. J'avais si peur. Olga hurlait, elle frappait Domenico, elle m'insultait, les médecins en prenaient pour leur grade au passage et, après, elle a commencé à pleurer. L'accouchement n'a pas duré longtemps, Luca est né en seulement trois heures.

– Il va m'achever, soupire Olga en recommençant à hurler. Luca ! (Domenico en miniature recommence à courir dans l'eau.) Son père l'a tellement gâté que je ne m'en sors plus... son parrain, je veux dire.

– Massimo te rend la vie difficile ? (Elle hoche la tête.) Il faut que tu comprennes, il voit en lui le fils qu'il n'a pas.

– S'il continue comme ça avec ses putes, ça va lui tomber dessus un jour. Heureusement qu'il n'est pas souvent à la résidence. Mais bon, quand il est là, il offre à Luca des Ferrari miniatures. Il lui a même acheté une piste de course à sa taille, tu imagines ? Il a quatre ans ! Il lui a acheté un jet ski, mais ce n'est rien encore. Il a convaincu Domenico de lui faire apprendre d'autres langues... quatre à la fois ! En plus de ça, il a des cours de piano, de karaté et de tennis, car le sport apprend la discipline.

Je secoue la tête. Je n'arrive pas à croire que cinq années sont déjà passées depuis mon divorce. Il n'a pas été facile, d'autant plus que Nacho et Massimo se détestent. Le divorce en lui-même a été assez simple, il fallait juste signer des documents. En revanche, tous les jours qui ont précédé le jour J ont été un calvaire.

Ce n'est que le jour de mon anniversaire que Massimo a enfin compris que je l'avais quitté et que j'étais amoureuse d'un autre homme. Exactement trois cent soixante-cinq jours se sont écoulés entre le jour de mon enlèvement et ce jour-là. Je ne sais pas s'il a tenu parole ou s'il a simplement accepté la réalité, mais c'est ce jour-là qu'il m'a accordé le divorce.

Une personne normale aurait signé les papiers et les aurait renvoyés par la poste, par mail ou même par pigeon voyageur. Mon ex-mari, lui, s'est senti obligé d'être très ostentatoire en mode « je suis riche, donc je peux me le permettre ». Quatre hommes sont venus à Tenerife. Ils m'ont présenté les documents et m'ont expliqué ce qu'il y avait dedans.

J'avais prévenu Massimo que je ne voulais rien de lui, pas un centime, mais quand l'homme en noir a décidé quelque chose, il n'y a rien à faire. C'était une de ses seules conditions, il a estimé qu'après ce que j'avais vécu, je méritais, comme il l'a délicatement formulé, une compensation. Il ne voulait pas que je sois dépendante financièrement de Nacho.

Et je ne le suis pas. Mon ex-mari très imaginatif m'a confié la responsabilité de l'entreprise dans laquelle il avait initialement investi.

– Maman ! (Je me relève, je vois des petites mains se tendre vers moi.) Papa m'a montré un dauphin, dit-elle quand je la prends dans mes bras.

– Ah oui ?

Stella repart vers l'océan.

C'est une enfant très active, comme son père.

Est-ce que je vais avoir marre de tout ça un jour ? C'est ce que je me demande en contemplant mon mari qui porte notre fille. Elle est agrippée à lui comme un petit singe blond. Elle a des grands yeux marron et des joues rondes. Il porte sa planche d'une main et Stella de l'autre. Son corps mouillé et tatoué ne laisse pas paraître ses quarante ans. Il bouge tout le temps, c'est le meilleur moyen de rester jeune et de garder ses muscles.

– J'admire le fait que tu la laisses surfer, dit Olga, inquiète, tout en forçant Luca à manger un morceau de banane. J'aurais trop peur, moi. Il l'assied sur la planche et elle tombe dans l'eau.

– Elle ne tombe pas, elle saute. Qui aurait pensé qu'on serait des mères si différentes ? C'est moi qui devais être celle qui s'inquiète tout le temps et toi celle qui laisse tes enfants fumer.

– C'est moi qui vais les fumer ! s'écrie-t-elle. Le mieux serait de les enfermer dans une cave jusqu'à leur majorité ou, pour être sûr, jusqu'à leurs trente ans.

Le soleil se cache, des lèvres moelleuses au goût d'eau de mer touchent les miennes. Avec notre fille dans ses bras, Nacho s'appuie d'une main contre la tête de mon transat. Il m'embrasse sans gêne.

– Vous allez la traumatiser, affirme mon amie.

– Ne sois pas jalouse, si Domenico arrêtait de faire la gueule, toi aussi tu pourrais sentir quelque chose de bon sur tes lèvres.

– Va te faire voir ! répond-elle sans même le regarder, je remercie Dieu que nos enfants parlent plusieurs langues, mais pas encore l'anglais. Mon mari est juste très dévoué à sa famille.

Elle hausse les épaules, vexée.

– Je vois, dit le chauve en s'asseyant. (Il prend une serviette, puis commence à essuyer Stella.) Donc toi, tu es une mauvaise femme de mafieux parce que tu trahis la tienne avec des gangsters canariens ?

– Avec une belle Polonaise. (Elle laisse glisser ses lunettes pour le regarder.) Et le fait que ce soit la femme d'un gangster espagnol, c'est encore une autre histoire.

– Canarien ! nous la corrigeons en chœur.

Luca colle Stella depuis qu'il a remarqué qu'elle est sortie de l'eau. Il n'a même pas cinq ans et joue déjà très bien son rôle de grand frère. Il lui montre des coquillages, des petits cailloux, il s'inquiète pour elle. Il y a des moments où il me fait plus penser à Massimo qu'à Domenico. Ses yeux froids et sombres qui me regardent avec supériorité... Ce n'est qu'un enfant, mais je sais que Don le prépare à devenir son successeur. Olga est dans le déni total, mais j'ai compris pourquoi il les a gardés à la résidence.

Domenico est très riche, il pourrait facilement se permettre d'acheter une maison, un château ou même une île. Malheureusement, il est sous l'influence de Massimo, il n'arrive pas à exister sans lui. Il a donc convaincu Olga que rester à la résidence est une bonne idée, d'autant plus que c'est la maison dans laquelle ils se sont rencontrés. Mon amie est devenue romantique aux côtés du Sicilien, cette histoire la fait rêver, donc elle a accepté.

– C'est trop dur d'être une mère célibataire.

Amelia me sort de mes pensées.

Elle pose son sac de marque sur le transat à côté de moi tout en jetant la serviette mouillée de Nacho par terre.

Je me retourne et regarde, amusée, deux gardes du corps porter des immenses piles de jouets. Ils ont aussi des corbeilles de nourriture, de l'alcool, un autre transat et un parasol, des choses « essentielles ».

– Oui, surtout avec trois nounous disponibles vingt-quatre heures sur vingt-quatre, un cuisinier, un chauffeur et un type qui ose dire que c'est ton mec, grogne Nacho en mettant un chapeau sur la tête de sa fille.

– On ne pourrait pas acheter cette plage ? demande Amelia en ignorant complètement son frère. Je ne serais pas obligée de tout porter à chaque fois.

Nacho lève les yeux au ciel et secoue la tête, puis s'approche de moi, s'assied à califourchon sur le transat pour pouvoir ensuite s'allonger sur moi.

Il m'embrasse amoureusement et je sens les regards perçants de mes deux amies.

– On va faire un fils cette nuit, chuchote-t-il entre deux baisers. On va faire l'amour jusqu'à ce que tu me dises qu'on a réussi.

– Oh non ! crient les filles en même temps.

Amelia commence à jeter plein d'objets sur nous.

– Dégoûtant ! Pas devant les enfants, avertit Olga.

– Ils ne regardent même pas, affirme Nacho en se levant.

Il les montre tous les trois de la main. Ils sont très occupés avec un insecte qu'ils ont trouvé dans le sable.

– En plus, je vous l'ai déjà dit. (Il se tourne vers Olga.) Toi, trouve une solution avec ton Sicilien féroce. (Puis vers sa sœur.) Et toi... (il réfléchit) prends du bromure, ça marche pour les mecs, ça sera peut-être efficace pour toi aussi.

Il attrape sa planche, puis file vers l'eau.

– Il ne l'accepte toujours pas ? je demande en regardant Amelia.

Elle confirme de la tête.

– Ça fait deux ans qu'on est ensemble et il ne lui serre même pas la main pour lui dire bonjour, gémit-elle, résignée. Je pensais que, comme il l'a embauché dans son entreprise, il allait au moins lui parler, mais rien du tout. Diego est un mec génial, il est bon, honnête...

– Il travaille pour la mafia, ajoute Olga, sarcastique.

Amelia l'ignore.

– Il m'aime. Il m'a demandée en mariage !

Elle tend sa main pour nous montrer sa grosse bague.

– Marcelo va le tuer.

– Je vais lui parler, je pense que cette nuit sera une bonne occasion. Tu pourras prendre Stella ?

Je regarde Amelia qui acquiesce.

– Je ne comprends toujours pas pourquoi tu n'as pas de nounou, je suis totalement perdue sans Maria. En plus, quand je pense que Luca pourrait m'interrompre en train de baiser, ça me fait trembler de peur.

– Tu vois, et moi je travaille en plus ! (Je lève les sourcils, elle me fait rire.) À propos, j'ouvre une nouvelle boutique vendredi, à Grande Canarie, vous venez avec moi ? Il y aura une fête et des surfeurs. La ligne de vêtements que j'ai créée pour eux se vend mieux que la ligne italienne. Qui l'aurait cru ?

– Il y aura Klara ? Quand elle est là, j'ai toujours l'impression d'être au lycée !

Depuis que j'ai acheté une propriété à mes parents pour leur retraite, je profite de leur présence autant que je veux. Ils habitent à une heure à peine de chez nous, à Grande Canarie justement.

Papa a développé une passion pour la pêche, il passe donc ses journées en mer. Et maman... s'intéresse à son apparence. Elle fait toujours en sorte d'être la plus belle possible.

Depuis ses soixante ans, elle s'est aussi découvert un talent pour la sculpture, elle fabrique des pièces en verre qui se vendent très bien.

Au début, je pensais les faire emménager à Tenerife, mais ce ne serait pas bon pour mon couple ni pour le travail de Nacho. Heureusement les activités de Marcelo ne sont pas aussi connues que celles de Massimo, donc les mettre à une certaine distance était parfait.

– C'est sympa de discuter avec vous, mais je vais bouger un peu, je vais nager, vous surveillez les enfants ?

J'attrape ma planche et je file vers la mer.

– Comment c'est possible d'avoir un corps comme le tien à ton âge ? hurle Olga qui, en ce moment, ressemble un peu à une baleine.

– Il faut faire du sport, chérie ! (Je lui montre d'abord ma planche, puis mon mari.) Du sport !

J'embrasse la tête de Stella qui construit un château de sable avec les deux garçons, et je pars vers l'eau.

Oui, ma vie est complète. J'ai tout ce que j'aime. Je contemple le Teide enneigé et je regarde les filles. Ensuite, je pose mon regard sur mon homme tatoué. Il est assis sur sa planche et il attend... il m'attend, moi.

FIN

Note de l'auteure

Si vous n'avez pas compris la morale de mon histoire, je m'empresse de vous l'expliquer. La trilogie des *365 jours* ne glorifie pas le viol ni le syndrome de Stockholm. Massimo, comme vous pouvez le constater, n'est pas blanc comme neige et Laura est stupide. Je suis désolée, si vous êtes tombée sous le charme du personnage principal, vous l'avez probablement fait plus d'une fois dans la vraie vie. Mais n'oubliez pas ! Tout ce qui brille n'est pas or, et l'argent et l'apparence du bonheur ne font pas le bonheur. La liberté, l'indépendance, l'espace et le partenariat comptent, pas la dictature et les chaussures de luxe ☺.

Remerciements

Comme toujours, et de plus en plus, je remercie mes parents. Maman, papa, vous êtes le plus grand soutien de ma vie et je vous aime beaucoup.

Je tiens à remercier mon ami et partenaire commercial, Maciej Kawulski. Mon frère, merci de croire en moi, merci pour cette opportunité et merci de produire mes films avec moi. C'est un honneur de pouvoir t'appeler frère.

Merci à mon manager, Agata Słowińska. Sans toi, il n'y aurait pas moi, mon succès et des vacances tous les deux mois. Je t'aime !

Merci à vous, fans du monde entier. Cela fait du bien de savoir que vous êtes amoureux de mon histoire. J'espère que mes livres ont été aussi bons dans votre langue que dans la mienne ☺.

Merci à nos partenaires :

ZAG BIJOUX

AURUMROMA

www.aurumroma.com
www.zagbijoux.fr

www.365jours-officiel.com
@365jours_officiel